Mission Azerty

Du même auteur
aux Éditions J'ai lu

QUI DE NOUS DEUX ?
N° 10463

Angela

BEHELLE

La Société – Tome 2

Mission Azerty

J'ai lu

Ligne 6, Charles de Gaulle Étoile, je regarde le plan, dubitative. De la rue de Tolbiac en prenant « Place d'Italie », dix-neuf stations. Pas la mer à boire, mais bon !

Je réajuste les écouteurs du MP3 dans mes oreilles et je dévale les escaliers. Octobre est déjà là, la rentrée a eu lieu pour tout le monde et ça se voit. Le métro a retrouvé son affluence des jours de semaine laborieux.

Je bénéficie néanmoins d'une place assise, à côté d'une vieille dame qui tient fébrilement son sac à deux mains contre sa poitrine. *Un portrait de Norman Rockwell,* c'est tout à fait ça !

Je réprime mon sourire au cas où le grand type en face de moi croirait qu'il lui est destiné. Plus sérieusement, je réfléchis à quelques phrases de circonstance comme on nous l'enseigne dans mon école de journalisme. Soigner sa présentation et son vocabulaire peut s'avérer précieux. Même si ma tante m'a assuré que le monsieur chez qui je me rends est aimable, je ne perds pas de vue qu'il est de la génération d'avant, celle qui ne pardonnerait pas un écart de langage.

Je consulte ma montre, 16 h 40. La ponctualité doit être une autre des qualités qu'un homme comme lui apprécie.

Ma voisine se lève et m'adresse un sourire d'excuse en me passant devant. Je lui inspire visiblement confiance et sympathie, je ne peux pas faire autrement que la saluer pareillement, elle est trop mignonne. Elle me rappelle ma grand-mère, du moins celle que j'aurais aimé connaître. Je n'ai pas eu cette chance, ni d'un côté, ni de l'autre. Alors ma grand-mère était formidable, un mélange de toutes celles que mon imagination concevait au gré de mes humeurs de petite fille. Ma mère parle beaucoup de la sienne, mon père jamais. C'est sans doute la sienne que je préfère, celle dont on a tout à découvrir.

La rame s'immobilise, station Cambronne. Ma grand-mère est remplacée par une bonne femme au parfum douteux, nettement moins agréable à fréquenter. Mon odorat sensible ne se résout pas à le supporter et je cède volontiers ma place à une autre dame âgée qui lorgnait dessus ; une pas sympa celle-là, le menton en galoche et l'œil d'une gallinacée. Ce n'est pas franchement un cadeau que je lui fais mais comme elle ne m'en remercie pas non plus, mes scrupules s'envolent.

Tandis que nous sommes ballottés par un conducteur qui prend sa rame pour une Formule 1, mon reflet dans la vitre me permet de vérifier discrètement l'état de ma coiffure. Ça va ! Du moins, je le pense.

Pour l'occasion, j'ai attaché mes longs cheveux châtains en un chignon informe, je me suis maquillée un peu et j'ai évité le jean au profit d'un pantalon plus classe. D'ordinaire, je ne prends pas un soin particulier de mon allure. Je privilégie les tennis qui me permettent de galoper dans les couloirs du métro et de l'école sans risquer de me tordre les chevilles, comme il m'est arrivé plusieurs fois aujourd'hui avec les escarpins que j'ai choisis. J'aurais pu prévoir d'emporter une paire de chaussures dans mon sac, je n'y ai pas pensé. Tant pis !

Ce matin, observateur comme tout journaliste se doit de l'être, mon prof de travaux pratiques a considéré mon effort vestimentaire comme une volonté de m'affirmer. Il m'a donc propulsée devant la caméra pour ma première interview télé.

Quant à ma copine Marion, elle m'a fait subir un véritable interrogatoire. Elle pensait à juste titre que j'avais un rendez-vous important. Elle se trompait seulement sur l'âge et les fonctions du gars. Je ne vais pas, le cœur battant et l'œil humide, retrouver l'homme de ma vie ; je vais, le souffle court et l'équilibre précaire, rencontrer mon éventuel futur employeur.

Cette deuxième année à l'école de journalisme après un BTS de secrétariat trilingue a anéanti mes réserves financières. Refusant par fierté l'aide de mes parents, je suis dans l'obligation de trouver un travail pour pouvoir régler les frais de scolarité et mon loyer.

Payer quatre cents euros pour un misérable studio au sixième étage sans ascenseur à plus d'une heure et demie de transport de l'école est certes insensé, mais je n'ai guère le choix, les loyers dans Paris sont exorbitants. Sans parler de sortir, de manger, de me vêtir ou du prix de ma carte orange. Un vrai luxe !

J'ai réussi à tenir jusque-là sur les fonds que j'ai accumulés grâce à mes jobs d'été mais ceux-ci s'avèrent insuffisants pour un deuxième round. N'ayant sur la semaine qu'une petite vingtaine d'heures de cours, je peux largement me trouver un emploi qui me sauverait la mise.

Si je repousse l'aide pécuniaire de mes parents, je ne fais pas de même avec leurs conseils. Je ne suis pas stupide au point de croire que je suis de taille à me débrouiller tout le temps toute seule. Aussi, lorsque ma mère a parlé de mes recherches à sa sœur et que cette dernière a évoqué son propre patron, je n'ai pas fait la fine bouche.

Depuis dix ans environ, ma tante Laurence est employée chez un monsieur assez fortuné pour vivre très confortablement avec son personnel dans un hôtel particulier près de l'avenue Foch. Pour une provinciale comme moi, l'avenue Foch c'est, avec la rue de la Paix, *the* carte à avoir au Monopoly. J'ai été d'emblée impressionnée.

Laurence m'a expliqué que cet homme recherche une dactylo pour taper des notes quelques heures par semaine. Considérant l'inquiétude de ma mère, elle s'est permis de lui proposer ma candidature et il a accepté de me recevoir. C'est pour cette raison unique que je me suis empressée de corriger ma mise un peu trop cool et que je cavale en talons dans les couloirs du métro.

J'arrive après 40 minutes de trajet devant l'adresse indiquée sur un bout de papier. Je prends une inspiration et presse le bouton de la sonnette. Un homme d'une cinquantaine d'années, en tenue de travail, vient m'ouvrir la grille. Il m'adresse un sourire avenant. Je me hâte de préciser.

— Bonjour, je suis Hermine Dalambray. J'ai rendez-vous avec M. Peyriac.

— Oui, entrez, dit-il joyeusement. Je suis Bernard, le jardinier. Laurence m'a averti que vous alliez arriver. Suivez-moi, je vais vous conduire à votre tante.

Je respire mieux. J'avais craint un abord glacial et guindé mais ce Bernard est une heureuse surprise. Je le suis dans l'allée gravillonnée en regrettant mes baskets : mes talons sont un supplice dans ces cailloux gris et ma démarche doit être celle d'un canard.

Il me fait passer par l'arrière de la maison et m'ouvre une porte ; dès le seuil franchi, je reconnais le timbre haut perché de ma chère tante. Laurence n'était pas censée travailler aujourd'hui, mais exceptionnellement, elle a tenu à être là. Elle me lorgne avec admiration.

— Mina, si ta mère te voyait, se moque-t-elle gentiment. Elle croirait que tu lui caches un fiancé.

— Ça ne va pas, je grimace, sceptique. J'en ai trop fait ?

— Non, au contraire ! Viens, je vais te conduire auprès de M. Peyriac.

Nous empruntons une enfilade de pièces superbement meublées et Laurence frappe à la porte de ce que je devine être le bureau du maître des lieux. Une voix grave et nette nous prie d'entrer. Laurence me pousse à l'intérieur et s'en va sans même faire les présentations. J'en suis quitte pour me débrouiller seule.

Paul Peyriac est assis à son bureau ; un bureau comme j'ai toujours rêvé d'en avoir, un magnifique meuble en bois sur lequel trône une lampe en laiton. De grandes fenêtres laissent pénétrer la lumière en abondance. À l'extérieur, la vue se perd dans les grands arbres d'un jardin. Les murs ne sont qu'une bibliothèque, remplie de livres par centaines, par milliers peut-être. Quoi de plus normal pour un éditeur ?

Il me laisse le temps d'appréhender l'endroit puis se lève et vient vers moi. Il est grand et encore très fringant pour un retraité. Laurence m'a dit qu'il avait soixante-sept ans, je l'aurais volontiers rajeuni. Il a les cheveux grisonnants et quelques rides d'expression, mais sa prestance est impressionnante. Il est du genre racé, comme on dit.

Il me tend la main en m'hypnotisant de son regard bleu acier. Je ne sais pas pourquoi mais je m'y attendais. J'encaisse aussi sans broncher la poignée de main vigoureuse qui me comprime les doigts.

— Bonjour, monsieur Peyriac, je suis Mina Dalambray.

Il sourit d'un air narquois, il a noté la différence dans la présentation.

— Bonjour, mademoiselle Dalambray. Votre tante m'a vanté vos mérites, mais je constate qu'elle m'a caché que vous étiez aussi jolie que brillante.

— Je suppose qu'elle s'est efforcée d'être aussi objective que possible pour éviter de paraître vous influencer.

Il apprécie ma réponse, un éclair malicieux allume le regard qu'il fixe toujours sur moi.

— D'où vous est venu le prénom Hermine ? dégaine-t-il d'un ton joueur.

— Ma mère est nostalgique d'une autre époque.

Il hoche la tête d'un air approbateur, les lèvres pincées.

— Votre prénom m'a séduit. J'ai cependant le sentiment que vous ne l'appréciez pas de la même façon.

— Il me vaut souvent des commentaires pas forcément aussi élogieux que le vôtre.

Je dégaine aussi vite que lui, il sourit.

— Quel âge avez-vous ?

— Vingt-deux ans.

— Et pourquoi Mina ?

— Bram Stoker, je réponds du tac au tac.

Il esquisse un sourire et va vers sa bibliothèque dont il tire un exemplaire de *Dracula* impeccable, contrairement au mien, tout corné. Pour la peine, c'est moi qui en suis baba.

— Vous aimez ce genre d'histoires ? demande-t-il en levant un sourcil.

— J'ai un faible pour les méchants, dis-je en regrettant déjà de m'être laissée aller à cette confidence emportée. Quoi qu'il en soit, je préfère qu'on m'appelle Mina.

— Dois-je comprendre que vous m'y obligez ?

— Si vous souhaitez que je vous réponde, oui !

Cette fois, Paul Peyriac éclate d'un rire sonore. Il regagne son bureau, s'assoit et me fait signe d'en faire autant. Je me cale au fond du fauteuil en face de lui et je croise les jambes. Il m'observe en silence durant quelques secondes. Je me sens un peu nerveuse tout à coup.

— J'ai déjà reçu quelques candidates pour ce travail, reprend-il. Aucune n'a eu le culot de me parler avec autant d'effronterie que vous. Aucune n'avait votre charme non plus.

Sa remarque m'inspire un sentiment résolument féministe.

— Est-ce un critère de sélection ?

— Mina, répond-il en insistant ironiquement sur mon prénom. J'ai l'intention d'employer ma nouvelle secrétaire quatre heures par jour, trois fois par semaine. Pourquoi voudriez-vous que je m'inflige le spectacle désolant d'une fille laide si je peux profiter des charmes d'une jeune femme agréable à regarder ?

Il marque incontestablement un point, luimême n'étant pas désagréable à regarder. Il encaisse mon approbation avec un triomphe modeste.

— Est-ce que ce rythme de travail serait compatible avec vos études ? s'inquiète-t-il.

— Il le faudra, je n'ai pas le choix. Maintenez-vous les conditions de salaire dont m'a parlé Laurence ?

Il arbore un petit sourire en coin qui accentue les rides de son visage, il me plaît beaucoup ainsi. Jeune, il devait être à tomber. Paul Peyriac est séduisant et il le sait.

— Vous avez décidément toutes les qualités, chère demoiselle. Vous allez toujours droit au but de cette façon ?

— Dois-je m'en excuser ?

Ma réplique cinglante l'amuse.

— Non… bien sûr que non, mais j'aimerais que vous me répondiez.

Je cède, un peu déconcertée par son obstination à me décortiquer.

— Mes parents m'ont souvent exhortée à plus de tact et de politesse. Mes profs trouvent, au contraire, que c'est une qualité professionnelle d'être incisive.

Paul Peyriac approuve de la tête mais ne relâche pas son regard.

— Et vous ? Comment ressentez-vous cela ?

— J'avoue que mon éducation me donne parfois des scrupules mais, en règle générale, je ne lutte pas contre un penchant qui m'est naturel. Jusqu'ici, je dois dire que ce « défaut » me sert.

— Vous avez entièrement raison, déclare-t-il. Je compte d'ailleurs sur ce gros défaut pour m'aider moi aussi.

Je le dévisage en comprenant que c'est son accord que je viens d'obtenir.

— Vous aider comment ?

— J'ai commencé à rédiger ces quelques notes, m'explique-t-il en désignant les papiers épars sur lesquels il est appuyé. Mais je crains d'être meilleur éditeur que très bon écrivain. J'envisage de recommencer d'une autre manière et vous venez de me fournir une excellente opportunité.

— Moi ?

— Vous allez reprendre mes notes, elles vous donneront suffisamment de matériau pour vous faire une première idée, puis nous travaillerons ensemble sous la forme d'une interview que vous aurez préparée. De cette façon, je suis certain que je ne passerai pas à côté d'éléments essentiels.

Il se cale dans son fauteuil et attend mon opinion. Je ne manque pas de lui dire ce que j'en pense d'une voix posée, dénuée de toute ambiguïté.

— Nous nous éloignons sensiblement du secrétariat de base et cela exige de ma part une plus grande implication.

— J'en suis tout à fait conscient, sourit-il. Aussi vous paierai-je à hauteur de ce que vaudra votre travail. On ne rémunère pas une journaliste comme une dactylo occasionnelle.

Je l'observe d'un œil méfiant. Il joue sur toutes les cordes de la séduction. En ce moment, j'ai l'impression d'être un cobaye de laboratoire. C'est plus fort que moi, ma question fuse.

— Ai-je l'air aussi cupide ?

— Ne vous méprenez pas, je ne suis pas un mécène et si je vous fais cette proposition, c'est d'abord parce que j'en éprouve le besoin et que vous m'offrez la perspective de parvenir à ce que je souhaite. Si je vous ai choquée, vous m'en voyez désolé.

Je fronce les sourcils en me levant du fauteuil pour lui faire face.

— Je ne suis pas choquée et j'apprécie la confiance que vous m'accordez sans même savoir ce que je vaux vraiment. J'accepte votre proposition, je tâcherai de m'organiser de mon mieux.

— Je n'en attendais pas moins de vous. Cela dit, je sais parfaitement ce que vous valez en tant que journaliste. Vous semblez oublier que mon métier noue des relations dans tous les milieux. Quand votre tante a évoqué votre candidature, j'ai recueilli l'avis d'un de mes amis. Vous devez le connaître, Mathieu Deshamel.

J'ouvre la bouche, je la referme aussitôt. J'aurais dû y penser, pauvre idiote que je suis ! Qu'un éditeur comme Paul Peyriac connaisse le directeur d'une célèbre école de journalisme, qu'y a-t-il de si exceptionnel ?

— Vous enquêtez souvent sur les gens que vous employez ?

Ma question n'est pas mordante, juste emplie d'une curiosité admirative.

— Je suis un homme prudent. J'aime pouvoir faire confiance aux gens qui m'entourent. Cette précaution m'a souvent été utile, répond-il en m'observant. Voulez-vous savoir ce que pense de vous votre directeur ?

— Je suppose que s'il vous avait dit que j'étais nulle, vous ne m'auriez pas proposé ce travail.

Il penche la tête et se tait. Bien sûr qu'il ne me le dira pas !

Cet homme est un chasseur-né, il a un instinct de fauve et en l'occurrence, je suis sa proie. S'il pense m'intimider, il se trompe sur toute la ligne. Je ne suis pas du genre impressionnable. J'ai toujours eu un goût pour le danger, allant jusqu'à la provocation. Enfant déjà, je faisais peur à mes parents tant j'étais intrépide. Je n'attends donc rien de Paul Peyriac, l'information, je l'ai déjà. Je désigne les notes manuscrites sur son bureau.

— Sont-elles toutes là ?

Il jubile intérieurement, ma résistance l'étonne. La chasse n'en est que plus excitante sûrement.

— Non, ce ne sont que celles que j'ai rédigées en vous attendant. Une sorte de résumé du personnage. Les autres ne nous seront utiles qu'en cas de défaillance de ma mémoire.

Je suis bonne joueuse, je lui offre un petit point en prenant un air faussement scandalisé.

— Vous n'êtes pas un homme à qui la mémoire semble faire défaut.

Il n'est pas dupe de ma remarque rassurante. Il sait très bien à quoi s'en tenir à son propre sujet.

— Vous n'êtes pas une femme à se laisser berner, admet-il. Je crois que nous allons très bien nous entendre.

J'apprécie le terme de « femme », ça me change de « nana », « fille » ou « gonzesse ». Je me hisse dans l'échelle de valeurs et mon ego en est flatté. Je le laisse cependant mariner, j'élude la question pour ne m'attacher qu'aux détails techniques.

— Avez-vous Internet ? Une adresse mail ?

Il fronce les sourcils et croise les bras sur sa poitrine.

— J'ai fait installer Internet pour faire plaisir à mon petit-fils mais j'avoue que je n'aime guère les ordinateurs. Je suis un homme de livre, de papier et d'encre, Mina. Je suis conscient d'être trop largement démodé mais je ne peux me résoudre à céder tout à fait à la modernité.

— Vous ne me paraissez pourtant pas rétrograde.

Il émet un petit rire et son regard pétille.

— Je ne demande qu'à apprendre et je compte sur vous pour m'y aider, si vous voulez bien.

— Volontiers.

— Ceci dit, pour cette tâche, je vous rémunérerai différemment, prévient-il très sérieusement.

— Je vous écoute.

— Je serai votre élève studieux et attentif, à condition que vous deveniez la mienne. Je vous assure que vous aurez tout à y gagner pour votre future profession.

Inutile de réfléchir très longtemps pour savoir qu'il a raison. J'accepte sans réserve. Il s'en réjouit et me tend la main. Tandis qu'il garde mes doigts serrés dans sa poigne de fer, son regard bleu intense fouille le mien.

— Je vous attends lundi après-midi.

Je soutiens cet examen inquisiteur et lui souris.

— Je serai là à 14 heures, vous pouvez compter sur moi.

Il me relâche et me donne le dossier dans lequel il a rangé ses notes. Je le fourre dans mon sac et il me raccompagne jusqu'à la porte de son bureau.

— Votre tante doit s'impatienter à la cuisine, je vous laisse la rejoindre. Je m'attends à un service impeccable de sa part pour les dix prochaines semaines au moins, plaisante-t-il.

— Je m'attends moi à bien pire. Elle va me rappeler durant des années combien je lui suis redevable de ce rendez-vous. Vous ignorez à quoi ressemblent les réveillons de Noël à la maison.

Ma réplique le fait rire encore.

— Vous me le raconterez en détail, j'ai très envie de l'entendre.

— Je ne suis pas là pour parler de moi.

— L'un n'empêche pas l'autre, assure-t-il.

— À lundi, monsieur Peyriac !

Je n'aime pas cette impression que j'ai de m'enfuir. Il gagne trop facilement la partie.

— À lundi, Hermine, répond-il, conscient d'être le vainqueur.

*

* *

Je pousse un soupir exaspéré. Depuis des heures, j'essaie de formuler un schéma type d'interview comme on nous l'a enseigné en cours mais les occupants de la chambre voisine me rendent folle.

Ils sont quatre : la mère, le père, une fillette de cinq ou six ans et un garçon encore plus jeune. Ils sont arrivés il y a dix jours en remplacement d'une vieille dame que sa famille a décidé de placer en maison de retraite. J'ignore de quel pays ils viennent, ils ne parlent pas un mot de français, leurs tenues sont exotiques et ils s'entassent dans une chambre de douze mètres carrés à tout casser.

Je subis les hurlements des gosses que personne ne songe à faire taire, la télé qui beugle jusqu'à une heure très avancée de la nuit, les odeurs grasses de cuisine et ce que je pensais être des disputes entre les époux pour m'apercevoir, au bout d'un certain temps, que c'est leur façon unique de s'exprimer.

Incapable de me concentrer, je mets les notes de Paul Peyriac dans mon sac et décroche mon téléphone. Marion ne répond pas, je fulmine.

Nouvelle tentative, nouvel échec.

La gamine d'à côté pousse un hurlement qui me hérisse le poil. Tant pis, n'importe quoi, mais plus ça ! Je choisis un autre numéro dans mon répertoire. Cette fois, mon interlocuteur décroche. Je ne lui laisse pas deux secondes avant d'attaquer.

— Alain, c'est Mina, j'aurais besoin d'un service.

— Qu'est-ce que je peux faire pour toi ? répond-il, un sourire dans la voix.

— Tu pourrais m'offrir l'asile pour cette nuit ?

— Tu t'es fait jeter de ton squat ? se marre-t-il.

— Je ne me suis pas fait jeter mais tu as raison sur le terme de squat.

Un nouveau hurlement et des bruits sourds parviennent jusqu'aux oreilles de mon ami.

— On égorge quelqu'un chez toi ?

— Je n'en peux plus, je n'arrive pas à bosser. Je peux venir ?

— Pas de problème, princesse, tu sais que tu es toujours la bienvenue dans mon lit.

Je pousse un soupir, je l'entends rire.

— Alain, j'ai vraiment besoin de bosser, c'est sérieux.

— Je plaisante, je déplierai le canapé.

Ce recul purement stratégique ne me leurre pas. Je sais qu'il essaiera encore, Alain est du genre obstiné. Mais qu'importe, si je peux m'enfuir d'ici.

Je prends en rafale un tee-shirt en guise de chemise de nuit, des sous-vêtements propres, un pull et ma trousse de toilette avant de dégringoler mes six étages.

En ce vendredi soir, j'ai l'impression que tous les habitants du quartier se sont donné rendez-vous en bas de chez moi. Ça crie, ça gesticule, ça observe aussi parfois d'une façon qui me colle la chair de poule. Ici, l'intruse, c'est moi.

Je n'ai pas eu le temps de frapper à la porte, Alain ouvre déjà. Il est torse nu et les cheveux mouillés. Il arbore un grand sourire et apprécie mon regard sur son physique de sportif. Nul doute que c'était largement prémédité. Je reste penaude sur le palier. Il me tire par le poignet et referme derrière moi.

Rien n'a changé dans son petit appartement. Je me souviens très exactement de chaque chose, des photos sur le mur au-dessus de son bureau. J'avais pourtant juré de ne plus remettre les pieds ici. Quelle belle résolution !

Alain et moi avons eu une très brève liaison. Quand je dis brève, elle n'a pas dépassé les trois semaines. C'était au tout début de la première année de journalisme. Lui et moi arrivions de notre province et nous étions aussi paumés l'un que l'autre. Nous nous sommes mutuellement réconfortés jusqu'à ce que nous ayons suffisamment pris nos marques.

Nous avons épuisé son stock de préservatifs avant de décider d'un commun accord de ne pas le renouveler ensemble. Cela dit, nous sommes restés très amis et il m'a généreusement offert son aide au cas où. Et le cas où, c'est maintenant.

Il me chipe mon sac des mains et l'envoie balader dans un coin.

— Hé, je proteste, y a mon ordinateur là-dedans !

Il se marre, se sèche la nuque avec sa serviette et part vers la minuscule cuisine.

— Tu veux boire quelque chose ? demande-t-il.

— Qu'est-ce que tu me proposes ?

— Bière, soda, flotte, vin blanc, si ça te chante.

— De l'eau, ça m'ira très bien.

— Plate ou gazeuse ?

Je le rejoins dans la kitchenette où il attend ma réponse, appuyé négligemment sur la porte ouverte du frigo.

— Gazeuse.

Lui s'octroie un soda. Il me reluque d'un air prudent. Je suis une pile électrique.

— Tu devrais changer d'endroit, déclare-t-il à juste titre. Ça n'est pas vivable ton truc.

— Je sais, mais je n'ai pas les moyens de m'offrir un appart comme le tien.

Il ne prend pas mal ma repartie, il sait qu'il a de la chance d'avoir des parents aux moyens financiers considérables.

— Je suis sûr que tu pourrais trouver un truc moins minable pour le même prix à Paris même, insiste-t-il. Si tu veux, on peut chercher.

Sa sollicitude me touche. J'élimine mes derniers scrupules.

— Ça ne te dérange pas pour ce soir ? Tu es sûr ?

Il se redresse et ouvre les bras.

— Tu sais bien que non. J'avais rien de prévu, de toute façon.

Je le regarde, sceptique.

— Et Fanny ?

J'avance sur des œufs, je connais bien Alain. Le beau mec cache une vraie sensibilité sous ses sourires de séducteur. Il passe ses doigts dans ses cheveux châtains aux boucles souples et grimace avant de me sourire.

— Fanny est rentrée chez ses parents. Elle a décidé qu'elle n'était pas faite pour les études de vétérinaire.

J'ai une moue désapprobatrice qui le fait marrer.

— Célibataire alors ?

— Encore une fois, lance-t-il bravement. Et toi ?

— Toujours.

— Mina, soupire-t-il en posant son bras sur mes épaules. Je crois que tu te méfies trop des mecs. Tu vas finir vieille fille si tu continues.

— Pas le temps, pas envie, pas besoin !

Je résume, il pige et rit encore.

— Et le sexe dans tout ça ? interroge-t-il. Tu vas te dessécher.

Je hausse les épaules et je me dégage de son bras. Il me suit dans le séjour où je récupère mon sac en faisant mine de rien.

— T'as pas baisé depuis moi ? demande-t-il, trop perspicace.

Là, il m'agace, mais je ne suis pas en position de le rembarrer au risque de perdre mon seul abri pour le week-end.

— Ben non, j'avoue sèchement. Mais rassure-toi, je survis très bien.

J'ai beau ironiser, mon ventre s'enflamme comme pour me punir. Alain est à moitié nu, à deux pas de moi. Il sent bon, ses muscles se dessinent sous sa peau mate. Et je n'ai pas baisé depuis plus d'un an !

S'il m'arrive certains soirs de soulager moi-même le manque, je n'y trouve qu'un substitut frustrant au possible. Sans être particulièrement « chaude », j'avoue sans honte que j'aime le plaisir et que ce garçon a su m'en donner. Il flaire, il devine, il approche et me prive de nouveau de mon sac.

— Arrête une minute, nous devons discuter sérieusement.

Je le dévisage d'un air sévère, je sens trop bien où cela va nous mener. Je me laisse pourtant déposséder. Il enroule ses bras autour de ma taille et j'ai la faiblesse de me troubler quand sa voix se fait plus sensuelle.

— Pourquoi est-ce que tu m'as appelé, moi ?

— Marion ne répondait pas.

Je me défends mollement. Je sens ses muscles saillants frémir sous mes paumes posées sur ses bras. Mon sang s'accélère dans mes veines. J'éprouve le besoin de me justifier.

— Je n'avais pas d'autre solution.

— Et si je n'avais pas été seul ?

— Je suppose que tu me l'aurais dit. Je me serais débrouillée autrement, quitte à squatter un bar jusqu'à la fermeture.

— Tu te trompes, Mina. Si je n'avais pas été seul, je me serais organisé pour le devenir.

Je le regarde, ahurie. Il ne sourit plus, ses yeux marron me scrutent intensément. Il caresse ma joue et je doute moins de ses motivations.

— Je ne suis pas venue… pour ça, je réfute d'une voix qui n'est pas aussi assurée que je le voudrais.

Alain glisse ses doigts dans mon cou et écarte le col de mon chemisier. Mon souffle devient plus court.

— Je n'ai jamais retrouvé avec les autres filles le même plaisir qu'avec toi, dit-il avec des accents de sincérité qui m'effraient un peu.

— Argument facile, je bredouille bêtement.

Il a presque gagné. Si mes sentiments pour lui ne sont plus ce qu'ils ont été, je sais ce qu'il vaut dans un lit et mes souvenirs enflamment douloureusement mon ventre. Je ne me bats que pour l'honneur. Après tout, c'est moi qui l'ai cherché.

Peut-être qu'au fond, ce n'est pas tout à fait un hasard si je suis ici. Je savais avant même de raccrocher que ça risquait de finir ainsi. Je devrais arrêter de me mentir à moi-même. Alain a raison, je suis gravement en manque. Il déboutonne un peu plus mon corsage. Cette fois, je ne réagis pas.

— Dis-moi que tu n'en as pas envie, exige-t-il d'une voix suave en me devinant acquise.

— Ne sois pas idiot, je t'aurais déjà arrêté. Je veux juste que… tu ne croies pas à autre chose.

— Seulement des *sex-friends*, assure-t-il en souriant.

Il a pigé et ça me soulage. Il se penche sur moi et me renverse sur le canapé voisin. Sa langue force mes lèvres consentantes. Il fait sauter le bouton de mon jean et tire sur mon pantalon. Je dégrafe moi-même mon soutien-gorge. Nos gestes sont nerveux, maladroits à force d'être empressés. Il empoigne mes seins et je pousse un gémissement qui l'encourage. Il quitte alors ma bouche et prend possession de mes tétons sensibles. Je suis impatiente, mon ventre crie famine. Je le veux, tout de suite !

— Déjà ? souffle-t-il entre mes seins quand je réclame.

— S'il te plaît, j'implore. Fort !

Alain se redresse, écarte fermement mes cuisses et me pénètre d'un coup. C'est puissant, la fin d'une souffrance, un soulagement sans pareil. Je me cambre pour lui offrir plus d'espace, pour qu'il me prenne tout entière. J'ondule comme une démente en manque pour satisfaire les besoins de mon corps. Je soupire, je gémis, je plaque mes mains sur ses fesses pour l'attirer plus loin, plus fort en moi.

— Mina, arrête ça, je vais jouir, menace-t-il d'une voix rauque.

J'obéis aussitôt.

— Laisse-moi faire, ma belle, suggère-t-il.

Il se coule sur moi en pesant de tout son poids. Ses mains soulèvent mon bassin et me soudent à lui. Ses coups de reins, jusque-là brutaux, ralentissent au point de me rendre folle.

— On dirait que tu aimes ça, constate-t-il en ne m'entendant plus respirer.

Mes doigts sont crispés sur ses bras, mes reins creusés, ma poitrine tendue. Je suis concentrée sur un seul point, je ne suis même pas capable de lui répondre. Il me donne un vigoureux coup de boutoir et je réagis.

— Fais-moi jouir… maintenant !

Ma voix est grave, enrouée, j'ordonne, il savoure. Sa queue fouille mon ventre avec plus d'ardeur, elle s'enfonce enfin au plus profond de moi pour ne plus bouger tout à coup. Alain a senti.

Il me contemple tandis que j'ouvre la bouche dans un cri muet et que je me cramponne sous l'irrésistible élan de mon corps. Il attend que mon orgasme se libère en un flot brûlant pour se déchaîner en un va-et-vient frénétique. Il rugit puis s'abat sur moi tandis que son sexe crache sa jouissance.

Je me rends compte, à ce moment-là seulement, que nous n'avons pris aucune précaution. Trop pressés l'un et l'autre, nous avons complètement zappé le préservatif. Furieuse, je le repousse brusquement alors qu'il me dévisage aussi étonné qu'incrédule.

— Merde Alain ! je crie. Est-ce que tu réalises ?

Il s'écarte et s'assoit à côté de moi, aussi tranquille que je trépigne.

— Arrête de flipper, Mina, tu n'as rien à craindre de moi.

Je le boufferais d'être aussi calme.

— Qu'est-ce que j'en sais ?

Il se marre et m'attire contre lui.

— C'est la première fois que je baise sans capote, s'esclaffe-t-il, comme surpris lui-même.

Je me débats de ses bras et je m'agenouille face à lui. Je scrute son regard pour savoir s'il me dit ou non la vérité.

— Et putain, qu'est-ce que c'est bon, ajoute-t-il en souriant.

— Et moi, tu me fais confiance à ce point-là ?

— Faut croire que oui, dit-il en m'observant à son tour. À moins que tu ne m'aies menti.

Je baisse le nez. Non, je n'ai pas menti. Pas d'autre que lui et la pilule depuis longtemps, rien à craindre de mon côté. Je m'apaise. D'ailleurs, tout mon corps est apaisé.

Il m'ouvre les bras et je me réfugie contre son épaule. Il ferme les yeux et renverse la tête sur le dossier du canapé. Il a l'air détendu et content. Ma curiosité l'emporte et des accents de rire teintent ma voix.

— C'était si différent ?

Il répond « oui », sans bouger. Il ne veut rien d'autre que profiter de ces quelques minutes qui succèdent au plaisir et dont je l'ai privé par ma réaction farouche. Je me tais et me laisse aller à mon tour à une douce somnolence.

*
* *

Mon portable me tire du sommeil à 8 heures comme je l'avais programmé. Je m'étire dans tous les sens, j'ai l'impression d'avoir fait une séance de gym. Je dois être sérieusement rouillée.

Une bonne odeur de café frais flotte déjà dans l'air et j'entends le bruit de la douche. Il me faut quelques secondes pour remettre bout à bout les événements de la veille. Après avoir mis ma libido à jour, Alain a commandé deux pizzas et nous avons dîné en bavardant comme des vieux copains. Puis il a installé le clic-clac et nous avons dormi, lui dans son lit, moi dans le canapé.

Je n'ai pas du tout bossé comme j'en avais l'intention mais ce matin, j'ai bizarrement les idées extrêmement claires. Je me lève d'un bond et vais me servir un café. Alain sort nu de sa douche, il est encore trempé quand il vient m'embrasser sur la joue. Je le repousse en riant.

— Bien dormi ? demande-t-il.

— Comme un bébé. Et toi ?

— Génial !

Son sourire s'étire jusqu'aux oreilles, je le crois sur parole.

— Café ?

— Ouais, je file m'habiller, j'ai un match de tennis dans une demi-heure, explique-t-il en s'enfuyant vers sa chambre.

Je verse son café et j'attends qu'il revienne. Il l'avale en deux traits là où je prends des plombes pour siroter le mien.

— Tu es ici chez toi, tu pourras bosser peinarde. Je te laisse le double des clés au cas où tu voudrais sortir.

Il est joyeux, j'ai la vague impression que ma présence lui plaît. Je le remercie et le regarde partir, son sac sur l'épaule. Il me lance un petit baiser de la main avant de refermer la porte derrière lui. Je finis mon café et je me secoue. Je ne suis pas venue ici pour me la couler douce.

Après la douche et les biscottes, je m'installe confortablement derrière mon ordinateur. Je sais désormais ce que j'ai à faire. Je sors les notes de Paul Peyriac et je commence à les retaper dans l'ordre.

Dès les premières lignes, je me retrouve dans l'ambiance de son bureau. Il écrit net, juste, trouve des mots puissants qui lui ressemblent. Il a choisi de démarrer son récit à ses tout débuts, aux côtés de son père, dans l'imprimerie artisanale que ce dernier tenait en plein Paris.

De son enfance assez joyeuse, il ne fait qu'évoquer sa naissance à la fin de la guerre, ses parents, leurs trois enfants, ses deux sœurs et lui : le fils, le successeur. De choix, Paul Peyriac n'en a pas eu, il voulait devenir professeur de philosophie ou de français, il voulait vivre autrement les livres qu'il voyait dans l'atelier de son père.

Lorsque mai 68 a soufflé son vent de liberté, Paul Peyriac était déjà entré dans le rang. Son père s'était brusquement éteint d'une crise cardiaque. Il a fallu faire vivre sa mère, ses sœurs. Il a retroussé ses manches, insufflé sa jeunesse et son énergie à l'imprimerie familiale et embauché les filles.

De sa rencontre avec celle qui allait devenir son épouse, il ne parle presque pas. Elle débarque dans ses notes et je le retrouve marié du jour au lendemain. J'apprends seulement que Béatrice Peyriac est née demoiselle de Domfort et que ses parents n'ont cédé à ce mariage en dessous de sa condition qu'au prix d'un vrai chantage de sa part.

C'est pourtant cette union avec Béatrice qui a bouleversé sa vie et donné l'impulsion à sa carrière. Paul fait aveu sans complexe de l'influence de sa femme grâce à qui il a quitté les rotatives bruyantes de son atelier pour un bureau chic et spacieux, et a pu assouvir sa passion pour les livres en nouant des liens étroits avec les écrivains qu'il admirait tant. Il évoque d'ailleurs longuement le célèbre Henri Valmur dont il est devenu l'éditeur en même temps qu'un ami intime.

Il retrace aussi, en pointillé, la naissance de son fils unique et la douleur de son épouse quand elle a appris qu'elle n'aurait pas d'autre enfant. Béatrice Peyriac est présente derrière chaque phrase, elle guide la plume de son mari. Je ressens tout à la fois sa peine et la lutte qu'il a menée pour se confier à son sujet.

Quand je mets un point final à ma recopie, il est déjà près de 16 heures. Le récit de Paul me captive. J'ai envie d'en savoir plus, il me semble qu'il ne se livre pas assez. Je veux connaître ses pensées, ses sentiments les plus vrais à chacune des époques qu'il évoque. J'ai envie de pousser la porte de la chambre des époux Peyriac, savoir ce qu'elle lui a dit pour aiguiser à ce point son ambition et comment elle a réussi à transformer un modeste garçon en un homme d'affaires redouté de ses confrères et si sûr de lui.

En rentrant, Alain s'esclaffe devant ma mine de papier mâché et mes yeux rougis d'avoir travaillé longtemps devant l'écran. Il me somme d'arrêter et de lui raconter ce que je fabrique. Je ferme l'ordi, je range mes notes et m'agenouille sur le canapé. Il prend une bière et s'installe à mes côtés. Je lui explique le job que j'ai accepté. Il écoute sans rien dire et hoche la tête de temps en temps.

— Tes études de secrétariat t'aident vachement, constate-t-il.

— Oui, plutôt, j'ai pu reprendre ces notes en une seule journée, je vais pouvoir te libérer de ma présence.

Il hausse les épaules.

— Comment tu vas faire pour l'école ? Tu ne vas pas pouvoir assurer tous les cours.

— Je n'ai pas le choix, je vais sécher une option. C'est ça ou c'est toute mon année que je fous en l'air.

— Si t'as besoin d'un coup de main, tu peux compter sur moi.

Je le regarde, amusée. Lui ne rigole pas.

— Merci, Alain, je me débrouille. Vrai !

— Comme tu veux, ma belle, fait-il en bondissant sur ses pieds. Je meurs de faim, hot-dog, ça te dit ?

J'approuve et je me retrouve, 15 minutes plus tard, avec un sandwich gigantesque entre les mains.

Alain m'offre l'hospitalité un jour de plus malgré mes molles protestations. Je suis bien incapable de lutter contre ses arguments si persuasifs. Il me promet une nuit silencieuse et confortable. En attendant, nous nous avachissons, lui et moi, devant une série à la télé.

Alain caresse machinalement mon bras, je finis par décrocher du programme pour suivre son geste. Mon esprit s'égare fatalement. Je n'ai pas l'intention de passer pour une nympho, je tente de raccrocher à l'épisode dont lui semble ne pas perdre une miette. Impossible ! Je finis par remuer trop pour que ça passe inaperçu.

— Fatiguée ? demande-t-il innocemment.

— Oui, assez, dis-je en profitant de la porte de sortie honorable qu'il m'offre.

— Allez, lève-toi et aide-moi à déplier ton berceau, princesse, ordonne-t-il gaiement.

Je m'exécute illico. Alain me souhaite une bonne nuit, sa main effleure ma joue et ses lèvres se posent si près des miennes. Je retiens ma respiration, je ne sais pas s'il s'en rend compte. Il ne laisse rien paraître et s'en va dans sa chambre.

Je me déshabille en hâte et me glisse nue sous la couette. Je ferme les yeux et j'appelle le sommeil de tous mes vœux. Sur mon bras, je sens encore la caresse de ses doigts. Sous mes paupières closes, je m'offre au plaisir. Mon sexe réclame, il supplie.

Agacée, je me redresse comme un ressort. Je jette un œil sur mon portable : 00 h 20. Je me lève sans bruit, la chambre d'Alain n'est pas entièrement fermée, je pose ma main sur la porte mais j'hésite à la pousser.

— Entre, je ne dors pas, résonne soudain sa voix.

J'ai la pénible impression d'avoir été prise en flagrant délit. J'obéis d'un air piteux mais il a la délicatesse de ne pas allumer.

— Je te dérange ? je bredouille timidement.

— Non, assure-t-il en ouvrant ses draps. Viens, tu vas prendre froid.

Je me coule contre lui, il est chaud, il est nu aussi. Il attire ma tête contre sa poitrine, j'y pose en plus ma main qu'il recouvre de la sienne. La brûlure de mon ventre ne se calme pas et je gigote de nouveau. Il émet un petit ricanement et sa main guide alors la mienne jusqu'à son sexe. Il bande furieusement.

— Qu'est-ce que tu crois ? dit-il doucement à mon oreille. C'est aussi tentant pour moi que pour toi.

— Je ne voudrais pas que tu imagines que...

Il pose un doigt sur ma bouche, je me tais.

— Tu n'as pas à te justifier, tu as envie, moi aussi. Nous sommes deux adultes consentants.

Sans conteste, il marque un point.

— Cette fois, c'est ton tour, lance-t-il en me faisant basculer sur lui. Baise-moi, ma belle !

Je me redresse volontiers et me positionne à califourchon au-dessus de lui. Je pousse un long soupir de soulagement au fur et à mesure qu'il me remplit. Il empoigne mes seins, les pétrit. Je savoure chaque caresse, chaque sensation, je fais le plein pour après, quand je serai de nouveau seule.

Alain guide à peine mes mouvements, ses mains accrochées à mes hanches. Je me sers toute seule, je prends mon pied en égoïste, à mon rythme. Il me laisse faire, n'exige rien. Tout au plus relance-t-il mon va-et-vient quand je suis terrassée par un orgasme qui me cloue sur place.

— Encore, soupire-t-il. J'adore ça.

Alors, je continue, le feu se rallume, j'ondule plus fort, plus vite. Je l'entends retenir ses plaintes et ça fouette mon désir.

— Mina, je vais jouir, prévient-il.

Ses paroles attisent le brasier qui couve en moi. Il m'attire à sa bouche, sa langue traque la mienne et nos cris meurent dans un baiser. Je m'abats sur lui, à bout de souffle. Il me faut cinq bonnes minutes pour que ma respiration redevienne normale. Il me garde enlacée contre lui.

— Putain, ce que c'est bon, dit-il. Tu peux me dire pourquoi c'est si bon avec toi ?

J'enfonce mon nez dans son cou sans répondre, je suis bien.

— Pourquoi tu ne resterais pas un moment ici ? propose-t-il tout bas.

— Parce que tu sais bien qu'on n'est pas faits pour vivre ensemble, on finirait par se taper sur les nerfs. Et puis tu vas sûrement te faire une nouvelle petite amie, tu lui diras quoi ? Excuse-moi, je te présente Mina, une copine, elle vit là et on baise de temps en temps.

Il rigole mais sa voix redevient vite sérieuse.

— On est pourtant bien.

— Je confirme.

Je soupire et je caresse son torse d'un geste machinal de tendresse.

— Reste, Mina ! implore-t-il.

— Seulement cette nuit, Alain, demain, je rentre.

— Dors près de moi dans ce cas.

— Chut ! Je dors déjà !

Il resserre son étreinte autour de moi et je sombre vite dans un sommeil réparateur.

*

* *

Lundi, 14 heures précises, je sonne à la grille de l'hôtel particulier de l'avenue Foch. J'ai encore mis 45 minutes à venir jusque-là, j'ai dû sauter le déjeuner. Malgré ça, je suis en pleine forme. Je ne me suis pas sentie aussi bien depuis longtemps d'ailleurs.

Ce week-end a remis les pendules à l'heure. Alain a été parfait, à tous les niveaux. Ce matin, il m'a fait la bise à l'école, comme d'habitude. Personne n'aurait pu deviner ce qui s'est passé entre nous durant deux jours. Je suis regonflée à bloc.

Le jardinier vient m'ouvrir en souriant. Il me précède jusqu'à la cuisine où ma tante Laurence s'active. Elle m'embrasse en faisant une moue sévère.

— Tes efforts de présentation n'auront pas duré longtemps, bougonne-t-elle en avisant mon jean et mes tennis.

— Désolée mais je n'ai pas eu le temps de fignoler, j'ai eu cours toute la matinée. Je n'ai même pas eu le temps de manger.

Elle lève les bras au ciel, je viens de commettre le pire des sacrilèges, j'ai sauté un repas.

— File au bureau, je te prépare un casse-croûte, sale gosse ! rouspète-t-elle en me chassant. Tu sais où ça se trouve ou tu veux que je t'accompagne ?

— Non, je sais.

Je m'élance dans les couloirs jusqu'à la dernière porte, à laquelle je cogne d'un geste résolu.

— Entrez, Mina ! fait la voix nette et grave de Paul Peyriac.

J'obtempère aussitôt. Il est debout vers la fenêtre et me tourne le dos.

— Bonjour, monsieur Peyriac, dis-je gaiement.

Il se retourne et son regard balaie ma tenue. Son visage se ferme et ses sourcils se froncent ostensiblement. Il n'apprécie pas.

— Bonjour, mademoiselle Dalambray, répond-il pour marquer ainsi sa haute désapprobation devant mon air de lycéenne.

Ma tante entre après en avoir reçu l'autorisation. Elle pose un plateau contenant une cafetière, deux tasses ainsi qu'un sandwich de pain de mie à mon intention.

— Veuillez me pardonner cette liberté, monsieur Peyriac, mais cette jeune fille néglige son alimentation. Sa mère m'en voudrait si elle apprenait ça.

Paul Peyriac sourcille, se tourne vers moi.

— Vous n'avez pas déjeuné ?

— Je n'en ai pas eu le temps, il m'a fallu près d'une heure pour venir jusqu'ici et mes cours se terminaient à 13 heures.

— Vous avez cours cet après-midi ?

— Juste une option.

Paul secoue la tête, mécontent, puis s'installe à son bureau.

— Nous reparlerons de ceci quand vous aurez mangé, dit-il sèchement.

Je sors préventivement mon ordinateur de mon sac et je l'allume.

— J'ai fini de reprendre vos notes, voulez-vous y jeter un œil ?

Il accepte et tandis que j'engloutis le sandwich, il parcourt l'écran d'un regard attentif. Je sers d'office nos deux tasses de café. Je constate qu'il n'y a qu'un morceau de sucre dans une petite assiette, j'en déduis donc que Paul Peyriac ne sucre pas son café, contrairement à moi à qui ma tante a pensé. Un éclair passe dans son regard quand je lui tends sa tasse. Il me remercie du bout des lèvres et déguste son café en m'observant. Le mien attend d'avoir presque refroidi sur la table.

— Vos notes sont claires et précises, déclare-t-il enfin. Vous avez suffisamment élagué.

— Je pense que vous ne vous êtes pas beaucoup épanché. Au bout de ce travail, je ne sais toujours pas qui vous êtes, monsieur Peyriac.

Il sourit discrètement.

— Buvez votre café, nous devons bavarder.

J'obtempère et je reviens vite à son bureau. Il se lève et en fait le tour.

— Prenez ma place, propose-t-il d'un ton qui ne souffre pas de protestation. Vous serez plus confortablement assise pour taper sur votre ordinateur.

Je caresse avec bonheur le bord du meuble en m'installant comme un écrivain à sa table de travail. Lui s'assoit dans un fauteuil et croise les jambes. Son regard se perd dans le vide un moment, et je m'aperçois qu'il contemple la photographie de son épouse, posée sur l'une des étagères de la bibliothèque. Il s'agit d'ailleurs de la seule photo visible dans cette pièce.

— Je suis prête, monsieur Peyriac, j'avertis doucement.

— Je parlerai à Mathieu Deshamel, commence-t-il très sérieusement. Je ne tiens pas à ce que vous soyez pénalisée dans vos études.

— Je ne demande aucun passe-droit. Je me débrouillerai.

— Ce n'est pas une suggestion, c'est une affirmation, corrige-t-il. Vous devez considérer ce travail comme une réelle expérience professionnelle.

Je n'hésite pas longtemps même si j'éprouve malgré tout quelques scrupules.

— Vous savez Mina, dans cette école comme dans bien d'autres milieux, vous devez utiliser toutes les possibilités qui vous sont offertes. C'est un univers d'influences, ne refusez jamais une main qui se tend. Apprenez à naviguer en eaux troubles et laissez-moi vous guider un moment.

Mes doigts jouent nerveusement sur les touches du clavier de l'ordinateur.

— Très bien, j'accepte, dis-je en éclaircissant ma voix.

— Dans ce cas, nous pouvons commencer à travailler.

Je me redresse, tout à mon affaire, et je lui demande d'emblée quel enfant il a été. Paul Peyriac rit mais consent à remonter plus loin que ce qu'il avait prévu. Il se lance alors dans le récit, raconte ses parents, son admiration pour son père, la beauté de sa mère, la naissance de ses sœurs qui seront, pour le reste de sa vie, ses meilleures amies. Il accepte de faire des recherches dans ses photographies de famille et sort un vieil album qui n'a pas été ouvert depuis des dizaines d'années. Il s'installe près de moi et, posant le doigt sur quelques clichés, raconte l'occasion, l'événement, la joie souvent. Paul a eu une enfance heureuse, insouciante.

Je suis emportée dans son récit comme s'il me confiait les clés d'un trésor. J'ai parfois l'impression d'être de sa famille, de courir les rues de Paris à ses côtés, d'entrer dans l'arrière-cour de l'imprimerie en cachette. Je suis en 1950 et je m'émerveille de tout.

Je prends de nombreuses notes, mes cours de sténo me sont plus que précieux. Je ne veux rien perdre des expressions spontanées de mon conteur. Les mots coulent de sa bouche avec tant d'évidence que leur en substituer d'autres serait un crime.

Je ne vois pas le temps passer. Ce n'est que lorsque ma tante vient frapper à la porte pour annoncer un visiteur que nous nous apercevons, aussi étonnés l'un que l'autre, qu'il est déjà près de 18 h 30.

— Je suis désolé, Mina, s'excuse-t-il. Je vous ai retenue plus longtemps que prévu. Je veillerai à me montrer plus raisonnable la prochaine fois.

— Ça ne fait rien, vraiment, j'ai beaucoup aimé vous écouter.

Mes paroles semblent le rassurer un peu. Il prend congé de moi avec courtoisie et me donne rendez-vous le surlendemain à la même heure. Je range promptement mon matériel et me faufile à la cuisine.

— Vous semblez bien vous entendre, constate Laurence devant ma mine réjouie.

— Monsieur Peyriac est passionnant.

— Tu ne vas pas être rentrée de bonne heure, annonce-t-elle, sinistre.

Je hausse les épaules. Je ne suis pas pressée de regagner mon bouge. Ma tante me glisse une boîte dans mon sac.

— Tu n'auras qu'à réchauffer, ce sont des lasagnes que j'ai faites ce midi.

Je l'embrasse, les lasagnes sont un de mes plats favoris. Le métro me ballotte vers ma banlieue, je reconnecte brutalement avec mon époque. J'étais bien en 1950, à ce bureau magnifique, captivée par les échos graves de la voix de Paul Peyriac.

Je passe la soirée à retaper mes notes, je n'ai pas envie d'en sortir. Même les hurlements des gosses d'à côté, même les braillements de la télé et les éclats de voix des parents ne me distraient pas. J'ai réchauffé les lasagnes et je les ai mangées avec bon appétit.

Le lendemain, je suis en cours, attentive, quoiqu'un peu fatiguée. Marion me bassine avec un nouveau sujet, son petit ami du moment veut partir à Marseille. Elle se tâte, hésite, doute qu'il soit le bon, celui pour lequel elle laisserait tout tomber. Je l'écoute d'une oreille distraite. Alain ne se montre que l'après-midi, il me glisse un papier sur lequel il a noté des adresses de locations pas loin de chez lui.

— Tu m'as manqué cette nuit, me chuchote-t-il à l'oreille au détour d'un couloir.

Je réprime un petit rire, je l'imagine se masturbant pour soulager le manque. Je n'aurais pas dû, mon ventre se rebelle. Je change de sujet et la journée passe comme les autres.

Les voisins mènent un tapage d'enfer quand je rentre. Je suis interpellée par la voisine du dessous qui monte une pétition pour les chasser. Au point où j'en suis, je refuse de signer, ils n'y sont pour rien, après tout. Ils sont autant victimes que bourreaux. Elle me toise d'un air mauvais avant de se rabattre sur la porte du rez-de-chaussée.

Le mercredi matin, je saute du lit. J'ai hâte d'être à 14 heures, hâte de retrouver cette ambiance studieuse et le bureau de bois précieux. Je suis en plein cours d'histoire des médias quand la secrétaire du directeur interrompt le cours.

— Mademoiselle Dalambray, pourriez-vous venir un moment, s'il vous plaît ? M. Deshamel souhaite vous parler.

Je me lève sous l'œil ahuri de mes copains de classe et la suis jusqu'au bureau directorial. Mathieu Deshamel est une personnalité du monde médiatique, d'aucuns le qualifieraient de star du petit écran et de la radio. Quand j'entre, il est au téléphone et me fait signe de m'asseoir devant lui. Je patiente en l'écoutant. Malgré sa voix posée, je devine son agacement aux gestes nerveux de ses doigts sur son stylo qu'il finit par envoyer promener. Puis il raccroche, soupire avant de me regarder en souriant.

— Pardonnez-moi, mademoiselle Dalambray, commence-t-il très courtoisement.

— Je vous en prie. Vous souhaitiez me voir ?

— Effectivement. J'ai reçu hier un appel de mon ami Paul Peyriac. Il m'avait déjà parlé de son intention de vous prendre à son service comme secrétaire. Il m'a confié les difficultés auxquelles vous êtes confrontée.

Il marque une pause et j'en profite pour mettre les choses parfaitement au clair.

— Je voudrais que vous sachiez que cette démarche relève de la seule initiative de M. Peyriac.

— Je le sais, il m'a dit que vous n'avez rien sollicité et c'est tout à votre honneur. Je vous avoue que le règlement de l'école ne prévoit pas ce genre de situation. Toutefois, ce n'est pas moi qui vous dirais que je suis contre ce genre de procédé, qui veut qu'un journaliste fasse son job de journaliste. J'ai tout appris sur le tas et je persiste à croire qu'il s'agit du meilleur des apprentissages. C'est pourquoi j'ai décidé de vous dispenser de vos options. Vous serez évaluée sur le travail que vous fournirez à M. Paul Peyriac. Vous êtes ainsi libérée les lundis, mercredis et vendredis après-midi. M. Peyriac s'est engagé à me fournir un compte rendu de votre travail. Je voudrais cependant que cette prérogative reste confidentielle. Vous comprendrez que je ne tiens pas à ce que ces pratiques se développent au sein de cette école.

— Je comprends parfaitement et je vous en remercie, monsieur.

Il me sourit. Je crois que nous nous sommes effectivement très bien compris. Motus et bouche cousue ! Le b.a.-ba du journaliste : protéger ses arrières.

— Profitez de cette opportunité, elle est très rare, mademoiselle Dalambray. Un homme comme Paul Peyriac peut vous apporter plus que vous ne pensez.

— J'en suis consciente, j'assure sans vraiment savoir de quoi je parle.

À mon retour parmi mes amis, j'évoque un problème administratif, ils me croient, sauf Alain, qui m'observe en souriant.

*

* *

Quand je sonne à la grille de l'Avenue Foch, je me sens rendue à moi-même. Paul Peyriac m'attend. Je trouve avec amusement une imprimante posée sur le bureau.

— Ma chère, je ne suis pas fait pour lire sur vos écrans, j'aime le papier, le tangible et je veux pouvoir apporter des corrections à vos notes. Je vous demanderai de bien vouloir imprimer au fur et à mesure. Je pourrai ainsi relire à loisir tout ce que vous m'avez extorqué comme confidences.

— Elles vous ressemblent, elles sont gaies et pétillantes, parfois mystérieuses, mais toujours à votre avantage.

Mes accents moqueurs le font rire.

— Et si nous reprenions ? propose-t-il.

Durant deux heures, il se confie encore. Nous restons à la même époque, il épuise ses premières années et me raconte ses secrets de petit garçon.

À 16 heures précises, il arrête. J'imprime pour lui les notes que j'ai prises et je les stocke dans un dossier vert qu'il me donne.

— Maintenant, montrez-moi donc la manière de surfer, déclare-t-il d'un air malicieux.

Je le regarde, sceptique. Il dévoile alors une rangée de dents formidablement blanches et va jusqu'à une porte de sa bibliothèque qu'il ouvre en grand. J'y découvre un ordinateur haut de gamme.

— La connexion Internet fonctionne, il vous attend.

Il tire à lui deux chaises et nous nous installons côte à côte devant ce petit bijou. Les débuts de Paul Peyriac sur le Net sont assez faciles. J'en viens à douter qu'il ne sache vraiment rien. Il s'adapte avec une rapidité déconcertante. En moins de dix minutes, le voilà doté d'une adresse de messagerie et il sait comment envoyer et recevoir des mails.

— Savez-vous quelle est l'adresse de votre petit-fils ? je l'interroge.

— Oui, j'ai dû la noter quelque part, assure-t-il en partant en excursion dans le tiroir de son bureau.

Il fouille, remue et se redresse, vexé de son échec. Je ne peux m'empêcher de rire.

— Ça ne fait rien, on peut chercher autrement. Si votre petit-fils est sur Facebook, nous n'aurons pas de mal à le retrouver.

Il me rejoint et se rassoit.

— Je crois bien qu'il y est, en effet.

Paul Peyriac se montre curieux et attentif. À ce moment-là, il n'a pas soixante-sept ans, il en a vingt, il s'amuse, s'extasie, il rajeunit.

— Quel est son prénom ?

— Philippe.

— Le P du prénom, c'est une tradition familiale ?

— En effet, vous êtes perspicace, constate-t-il en me faisant remarquer sa chevalière en or surmontée d'un double P. Elle passe de génération en génération depuis mon arrière-grand-père. Tous les premiers-nés masculins de la famille Peyriac portent un prénom commençant par P : mon père, Pascal, mon fils, Pierre, mon petit-fils, Philippe.

Paul Peyriac ne fait pas preuve de snobisme, il m'a confié ça sur un ton amusé, comme s'il s'excusait presque de s'être plié à une pratique familiale dont il n'était pas l'initiateur. En attendant, Facebook m'annonce le résultat de ma recherche.

— J'ai un Philippe Peyriac à Montréal, c'est possible ?

— C'est bien lui, se réjouit Paul en dévorant l'écran des yeux.

Je clique sur la fiche, le niveau de protection ne me permet pas d'en savoir beaucoup plus sur celui qui se cache derrière un avatar.

— Souhaitez-vous que je lui envoie une demande de contact ?

Je lui explique le fonctionnement de Facebook et il accepte. Je lui cède la souris et reste près de lui tandis qu'il se délecte de ses trouvailles sur le compte d'autres personnes. Il trouve ma fiche et m'envoie une invitation. Je ris de bon cœur.

Le temps file trop vite en sa compagnie, une petite sonnerie retentit à 18 heures précises.

— Je ne tenais pas à vous retarder, explique-t-il.

— C'est très... prévenant de votre part.

Alors que je range mes affaires, il ramasse une feuille tombée de mon sac, les annonces immobilières d'Alain.

— Un problème de logement ? s'étonne-t-il en me la rendant.

Je lui raconte en quelques mots mes déplacements contraignants et mon voisinage perturbateur. Il ne dit rien et me raccompagne jusqu'à la cuisine où ma tante m'attend. Il s'intéresse au menu du soir avant de s'éclipser.

— Il est plus joyeux depuis que tu viens, constate-t-elle d'un air attendri. Ça fait des années qu'il se moque bien de ce que je lui mets dans son assiette.

— Il reprend contact avec son petit-fils, il doit en être content.

Laurence me regarde comme si je venais de lui annoncer un gain au loto.

— Je comprends mieux. Philippe n'est pas revenu ici depuis un an au moins.

— Pour quelle raison ?

— Le Canada, ce n'est pas la porte à côté, et puis il a entrepris des études assez longues.

— Dans quoi ?

— Le droit, je crois. Jusqu'à l'année dernière, il venait passer ici tous ses étés ainsi que les vacances de Pâques. Cette année, il est venu en avril, mais il a annoncé à son père et à son grand-père qu'il devait travailler en juillet, et il n'est pas venu. M. Peyriac en a été très affecté, même s'il ne lui en a pas fait le reproche.

— Ils sont en froid ?

— Non, je ne pense pas. C'est juste que Philippe est un jeune homme actif à Montréal. Sans doute que la perspective de venir passer deux mois avec un vieil homme l'enchante moyennement.

— Quel âge a-t-il ?

Laurence plisse les yeux, réfléchit.

— Oh… quelque chose comme vingt-trois ou vingt-quatre ans.

Je hoche la tête. Une autre solution se fait jour dans mon esprit.

— Une petite amie sans doute !

— Ça, je ne sais pas, déclare prudemment Laurence.

— Il faut que je file, fais-je en l'embrassant. À vendredi !

Elle remonte mon col d'un geste maternel. Elle ressemble tellement à Maman.

— Sois prudente ! À vendredi, rigole-t-elle quand je m'échappe.

*

*   *

Mes absences répétées intriguent Marion. Elle me harcèle pour savoir ce que je peux fabriquer au point de disparaître des après-midi entiers et de refuser de sortir le week-end. Notre belle amitié est mise à mal par son incorrigible curiosité. Je suis obligée de lui mentir et je m'invente amoureuse. Alain manque de s'en étrangler au déjeuner mais il joue le jeu.

J'ai la tête ailleurs. Alors que je réprouve généralement ce genre de comportement, je me surprends à surfer sur Facebook entre deux cours. J'accepte, bien entendu, l'invitation de Paul Peyriac. Je n'ai rien à lui cacher, les quelques amis qui constituent mon carnet d'adresses ne sont pas légion et je n'y ai rien mis de très confidentiel.

Sur le compte de Paul, l'invitation qu'il a lancée à son petit-fils n'a pas encore été validée. Je m'inquiète un peu. Il sera peiné si Philippe l'ignore. Je fais en son nom une relance discrète par message privé.

La soirée s'annonce un peu moins laborieuse, je n'ai qu'une vingtaine de feuillets à reprendre. Je mets les souvenirs de Paul en ordre. J'aimerais que son petit-fils les lise, lui aussi. Je suis certaine qu'il découvrirait son grand-père sous un autre jour.

Je retrouve M. Peyriac devant l'ordinateur le vendredi après-midi. Il m'accueille avec un grand sourire.

— Philippe a accepté mon invitation, lance-t-il en me désignant l'écran.

Je le regarde, incrédule. Je dépose mes affaires sur le bureau et le rejoins. Il a raison, Philippe a enfin répondu. Pour commentaire, Paul a eu droit à un : « Suis sur le cul ! C'est *VRAIMENT* toi, Grand-père ? »

Je ris du décalage singulier entre l'image très sérieuse de l'éditeur et la spontanéité de ses relations avec son petit-fils. Paul Peyriac est certes séduisant et doué en affaires, mais il est un homme comme un autre.

M'arrachant à mes pensées, je lui explique comment lui répondre. Paul se régale, se gave de tout ce que Philippe a pu mettre en ligne. Je le guide vers les nombreuses photos qu'il a incluses à son album. Je devine sans mal qui il est parmi la bande de jeunes qui sourient à l'écran. C'est un constat facile : entre le Philippe d'aujourd'hui et le Paul que j'ai vu sur les clichés vieux de quarante ans, la ressemblance est frappante. Sans conteste, Philippe est un garçon magnifique et, à l'image de son grand-père, le restera.

— Comment se fait-il qu'il habite si loin ?

— Mon fils a commis l'imprudence d'épouser Mathilde sur un coup de tête. Il avait à peine vingt ans, et elle, dix-huit. Il voulait faire ses preuves alors qu'il avait toute la vie devant lui.

Je récupère sur le bureau mon bloc-notes et je le prie de continuer.

— Vous étiez opposés à ce mariage ?

Paul a un hoquet aux accents ironiques. Ses traits se sont vaguement durcis, comme si ce souvenir avait un goût amer.

— Nous ne savions même pas que Pierre avait une petite amie, proteste-t-il. Il est revenu un jour tenant par la main une espèce d'oiseau effarouché. Il nous a cueillis à froid, au déjeuner, en nous déclarant qu'ils s'étaient mariés. Et comme il avait fort justement pensé que nous ne le croirions pas, il nous a déposé l'acte d'état civil sur nos assiettes.

Je reste coite. Paul s'étonne de mon silence et lève les yeux vers moi. Je n'ai pas besoin de lui demander de poursuivre, il lit l'interrogation dans mon regard.

— Pierre finissait tout juste ses études, complète-t-il. Il devait logiquement prendre un jour la tête de la maison d'édition. Mais contrairement à mon père, je ne lui ai rien imposé. J'ai peut-être eu le tort de le laisser trop libre. Pierre a profité très largement de sa jeunesse, sans se fixer aucun objectif et sachant que nous pourvoirions toujours à tout. Il ne s'est jamais soucié des conséquences de ses actes et j'en suis, bien évidemment, le plus grand responsable. C'est ainsi qu'il nous a ramené Mathilde. Ils ont voulu jouer aux adultes, et voilà !

— Et ses parents à elle ?

— Les parents de Mathilde étaient eux-mêmes divorcés plusieurs fois et ils se moquaient bien de leur fille. Nous n'avons jamais pu les rencontrer.

Je fais une moue désolée, je n'imagine pas une seule seconde mes propres parents dans une telle situation. Ils auraient débarqué, semant le vent et la tempête, dans le salon des Peyriac, fussent-ils riches et influents. Encore que, depuis que j'ai quitté le domicile familial l'année dernière, ils ont fini par se faire à l'idée que je pouvais enfin voler de mes petites ailes fragiles.

— Comment votre épouse a-t-elle pris cet événement ?

Ma question le replonge dans la tristesse, j'en suis désolée. Je tente de me rattraper.

— Si ça vous ennuie de me répondre, je peux le comprendre.

Il secoue la tête et son regard cherche la photographie sur l'étagère.

— Béatrice a été très choquée par l'attitude de Pierre, elle lui en a voulu mais s'est gardée de lui en dire quoi que ce soit. Elle craignait trop qu'il s'en aille loin de nous de la même façon, sur un coup de tête. Elle a essayé de se faire une amie de Mathilde, mais entre l'éducation pointilleuse de mon épouse et celle, très libre, de cette jeune femme, il y avait un gouffre. Elles ne se sont jamais comprises et Béatrice en souffrait.

— Et Philippe ?

Paul regarde mes notes noircir les pages de mon bloc. Un sourire fugace égaie son visage. Je retrouve les traits auxquels je suis plus habituée et ça me rassure.

— Philippe est arrivé comme tout le reste, comme ce mariage ; un caprice, un jeu d'enfant inconséquent. Pierre nous a annoncé la grossesse de Mathilde à peine trois mois après leur union. Oh... ils pouvaient bien se le permettre, ils vivaient ici, confortablement installés, à nos frais, ne faisant rien de leurs journées que se dorloter ou se disputer. Béatrice et moi avons mis Pierre face à ses responsabilités de futur père. Nous leur avons offert un studio dans le quartier voisin et j'ai proposé à mon fils de venir travailler à mes côtés. Contre toute attente, il a dit oui.

— Vous deviez être fier et soulagé.

Il hoche la tête. C'est bête, mais de voir ses prunelles s'éclairer en évoquant ce souvenir, ça me fait plaisir.

— L'arrivée de cet enfant a enfin donné à mon fils la motivation qui lui manquait. Il avait juste besoin qu'on lui fasse confiance, besoin de se confronter à lui-même. Je crois que je n'ai jamais été aussi fier de lui que lorsque je l'ai vu le lundi matin, correctement habillé, à la porte de mon bureau. Après ça, il a voulu rattraper le retard. Mathilde s'est sentie alors délaissée par son mari qui ne l'amusait plus. Philippe était à peine né qu'elle s'est mise à sortir fréquemment. Béatrice s'en est inquiétée. Nous avions la charge du bébé qu'elle nous confiait pour pouvoir « s'éclater » selon ses termes. Philippe a passé plus de temps auprès de nous qu'auprès de ses parents.

— Que s'est-il passé ensuite ?

Paul hausse les épaules et me sourit d'un air indulgent.

— Que vouliez-vous qu'il se passe ? Un tel mariage ne peut guère tenir. Pierre a essayé d'occuper sa femme en lui offrant un bel appartement, des vacances de luxe. Elle a tout pris et bien plus encore. La liste des amants de Mathilde s'est allongée ostensiblement. Philippe allait avoir neuf ans quand elle a décidé de rentrer au Canada. Pierre n'a pas lutté. Leur divorce a été rapide, Mathilde a obtenu la garde de Philippe. Béatrice et moi avons tenté de faire réagir notre fils pour qu'il se batte dans l'intérêt de l'enfant. Nous avons pu heureusement compter sur la jugeote de ma belle-fille.

J'ouvre des yeux ronds, mon stylo reste suspendu.

— Mathilde est certes quelqu'un de superficiel et d'impulsif, mais elle n'est pas entièrement dénuée d'esprit pratique, explique-t-il. Elle est venue ici juste avant son départ et nous a clairement indiqué qu'elle n'envisageait pas de soustraire Philippe à notre famille.

Je comprends d'un coup. Pas folle la guêpe, en effet !

— Philippe est votre unique héritier, n'est-ce pas ?

Paul se cale en souriant dans le fond de son fauteuil.

— Vous avez parfaitement compris. Philippe deviendra un jour propriétaire des éditions Peyriac et il héritera de l'ensemble de mes biens. C'est un détail qui n'a pas échappé à Mathilde et sur lequel je me suis engagé afin d'être absolument certain que cet enfant ne nous serait pas entièrement confisqué.

Je sourcille, dubitative. L'argent contre l'amour d'un enfant... je trouve ça dégueulasse. Paul insiste pour que je lui dise ce qui me rend maussade. Mon vocabulaire ne le choque pas, il en rit même.

— Que voulez-vous, Mina ? Les choses sont ainsi. J'ai essayé de sauver ce que j'ai pu de ce naufrage que Béatrice et moi savions couru d'avance. Mais comprenez-moi, Philippe est mon seul petit-fils. Ma femme adorait cet enfant et je dois dire qu'il m'a donné l'occasion d'être avec lui le père que je n'ai jamais pu être avec Pierre. Quand Philippe vient en vacances ici, tout s'arrête. Je cesse de travailler. À l'époque où Béatrice le pouvait encore, nous partions en vacances ensemble, nous faisions du bateau, de la pêche, tout ce que j'ai refusé à son père par manque de disponibilité, je l'ai donné à son fils.

J'ai souvent exhorté Pierre à nous accompagner, à prendre du temps lui aussi pour ne pas le regretter plus tard. Ces moments sont devenus de vraies fêtes. La famille Peyriac au grand complet.

Les mains de Paul se sont animées à son récit, ses yeux pétillent. Puis un voile vient ternir leur éclat.

— Malheureusement, Béatrice est tombée malade, il y a cinq ans. Le cancer qui la rongeait nous a contraints à rester à Paris. Philippe souffrait de la voir diminuée à chacune de ses visites. Pierre a pris mon relais au sein des éditions pour me permettre d'être plus présent au chevet de sa mère, nos belles vacances étaient terminées. Après le décès de mon épouse, il y a deux ans, Philippe est encore venu une fois, mais rien n'était plus pareil, déclare-t-il d'une voix triste. L'été dernier, il n'est pas venu. Je ne sais plus comment faire, j'avoue que je suis démuni.

— Peut-être pas si démuni que ça, lui dis-je en remisant mon bloc sur le bureau. Vous bénéficiez des progrès de la technologie et d'un excellent prof.

Paul me regarde avec un air surpris. J'esquisse une révérence qui lui arrache un sourire.

— Vous avez impressionné votre petit-fils avec Facebook. Il n'y a plus qu'à lui montrer que vous êtes parfaitement à la page. Je suis sûre que vous saurez renouer des liens plus forts.

Paul me scrute d'un drôle d'air. Je vois qu'il réprime ses paroles mais je sais qu'il m'approuve.

— Je suis tout ouïe, chère Mina, affirme-t-il avec détermination.

Deux heures durant, je lui enseigne donc la manière de naviguer, d'envoyer des fichiers. Il écoute, patient, il manipule sans crainte. Nous rions de bon cœur, il n'y a aucun fossé entre nous, ni l'âge, ni la position sociale. Il apprend mon langage mais dans sa bouche, certains termes me choquent. Je le lui dis, il s'en amuse. Il me promet une revanche sur son terrain, j'accepte volontiers.

*
* *

Ma mère est intarissable au téléphone. J'entends à ses accents plus euphoriques que d'ordinaire que le rapport de ma tante Laurence a été favorable. Déjà trente-cinq minutes qu'elle me cuisine aux petits oignons maternels sur tout ce qui a pu échapper à la vigilance de sa sœur. Comment est Paul ? De quoi me parle-t-il ? Suis-je assez polie ? Présentable ? Sur ce dernier point, je sais bien que mon relâchement vestimentaire n'a pas l'air de plaire à mon employeur. Mais aux sollicitations anxieuses de ma mère, je réponds que oui, je suis polie, que tout va bien, et que ce qui se dit entre nous est trop long à raconter.

— Et tes voisins, réclame-t-elle comme une mère inquiète de son poussin. Sont-ils toujours aussi bruyants ?

— Hélas oui, je soupire.

Comme pour confirmer mes dires, un hurlement résonne dans les escaliers. La course-poursuite des gamins se déchaîne jusque dans l'appartement où tout claque, tombe, grince. La veille, je n'ai pas dû dormir plus de quatre heures, les parents se sont disputés. Et pour couronner le tout, une autre famille du même genre a investi l'immeuble voisin. À présent, ils se reçoivent. Je regrette de ne pas avoir signé la pétition.

— Hermine, pourquoi ne nous laisses-tu pas t'aider ? insiste-t-elle.

— Pas question, je tranche d'une voix sans appel. Vous avez déjà suffisamment contribué comme ça ! Cette école, c'est moi qui l'ai voulue, j'assume.

La discussion reprend sur mes repas, cette fois, elle est infatigable. Ceci dit, ses conseils avisés ne tombent pas dans l'oreille d'une sourde. Aussi, pour faire plaisir à tout le monde, je troque le jean contre un pantalon gris et les tennis contre une paire de mocassins. Je récolte ainsi une avalanche de gentilles moqueries à l'école, le lundi suivant. Il paraît que j'ai l'air d'une Anglaise. Ma tante, elle, me complimente sur ma tenue en venant m'ouvrir la grille.

— M. Peyriac t'attend dans son bureau, me dit-elle en sortant.

— Tu t'en vas ?

— Quelques courses à faire. Dépêche-toi, il a l'air impatient aujourd'hui, chuchote-t-elle en désignant la maison.

Je me presse dans les couloirs et, quand je frappe à la porte, Paul Peyriac vient m'accueillir en personne. Il a l'air apprêté comme s'il devait sortir lui aussi. Il marque un temps d'arrêt devant mon apparence.

— Vous voilà plus conforme à l'image que j'ai de vous, déclare-t-il en guise de bienvenue.

Ses prunelles claires pétillent de malice. Il tient encore la poignée de la porte. Je lui passe devant et dépose mes affaires sur le bureau. La chemise que je place bien en évidence sur son sous-main contient les impressions des notes de la veille. Je prends soin de bien poser ma voix et je me retourne vers lui.

— Bonjour, monsieur Peyriac. Vous deviez sortir ?

Il réprime un ricanement et ouvre grand la porte.

— Nous devons sortir, corrige-t-il. Je vous emmène en balade.

Je fais une moue intriguée mais mon sourire ne cache rien de mon plaisir.

— Où allons-nous ?

— Visiter les éditions Peyriac. Il est temps que vous découvriez de l'intérieur. Vous êtes prête ?

Je récupère mon sac et reviens vers lui, toute joyeuse. Il me fait signe de le précéder et je m'exécute. Nous nous rendons au garage situé dans un bâtiment voisin. Je reste ébahie sur le seuil. Lui enfile des gants de cuir fauve et me regarde, satisfait.

— L'automobile a été durant longtemps mon péché mignon. Je n'ai eu ma première auto qu'à l'âge de trente ans et c'est mon épouse qui me l'a offerte.

— Vous avez rattrapé le temps perdu, dis-je en détaillant les quatre merveilles qui dorment à l'abri de ces murs.

— Aston Martin, Jaguar, explique-t-il au fur et à mesure de ma progression. Mercedes et un petit coupé BMW. Laquelle voulez-vous essayer ?

— Peu importe, elles sont toutes fantastiques !

Paul sort des clés de sa poche et les phares du coupé clignotent. Il m'ouvre galamment la portière et je m'assois avec mille précautions. Je me sens dans mes petits souliers là-dedans. Il démarre, un sourire aux lèvres.

— Ça fait une éternité que je n'ai pas conduit l'un de ces bijoux, déclare-t-il en fronçant les sourcils.

— Pourquoi ?

Ma façon de lui tirer les vers du nez ne l'importune pas, je crois même qu'il n'attend que ça.

— En perdant Béatrice, j'ai perdu le goût de la fête, du plaisir. Je n'ai pas remis les pieds aux éditions depuis près de deux ans.

— Vous le faites… pour moi ? je bredouille, incrédule.

— Vous aviez raison, la semaine dernière, quand vous avez dit que ce n'est pas en offrant l'image d'un grand-père muré dans son deuil et rétrograde que j'allais attirer Philippe. Il est temps que je réagisse.

Il m'observe de ses yeux couleur d'azur. Je suis troublée par l'éclat de gentillesse que j'y lis.

— Philippe vous a répondu ?

— Oui, il a voulu savoir qui était la belle jeune fille qui figurait dans ma liste d'amis.

Ses accents sont rieurs, il a retrouvé l'esprit du chasseur qu'il avait quand je me suis présentée à lui. Je suis effectivement un ovni dans cette liste constituée pour l'essentiel de gens sérieux, je ne suis ni de la famille, ni une amie, je suis Mina, point barre ! Il conduit plutôt vite et fixe son chemin mais, sur ses lèvres, je vois son sourire.

— Que lui avez-vous répondu ?

— Que vous étiez mon secret. Ça doit l'agacer au possible, s'esclaffe-t-il. Il ne cesse de poser des questions. Si Philippe devait mener son enquête sur vous, ne me trahissez pas, Mina, je vous en prie. Ne dites rien de ce que nous faisons.

Je ris de son air jeune quand il joue les comploteurs et je lui donne ma parole. Il engage le coupé dans un parking souterrain. Au-dessus de nous s'élèvent les six étages des éditions Peyriac. Il m'escorte galamment jusqu'à un ascenseur, direction le sixième et dernier étage, le bureau du chef. Je devine à l'air stupéfait de la secrétaire qu'elle ne nous attendait pas.

— Bonjour, Lætitia, lance l'ancien patron de la maison. Comment allez-vous ?

La Lætitia en question est blême, elle se lève, prend et repose son crayon.

— Bonjour, monsieur Peyriac, ça me fait plaisir de vous revoir. Votre fils ne m'a pas dit que vous deviez venir, s'excuse-t-elle.

Paul Peyriac la regarde avec un air séducteur.

— Dites à Pierre que je suis là, ordonne-t-il gentiment avant de me prendre par le bras et de m'entraîner dans le couloir.

Le bureau dont Paul m'ouvre la porte est vaste. Les murs sont ici aussi recouverts d'étagères où s'alignent des livres par centaines, mais aussi de nombreuses photos d'auteurs que je ne reconnais pas toujours. Paul me rejoint devant les clichés que je détaille avec curiosité.

— Michèle Barjeac, j'ai été le seul à croire en sa saga, vous vous souvenez de la série télévisée ?

— Je n'en ai pas raté un épisode quand j'étais petite, je souris. Et là, qui est-ce ?

— Un jeune homme qui aurait pu devenir un grand monsieur mais qui n'a pas supporté son propre désespoir. Il s'est suicidé le lendemain de cette photo où on lui remettait le Prix de la presse. Depuis près de vingt ans maintenant, son bouquin est régulièrement réimprimé. Un vrai gâchis que je n'ai pas vu venir, pas su prévoir. Cette photo me l'a constamment rappelé.

— C'est Henri Valmur, n'est-ce pas ? je demande en posant le doigt sur une photo où les deux hommes posent côte à côte.

— Oui, mon plus fidèle ami et auteur. Il a été l'un des premiers à me faire confiance. Je lui dois une grande partie de ma réussite. Il m'a fourni des appuis précieux. Nous avons traversé un quart de siècle ensemble.

Le regard de Paul s'est durci, son émotion est contenue et c'est la colère qui l'emporte en lui. La colère face à la mort qui l'a privé de ceux qui lui étaient chers.

— Papa ? fait alors une voix feutrée dans notre dos.

La moquette a étouffé les bruits de pas, Paul se retourne, tout aussi surpris que moi.

— Hermine, laissez-moi vous présenter le directeur de cette grande maison, mon fils, Pierre Peyriac, annonce alors mon accompagnateur. Pierre, je te présente Mlle Hermine Dalambray, ma nouvelle secrétaire.

L'homme vient au-devant de moi, la main tendue. Il est plus petit que son père, un peu plus rond aussi, et son crâne est menacé d'une calvitie. Il a le sourire avenant et les yeux clairs, ce qui semble être la marque de fabrique des Peyriac.

— Mon père m'a parlé de vous et de vos études. Le journalisme vous plaît ?

— Oui, jusqu'ici.

— Vous avez choisi une très bonne école, ajoute-t-il.

— C'est votre père qui finance mes études.

Ma réplique le laisse pantois. Paul éclate brusquement d'un rire sonore et pose la main sur l'épaule de son fils.

— Voilà ce que je voulais dire par « impertinente », déclare-t-il, hilare.

Pierre secoue la tête en me souriant d'un air soulagé.

— Mon père a toujours apprécié les personnalités hors du commun. Je crois que vous avez su le séduire. J'espère qu'il ne vous taquine pas trop.

Pierre Peyriac se montre bigrement indulgent vis-à-vis de ce qu'il pourrait prendre comme une frivolité de la part de son père. Ce dernier a disparu du bureau comme pour nous laisser le temps, à son fils et à moi, de faire connaissance.

— Non, je le rassure. Nous travaillons sérieusement.

— Je suis content qu'il ait fait cette démarche, déclare-t-il contre toute attente.

— Il vous en avait parlé ?

— Depuis le décès de ma mère, il s'est laissé glisser dans une sorte de désespoir cloîtré. Il en est ressorti subitement, il y a deux mois, quand il m'a fait part de son idée de livre. Je lui ai proposé les services de Lætitia pour retaper ses notes manuscrites en pattes de mouche mais il a refusé. Et puis, il y a trois semaines, il m'a téléphoné pour évoquer le rendez-vous que vous aviez eu ensemble. Il était enthousiaste, enfin enthousiaste ! Il semblerait que vous ayez des effets bénéfiques sur son moral, mademoiselle Dalambray.

— Votre père est quelqu'un de passionnant, dis-je, apaisée par ses paroles.

— Je vois qu'on reconnaît enfin mes mérites, clame la voix grave de Paul Peyriac derrière moi.

— Uniquement pour ceux que j'ai eu l'occasion d'apprécier, je rectifie malicieusement, et Paul sourit.

Pierre hoche la tête et s'adresse à son père d'un air soucieux.

— Tu as vu le projet sur mon bureau ?

— Oui, répond Paul d'une voix cassante.

— Qu'est-ce que tu en penses ?

— Que la notoriété passagère de quelqu'un n'en fait pas pour autant un homme bien. Frédéric Juilloud est un fasciste, un crétin et un opportuniste. Il peut bien exposer sa belle gueule à la télé, ce n'est pas pour autant qu'il peut considérer tout comme acquis. Il reste un fasciste, un crétin et un opportuniste. Son manuscrit a plus sa place dans la poubelle que sur ton bureau. Qu'il aille se faire éditer ailleurs !

— Il n'aura aucun mal à trouver preneur, insiste Pierre.

— Tant mieux pour lui. Je refuse que notre nom que tous s'accordent à associer à l'excellence soit souillé par ce genre d'individu.

— Réponse personnalisée ? sourit Pierre, visiblement soulagé.

— Lettre type, répond Paul en fronçant les sourcils. Et encore, d'ici quatre mois.

Je connais Frédéric Juilloud, jeune loup de la politique spectacle, aux idées extrémistes sous un vernis séducteur, une belle bouille et un sourire de façade. J'ignorais qu'il se lançait dans l'écriture en plus.

J'admire la détermination de Paul, son jugement sans appel, droit, juste. J'aime aussi son côté provocateur, son mépris quand il déteste, il a ce luxe que j'aimerais avoir parfois. L'argent, la gloire, le pouvoir, il s'en fout, il dégaine quand il veut.

Je souris dans le vide. Paul me glisse un regard moqueur. Je me ressaisis et me retourne vers les photos sur le mur.

— Mina, venez, me rappelle-t-il d'une voix calme. Je vais vous faire visiter le reste de la maison.

Je me précipite, je n'attendais que ça.

*
* *

Le mercredi suivant, je le trouve encore sur le départ. Je n'ai même pas le temps de déposer mes affaires cette fois. De toute façon, je n'avais pris aucune note le lundi.

— Où allons-nous ? m'enquis-je en le suivant au garage.

— J'ai accepté de répondre à la sollicitation d'un ami journaliste. J'ai rendez-vous pour une interview télé.

Je m'arrête net. Il lève un sourcil en ouvrant la portière de la Jaguar.

— Une interview télé ? je bredouille, incrédule.

— Vous devez connaître l'émission littéraire de Patrick Luillier, non ?

Je manque de m'étrangler. Il s'agit sans conteste de *THE* émission littéraire, celle qui dure depuis plus de vingt ans sans qu'on ait pu la détrôner, souvent copiée, jamais égalée.

— Montez, Mina, dit-il en prenant place derrière le volant. Je ne déteste rien plus que d'être en retard.

Je me presse d'obéir et, durant tout le chemin, je veux qu'il me dise pourquoi il a accepté, ce qu'il va dire, qui sera présent. Je suis excitée comme une puce, je vérifie vingt fois la présence de mon bloc-notes dans mon sac. Il rit de mon impatience.

— Je savais que ça vous plairait, se réjouit-il. Accrochez-vous à votre stylo, on va s'amuser.

Je l'observe d'un air abasourdi. Je lui sers de prétexte à faire enfin ce qu'il voulait depuis longtemps. Tant pis, tant mieux ! Je ne sais pas, je me laisse entraîner dans sa folie.

Nous arrivons au studio avec quinze minutes d'avance. Paul est accueilli en héros. Patrick Luillier en personne débarque dans la salle où on le maquille. Je ne perds pas une miette, je me gave de tout, c'est du vrai, ce n'est pas comme à l'école. Le journaliste est déjà prêt, il serre la main de son invité avec une sorte de gratitude.

— Eh bien, tu peux te vanter de m'avoir fait poireauter, Paul, lui dit-il.

— Il me fallait un peu de temps pour me détacher de mes obligations professionnelles. Maintenant, je suis enfin un homme libre, mon cher Patrick, annonce Paul d'un air qui me fait craindre le pire. Je te présente Hermine Dalambray. Cette jeune fille est sans doute l'une des élèves les plus prometteuses de Mathieu Deshamel. Elle possède une plume fine et acérée comme je les aime.

Patrick Luillier se tourne vers moi, je voudrais me mettre dans un trou de souris. Il me tend la main, je tente de ne pas trembler en la lui serrant.

— Journaliste ?

— J'essaie !

Il me considère avec intérêt, mon orgueil se réveille, je soutiens son regard.

— Vous devez avoir des qualités certaines si Paul parle ainsi de vous, lâche-t-il.

— Je ne serais pas surpris si un jour Hermine me remplace dans le fauteuil en face de toi, ajoute Paul.

Je sursaute à ses propos, il hausse les sourcils et Patrick rit de bon cœur.

— À condition que cette émission survive à la prochaine grille des programmes.

— En effet ! admet Paul.

Les deux hommes sont appelés sur le plateau. Sur ordre de Patrick Luillier, une assistante m'offre un siège et un point de vue imprenable sur l'émission. Je suis gâtée. Je prends rapidement quelques notes que je finis par abandonner pour suivre l'enregistrement. Paul se lâche, c'est jubilatoire. Patrick va faire un carton avec cette émission. C'est sûr !

Sur le chemin du retour, Paul affirme qu'il se compte plus d'ennemis que d'amis. Les gens qu'il a démolis savaient déjà à quoi s'en tenir, il est serein, il ne craint rien ni personne. Les vérités blessent souvent parce qu'elles sont des vérités. De mon côté, je comprends mieux ce qu'ont pu ressentir mes parents quand ma franchise passait la barrière de mes lèvres.

— Vous êtes bien songeuse, constate-t-il.

— Je tâche de me souvenir de tout. C'était très enrichissant, merci, monsieur Peyriac.

— Ça, c'est du convenu, devine-t-il. À quoi pensiez-vous vraiment ?

Je soupire. Est-ce que j'ai une chance de lui échapper un jour ?

— À mes parents !

Il me jette un coup d'œil étonné avant de reporter son attention sur la route.

— Expliquez-moi.

— À plusieurs reprises, j'ai eu envie de vous dire sur le plateau que ça ne se faisait pas... que vous étiez gonflé de dire ça devant tout le monde et, brusquement, j'ai compris pourquoi mes parents me grondaient si souvent.

Paul éclate de rire. J'ai du mal à ne pas en faire autant.

— Vous croyez que je deviens raisonnable ? je demande.

— Non, surtout pas ! Ne changez rien à ce que vous êtes, Mina. Vous êtes taillée pour la lutte, vous ne devez pas avoir peur d'affronter les gens.

— C'est facile pour vous, vous avez tout. Vous pouvez vous le permettre, mais moi ?

— Faites-moi confiance, vous aurez vous aussi ce luxe !

— En attendant, nous n'avons pas beaucoup avancé sur votre ouvrage, je fais, boudeuse. Je n'ai rien à vous présenter pour vendredi.

— C'est faux, je voudrais que vous mettiez par écrit cette interview, je veux qu'elle figure dans mon livre.

— Bien, patron ! Nous sortons vendredi ?

— Je vais vous faire visiter l'ancienne imprimerie de mes débuts, annonce-t-il fièrement.

*

* *

Octobre puis novembre passent ainsi. Paul Peyriac et moi jouons alternativement au prof et à l'élève, chacun sa semaine. J'avoue sans honte que les semaines où il est le prof sont très largement plus passionnantes que celles où je me contente de lui faire découvrir Internet et ses astuces.

Paul est curieux de tout, il réclame de savoir ce que j'aime, quelle musique j'écoute. Lorsque son petit-fils évoque un acteur, un film, c'est moi qui lui raconte. Il me rend responsable de sa messagerie, me commande d'envoyer certains fichiers. Je suis l'intermédiaire incontournable entre lui et Philippe, de l'autre côté de l'Atlantique.

Paul reçoit beaucoup de photos de lui. Sur ces clichés, Philippe est entouré de ses amis. Tout comme son pléthorique carnet d'adresses, ils sont des dizaines à sourire à l'écran. Trois font toutefois partie des incontournables, une jeune fille blonde, très jeune, aux cheveux si courts qu'elle semble rasée, et deux garçons, un brun et un roux à la mine comique. Philippe les appelle « sa bande ».

Paul peine parfois à comprendre ce qui les amuse dans les commentaires qu'ils laissent sur leurs pages. J'ai souvent du mal à ne pas rire devant son air réprobateur.

Depuis que le grand-père et le petit-fils ont repris contact, seul le décalage horaire les empêche de bavarder facilement. Je les suis de loin, depuis mon ordinateur, dans ma chambre.

Par curiosité ? Par envie ? Je n'en sais trop rien, je me dis que ce garçon a une sacrée veine d'avoir Paul Peyriac pour grand-père.

C'est le 20 novembre que Philippe finit par franchir le cap. Quand j'ouvre ma messagerie, je reste perplexe. Une invitation en attente sur Facebook !

Un peu sceptique, je clique sur le lien mais, au moment de valider cette requête, j'hésite. Les recommandations de Paul me reviennent en mémoire et je choisis donc de ne rien faire pour le moment.

Je quitte le Net et me concentre sur mes notes. Elles sont copieuses, autant que le boucan d'à côté. Les « balourds », comme je les surnomme à présent, ont décidé de démonter l'immeuble. Les rugissements qui sont montés de l'étage d'en dessous n'y ont rien fait. Ils prétendent ne pas comprendre le français.

Je revisite la liste des annonces qu'Alain m'a donnée. J'en ai rayé sept sur les huit. Aucune n'allait, trop cher souvent, trop petit. Je regarde mon réveil d'un air désespéré.

2 heures du mat' !

J'ai sommeil, mes yeux picotent salement et je n'ai pas encore terminé mon boulot.

*

* *

Le lendemain, Paul Peyriac me juge sévèrement. Il a la mine sombre et les sourcils froncés. J'ai l'impression de passer devant un jury et d'en attendre le verdict qui me sera de toute façon défavorable.

Je sais bien ce qu'il me reproche, mais j'ai eu la très mauvaise idée de me rendormir après que le réveil m'a méchamment tirée du sommeil. J'ai si peu dormi que j'ai le teint blafard, des cernes violets, et j'ai enfilé n'importe quoi, pioché au hasard dans ma penderie.

Et pour couronner le tout, je n'ai pas fini de taper ses notes. C'est la toute première fois que ça m'arrive, en tout cas pour les notes. Alors que je pense que c'est surtout ce dernier point qui le fâche, voilà qu'il me somme de m'asseoir.

— Vous avez l'air d'un épouvantail !

— Merci du compliment !

Mon ton de mauvaise humeur le choque, il se fige en face de moi. Je tente de me rattraper.

— Pardonnez-moi, je n'ai pas très bien dormi.

— Vous habitez toujours dans votre bouge ?

— Oui, je n'ai pas eu beaucoup de chance dans mes recherches, ni beaucoup de temps à y consacrer.

— Je vous monopolise trop de temps ? demande-t-il d'une voix bizarrement douce.

Je flaire le danger.

— Non.

— Tant mieux, car je voulais vous entretenir à ce sujet.

Il se concentre pour paraître sérieux, je commence à bien le connaître à présent.

— Je vous écoute.

— Je suis insatisfait du rythme que nous avons pris. Je ne nous vois pas avancer comme je le désirerais.

Mon sang s'accélère dans mes veines et je commence à m'inquiéter vraiment.

— J'ai transmis hier, à votre directeur mes appréciations sur votre travail.

— Oui, je le sais. Il m'en a parlé ce matin. Je vous remercie à ce propos, elles sont élogieuses.

— Ce qui me chagrine, reprend-il comme s'il ne m'avait pas écoutée, c'est que vous êtes distraite par des considérations bassement matérielles. Je ne sais pas comment vous parvenez à travailler comme vous le faites et je m'aperçois aujourd'hui que cela commence à avoir un impact sur la qualité de votre travail.

— Je suis désolée, monsieur Peyriac, je plaide, anxieuse. Je vous assure que je peux rattraper ce retard !

Je crois bien qu'il ne joue pas du tout, je me suis plantée, cette fois.

— Je l'espère, Mina, d'autant que j'avais l'intention de vous demander de venir ici quelques heures de plus par semaine. Votre directeur n'y est pas opposé.

J'ouvre des yeux comme des boules de loto. Je reste muette tandis que mon cerveau échafaude tous les plans possibles. Hélas, je ne vois pas la solution.

— Ça risque d'être très difficile, j'annonce d'une voix sinistre.

— J'en conviens, dit alors Paul en me tournant le dos, les yeux fixés sur son jardin ensommeillé sous les assauts de l'hiver précoce.

Je me tais, mortifiée par le refus que je suis obligée de lui signifier.

— Suivez-moi, je vous prie ! ordonne-t-il tout à coup.

Il me tend mon manteau et parcourt à grandes enjambées les couloirs de sa maison. Nous empruntons l'arrière-cuisine où ma tante Laurence nous regarde passer avec consternation. Paul attrape un blouson à la hâte et nous sortons dans le jardin.

Direction, le garage.

Du moins, je le pense, jusqu'à ce qu'il bifurque vers une petite maison à sa droite. Il tire un porte-clés de sa poche et fait jouer la serrure. Il entre le premier et me prie de le suivre.

— C'était la maison du gardien des propriétaires précédents, explique-t-il. Nous ne l'avons jamais utilisée. Elle a servi parfois de refuge à Pierre lorsqu'il était adolescent puis Béatrice a craint que Philippe s'y enferme en jouant. J'ai demandé à Bernard de lui donner un coup de neuf, qu'en pensez-vous ?

Je sourcille en faisant le tour de la maisonnette. Le sol est en tomettes anciennes et les murs ont été badigeonnés d'une peinture crème rafraîchissante. Le bas est composé d'une pièce à vivre ouverte sur une petite cuisine où un équipement électroménager tout neuf a été installé. Un mobilier simple mais fonctionnel y a été ajouté, un canapé, une table, des chaises. Un étroit escalier en bois mène à l'étage. Paul me laisse m'y rendre seule.

Il n'y a, là-haut, qu'une pièce toute mansardée et percée d'une petite fenêtre à carreaux. Le plancher sombre craque sous les pas. On se croirait dans une cabane de conte de fées, la maisonnette de Peau d'âne ou celle des sept nains. Un grand lit occupe tout un pan de mur tandis qu'une petite salle de bains se cache derrière deux paravents blancs. En fouinant, je dégote derrière une cloison ce qui fait office de dressing.

Je redescends, impressionnée.

— C'est très joli, vraiment.

Mon opinion n'a pas l'air d'étonner Paul Peyriac et pourtant, il insiste.

— Vous aimez ?

— Comment pourrait-on ne pas aimer ? C'est la maison dont rêverait tout poète, elle est magnifique.

— Est-ce qu'une journaliste s'y trouverait bien pour écrire ? lâche-t-il, rassuré par mes propos plus enthousiastes.

Je m'arrête net, la bouche ouverte. Il lève les sourcils comme si ma réaction le surprenait.

— Qu'est-ce que je dois comprendre ? je marmonne.

— Ne vous y trompez pas, Mina, si je vous propose cette maison, c'est dans mon intérêt.

Je me rembrunis et j'attends la suite.

— Je ne vous demanderai aucun loyer pour ce logement, commence-t-il. Par contre, je veux que vous vous rendiez disponible pour moi quand je le souhaiterai.

Je plisse les yeux d'un air méfiant. Il rit.

— Vous devez penser que je suis le diable en personne, s'amuse-t-il.

— En effet, je réponds sans que ça le déconcerte. Votre offre est disproportionnée.

— Avez-vous eu à le regretter jusqu'à présent ? interroge-t-il d'un air redoutablement doux.

— Non, mais qu'est-ce qui me dit que ça ne pourrait pas bientôt venir ?

— J'ai besoin de vous, Mina. Vous le savez et vous savez aussi que vous en tirerez bien des avantages. Cette maison est à votre entière disposition aussi longtemps que vous le souhaiterez. Donnant, donnant !

— Ai-je un délai de réflexion ?

— Quel intérêt ?

J'ai souri involontairement mais ça ne lui a pas échappé.

— Quelle liberté me laissez-vous ?

— Je ne vous demande que quelques heures supplémentaires, c'est tout.

— Je peux recevoir à ma guise ?

— Bien entendu.

Il saisit en souriant la main que je lui tends. Notre pacte est scellé, j'ai vendu mon âme et j'aime ça. Je dois être complètement idiote. Heureusement, la présence de ma tante me rassure. Laurence applaudit, elle savait. Même ma mère savait avant moi. Paul avait pris soin de demander l'avis de ma tante avant de faire entreprendre les travaux. Laurence a répercuté cette demande auprès de ma mère qui, bien entendu, a hurlé son accord. Je suis la dernière à avoir été avertie. Qu'importe, je suis comblée. Quoi de mieux en effet que de vivre dans le luxe, gratuitement et auprès de sa famille ? Je passe du cauchemar où elle craignait tout pour moi au rêve absolu. *Cendrillon quoi !*

Il me faut cinq voyages pour rapporter dans mon palais les affaires que j'ai accumulées dans mon sixième sans ascenseur. Les jambes me rentrent dans le corps et je suis courbaturée de partout.

Le lundi matin, Alain proteste quand je lui annonce ma nouvelle adresse, j'aurais dû lui demander son aide, comme pour le reste. Je hausse les épaules, pour ça, comme pour le reste, je suis en paix avec moi-même. Je ne lui dois rien.

— J'ai rencontré quelqu'un, me confie-t-il à voix basse en profitant de notre discussion.

— Comment s'appelle la veinarde ? je renchéris avec bonne humeur, histoire de lui assurer que je ne suis pas jalouse.

— Camille. Elle est élève infirmière.

Il évite bizarrement mon regard. Je lui donne un coup de coude amical. Il penche la tête vers moi d'un air presque triste.

— Y a rien à faire, Mina, soupire-t-il. C'est une fille bien, vachement bien roulée, plus dévergondée que toutes celles que j'ai baisées. Mais je sais pas ce qui se passe, pourquoi ça le fait pas comme… avec toi. J'ai l'impression d'être une simple mécanique. Je suis même pas sûr qu'elle jouisse.

Autour de nous, nos amis se disputent sur un sujet d'actualité, je baisse néanmoins d'un ton.

— Ça viendra avec le temps, laisse-toi encore une chance.

— C'est mal parti, réfute-t-il en me dardant un regard sombre.

— Ce que tu es pessimiste, je le gronde comme une mère poule.

— Alors pourrais-tu me dire pourquoi c'est de toi dont j'ai envie quand je la baise ?

Je lui balance une tape sur l'épaule, une tape de mouche, je me fais juste mal en passant.

— Forcément, avec des considérations comme ça, je ne vois pas comment tu pourrais t'en sortir !

Il me regarde l'engueuler sans broncher, les coudes appuyés sur ses cuisses.

— Nous avons fait une connerie, Alain, je n'aurais pas dû venir chez toi.

Je baisse le nez. Ça fait trois mois maintenant que nous avons couché ensemble. Il m'arrive certains jours d'y repenser trop fort, surtout le soir tard ou le matin quand je me réveille seule dans mon lit. Heureusement pour moi, mon travail auprès de Paul Peyriac m'occupe tellement l'esprit que mon corps s'est assagi tout seul. Visiblement, ce n'est pas le cas d'Alain.

— Tu n'as rien à te reprocher, c'est moi qui ai profité de toi, m'assure-t-il. Seulement, je paie une note salée.

Je suis désolée, vraiment, mais je n'ai pas le temps de lui en faire part comme je le voudrais, les autres nous trouvent trop sages dans notre coin, ils nous tombent dessus. Je me contente de poser ma main sur son épaule, il comprend, du moins, je l'espère.

*

* *

Mon installation dans la maison du gardien terminée, je m'y sens comme chez moi. Habiter Avenue Foch est un luxe auquel je n'aurais jamais espéré prétendre. J'ai gagné au Monopoly ! Rien qu'en passant la grille dont j'ai maintenant le code et une clé, je me sens reine.

La secrétaire de l'école m'a regardée avec des yeux ronds quand je suis allée modifier mes coordonnées postales à son bureau. Elle m'a fait répéter deux fois pour être sûre que je ne me trompais pas.

Chaque jour, je salue Bernard, aussi souriant que prévenant, je « bisoute » ma tante ravie de ma présence, et qui ne rate pas une occasion de me faire profiter des petits plats qu'elle concocte avec une part en plus. Pour un peu, je croirais que j'abuse.

L'école de journalisme, je n'y vais plus désormais que le lundi matin, le mardi toute la journée et le jeudi matin. Tout le reste de mon temps, je le consacre à mon travail. Un travail plaisir que j'ai du mal à considérer comme tel. Je n'ai qu'à faire une promenade de cent mètres dans le jardin pour le rejoindre. De fait, j'arrive détendue et en quelques jours, je me sens parfaitement à l'aise et reposée.

N'ayant plus à me soucier ni du trajet, ni de mon loyer, ni de mes voisins, j'accorde volontiers à Paul Peyriac toutes les heures supplémentaires qu'il veut, même s'il n'exige rien en réalité. Il s'avère seulement que nos conversations se prolongent sans que nous y prenions garde. Je reste bien souvent jusqu'à l'heure du dîner quand il plonge dans ses souvenirs, l'album de photographies ouvert sur le bureau.

J'imprime mes notes avant de partir et, de la fenêtre de ma chambre, je vois la lumière de son bureau où il relit, corrige, annote celles qu'il me rendra le lendemain.

Nous avançons bien. Toute son enfance et son adolescence sont maintenant bouclées, corrigées. Nous nous apprêtons à aborder ses premiers pas professionnels.

Paul continue d'être aussi mon professeur. Il m'a emmenée deux fois aux éditions Peyriac où Pierre m'a fait l'honneur de me faire découvrir le comité de lecture. En vivant au plus près de Paul, je me suis aperçue que son fils venait le voir régulièrement le dimanche avec une femme. Je ne l'ai vue que de loin mais elle me fait l'effet d'être plus âgée que lui. Paul me confirme mon impression quand j'ose lui poser la question.

— Ma nouvelle belle-fille s'appelle Véronique, elle est en effet plus âgée que Pierre. Ils se sont mariés il y a un an. Je ne saurais vous dire ce que j'en pense vraiment, soupire-t-il. Véronique est réservée autant que Mathilde était extravertie. À croire que mon fils a décidé de passer d'un extrême à l'autre.

Sa remarque me fait rire.

— Il neige déjà, dit alors Paul en actionnant les balais d'essuie-glaces de la Mercedes.

Nous sommes à peine au début de décembre. Je râle. Il m'observe à la dérobade.

— Vous n'aimez pas la neige ?

— C'est juste que je trouve que le temps passe vite.

— Qu'avez-vous prévu pour les fêtes ? demande-t-il, et je sais ainsi qu'il a deviné ce qui me tracasse.

— Comme toujours ! Je vais rejoindre mes parents et mes amis en Bourgogne. Je vais devoir leur faire le récit exhaustif de ma vie parisienne. Je vais devoir vous raconter.

Ma voix s'est éteinte sur mes derniers mots.

— Vous vouliez me garder pour vous toute seule ? s'amuse-t-il.

— Je crois que oui. C'est comme quand j'étais petite et qu'on me demandait comment se passait l'école. J'avais horreur de ça. Je détestais avoir à étaler ma vie. Je préfère raconter celle des autres, la mienne ne regarde que moi.

Paul me considère avec sérieux.

— Vous êtes une jeune femme bien étrange, Mina. À la fois limpide et si secrète. Vous cultivez pour les autres une image qui ne vous ressemble pas.

Je tique, je me rebelle contre son constat. Cette fois, il m'interrompt.

— Vous n'êtes pas en vérité la lycéenne attardée qui débarque chaque jour dans mon bureau. Il serait temps que vous appreniez à être vous-même. Si vous mettiez votre image en conformité avec ce que vous ressentez, vous verriez que plus personne n'oserait vous prendre encore pour une enfant.

Une vague chaleur envahit mes joues. Il a raison, aux yeux de tous, je suis restée une enfant. Mes parents me considèrent encore comme telle, ma tante me materne et mes amis me taquinent. Mais tous ignorent qui je suis vraiment, tous sauf un peut-être, Alain.

Et cet homme à côté, au volant de sa voiture de luxe, qui m'observe sous toutes les coutures depuis des semaines, que comprend-il de moi ?

— Et comment je fais ? j'interroge finalement.

— Accepteriez-vous de me faire confiance ?

— Ce n'est pas déjà le cas ?

La grille du parc s'ouvre devant nous. Il avance jusqu'au garage et stoppe la voiture avant de se tourner vers moi.

— Demain, je vous invite à déjeuner, déclare-t-il avant de descendre.

Son air sérieux m'incite à le taquiner.

— McDo ?

— Grands dieux non, chère amie ! Prévoyez votre matinée, je vous réserve une leçon très particulière.

*

* *

Lorsque Paul Peyriac m'a parlé de shopping, j'ai songé « Galeries Lafayette », un truc dans ce genre. Et me voilà dans l'Aston Martin qui se gare le long du trottoir devant une boutique de luxe. Il m'ouvre la portière et m'offre son bras. J'hésite sur le seuil quand la vendeuse nous accueille, un grand sourire aux lèvres. Il est déjà trop tard pour me sauver ou pour protester, il a refermé la porte derrière moi, redoutant probablement une telle réaction de ma part.

— Bonjour, monsieur Peyriac ! Je vous attendais, tout est prêt.

— Je vous remercie, Mélanie, répond-il fort aimablement. Voici Mlle Dalambray. Je la confie à vos bons soins.

— Mademoiselle Dalambray, soyez la bienvenue. Si vous voulez vous donner la peine de m'accompagner, dit-elle en me précédant dans un couloir.

Paul nous suit jusqu'à un canapé rouge surprenant dans lequel il s'assoit en habitué de l'endroit. Je regarde autour de moi avec des yeux de petite fille. La vendeuse me sourit avec indulgence en refermant sur nous les portes de la cabine d'essayage. Elle me conseille de me déshabiller et je m'exécute comme un automate.

Tout au plus ai-je aperçu le portant sur lequel elle a accroché plusieurs tenues très différentes. Je suis loin cependant d'imaginer ce qu'elle me réserve et j'en reste coite un moment en le découvrant. Je n'ai jamais porté de robe d'un grand couturier, comme indique l'étiquette du vêtement qu'elle me présente.

Indifférente à ma stupéfaction, Mélanie remonte la fermeture Éclair dans mon dos avant de se pencher à mon oreille.

— M. Peyriac est un homme sensible à l'élégance, vous lui feriez affront si vous n'acceptiez pas.

Je me retourne vers elle, circonspecte. Elle a non seulement deviné mon trouble mais elle a aussi trouvé l'argument juste. Je n'ai pas envie d'offenser mon patron.

— Allons lui demander son avis, propose-t-elle.

La première chose que je vois en me présentant dans la pièce, c'est le regard de Paul. Il a le visage grave, presque mécontent. Je comprends en me voyant dans les grands miroirs bordés de dorure installés dans la pièce. Malgré la coupe impeccable, je ne me sens pas à l'aise dans la petite robe noire et sévère.

— Trouvez-lui quelque chose de plus en conformité avec sa jeunesse et sa fraîcheur, réclame Paul d'un ton sans appel.

La vendeuse acquiesce et je repars, soulagée, en cabine. Elle me donne cette fois un ensemble composé d'une jupe courte et d'une blouse artistiquement décolletée d'une jolie couleur marron, soulignée d'une épaisse ceinture vieil or.

Pour que le tout soit parfait, elle me glisse une paire de bas autofixants ainsi que des escarpins à talons de la même couleur. Le sourire de Paul accueille mon retour dans le salon et laisse augurer d'un mieux.

Je reste béate devant mon reflet dans le miroir. J'ai l'air d'une star échappée de son magazine. La couleur s'associe bien à celle de mes cheveux. Mes jambes paraissent ne pas en finir avec ces talons.

— Vous avez l'air d'aimer, constate Paul.

Sa voix a des accents joyeux. Je fais volte-face pour me contempler de dos. Je croise ses prunelles. Qu'est-ce que j'y lis exactement ? De la joie ? De l'envie ? Je n'ose pas y croire, je chasse l'idée et je lui réponds avec un sourire jusqu'aux oreilles.

— Je n'ai pas l'air d'aimer, j'adore. Et vous ?

— Cela ira très bien pour aujourd'hui, déclare-t-il d'un ton détaché qui me rassure.

Il se lève et je reçois des mains de Mélanie un sac contenant mes affaires qu'elle a emballées.

— Bertrand vous attend, dit-elle à son généreux client.

Celui-ci hoche la tête et me tend le bras pour m'escorter. Son geste m'amuse autant qu'il me séduit. Je pose ma main un peu tremblante juste au-dessus du pli de son coude.

Paul est rassurant, il est un roc que rien ne peut ébranler. Je prends cinq ans d'un coup. Je ne me sens plus la petite fille agacée parce qu'on lui demande encore comment se passe l'école, je me sens femme à son bras. Il me rend belle. Même ma démarche change, j'évite les grandes enjambées que me permettent mes tennis dans les couloirs du métro.

Paul n'a rien réglé. Je m'en rends compte seulement quand nous sommes dehors. Je n'ai guère le temps de lui poser la question, il m'ouvre la portière de l'Aston Martin. Je grimace en constatant comme elle est basse et comme ma jupe est courte. Paul se penche sur moi, un sourire narquois aux lèvres.

— Mon épouse avait une technique imparable pour monter en voiture de manière élégante en toutes circonstances.

Sa voix est grave, sourde, presque sensuelle et sa manière de me regarder me saisit encore.

— Je suis prête à l'entendre plus que jamais, j'avoue, le feu aux joues.

Il ouvre un peu plus grand la portière et se dresse devant moi.

— Asseyez-vous d'abord sur le bord du siège face à moi, les genoux serrés puis pivotez en penchant les jambes sur le côté, l'une contre l'autre. Ne craignez rien, ajoute-t-il en chuchotant d'un air moqueur. Je vous couvre.

— Merci !

L'ironie de ma voix ne lui a pas échappé. Je m'essaie donc au « monter de voiture » de Mme Peyriac. J'ai beau faire attention, ma jupe ne pivote pas entièrement avec moi et la jarretelle de mon bas droit apparaît. Je me réajuste aussitôt. Je me sens gourde. Paul, accoudé à la portière, fait une moue approbatrice.

— Ma femme aussi connaissait ce genre d'affres. Je trouve cependant tellement séduisant d'apercevoir de la dentelle sur une jambe si belle. Vous n'avez pas à en rougir, au contraire, sachez en user. On pardonnera toujours à une belle femme une petite coquetterie, pas la vulgarité.

J'enregistre la leçon, il referme la portière et nous voilà repartis. Je me laisse guider dans les rues de Paris, je découvre même certains quartiers. Paul se gare enfin devant la vitrine toute banale d'un coiffeur. Il me prévient, pour descendre de voiture avec élégance, même principe mais dans l'autre sens. Je suis autorisée à prendre appui sur son bras pour m'aider à sortir du piège de l'Aston Martin. Paul m'assure qu'à bord de la Mercedes, j'aurai moins de problèmes. Ma réplique fait mouche.

— Vous avez donc l'intention de récidiver ?

— Je n'ai pas l'habitude d'investir sur le court terme, Mina, répond-il du tac au tac.

— Et suis-je un bon investissement ?

— Je le crois, sourit-il de cet air séducteur qui m'intimide. Je ne me suis jamais trompé.

Je lui concède la victoire. Il reprend d'office ma main pour la poser sur son bras, je me laisse faire, mon équilibre sur dix centimètres de talons n'en est que plus sûr.

Un homme nous aborde joyeusement dès notre arrivée.

— Monsieur Peyriac, je suis content de vous revoir, affirme-t-il d'un air assez sincère pour un coiffeur.

Je préfère celui-là à la coiffeuse de ma mère, prête à tous les ronds de jambe par-devant et qui assassine ses clientes lorsqu'elles ont le dos tourné, abreuvant les autres de tous les commérages possibles. Ma mère prétend que c'est la moins chère du quartier, je la soupçonne surtout de se régaler des potins.

Le Bertrand en question est prévenu. M. Peyriac lui accorde tout au plus trente minutes pour me rendre renversante. Mon mentor s'éclipse dans un salon adjacent et Bertrand se met au travail.

Tandis qu'il coupe d'un geste sûr et précis, une jeune femme fait son apparition. J'ai à peine le temps de lui répondre bonjour qu'elle examine déjà ma bouille d'un air très professionnel. Elle s'appelle Noémie, elle est la maquilleuse du salon. Elle me promet du sensationnel. Je n'ai pas les moyens de refuser, je ferme les yeux, les ouvre sur commande.

Bertrand parle sans arrêt. J'écoute d'une oreille distraite jusqu'à ce que je comprenne que Mme Peyriac était une cliente fidèle de cet endroit. Je me demande alors à quoi Paul songe, seul dans son salon.

Est-ce qu'il souffre ? Est-ce qu'il se perd dans ses souvenirs ?

Est-ce que c'est à ça que je sers ? À ranimer un passé qui lui manque trop ?

Sa douleur me fait de la peine, mon cœur fait un bond désagréable dans ma poitrine. Je doute cependant que Paul Peyriac ait besoin de ma pitié. Il sait depuis le premier jour que ce mot ne fait pas partie de mon vocabulaire.

Quand je reçois le feu vert, j'ouvre les yeux sur le grand miroir. Renversante, sensationnelle, c'est ce qu'ils avaient promis. Je suis bien mieux sauf que je n'ai pas les mots exacts. Je suis à tomber raide, trop belle pour moi toute seule. J'ai peur de ne pas assumer. Il ne faudrait pas que mes amis me voient comme ça, je suis bonne pour cinquante ans de commentaires.

Mes yeux sont éclatants, cernés de brun, mes cils sont si longs qu'on dirait des faux. Mes cheveux dégringolent en vagues souples sur mes épaules et ma bouche… ma bouche est d'un rouge profond, comme un fruit mûr, charnu, elle promet le sucre et la douceur. Quand j'entrouvre mes lèvres ourlées, la blancheur de mes dents éclate comme un bijou dans son écrin. Ma bouche que je n'ai jamais maquillée est un appel à être embrassée. Je reste muette devant le miroir.

— Vous êtes enfin vous, fait la voix enrouée de Paul dans mon dos.

Il admire comme moi mon reflet dans le miroir. Son regard est dur comme s'il refrénait un sentiment.

— Je ne me sens plus tout à fait moi, et pas encore une autre, dis-je timidement.

— Dans quelques minutes, vous oublierez votre image et vous vous sentirez en phase avec vous-même. Venez, il est temps d'aller déjeuner.

Je me détache à regret de cette autre qui me sourit dans la glace, ce moi en mille fois mieux. Je fais très attention cette fois, je surveille, mais Paul ne paie pas non plus les services du coiffeur et de la maquilleuse. C'en est trop ! Je ne me contiens que le temps de monter plus ou moins élégamment dans la voiture.

— Vous êtes attentive malgré les circonstances inhabituelles, se contente-t-il de me répondre. Je vous félicite.

— Ils vous font crédit ?

Il rit, d'un rire sincère et sonore.

— Certes non ! Disons que c'est un accord entre nous. Je vous en parlerai plus tard. Pour l'instant, je suis mort de faim, pas vous ?

— Si ! Où m'emmenez-vous après m'avoir transformée ainsi ?

— Nous déjeunons au *Crillon*, balance-t-il comme s'il s'agissait d'une cantine.

Je tente de garder bonne contenance, je n'ai jamais passé la porte d'un tel établissement.

— Rien ne vaut l'expérience, Mina. Laissez-moi faire office de professeur.

— Ce sont des leçons qui vous coûtent cher, ne puis-je m'empêcher de lui faire remarquer.

— Vous plaisantez, j'espère !

Son ton sec et son air fâché me surprennent.

— Voilà plus de trois ans que je n'ai pas mis le nez en dehors de chez moi. Vous me rendez aujourd'hui un plaisir auquel je ne goûtais plus.

Le cadeau que vous me faites est inestimable. Alors que sont ces petites dépenses au regard de ce que vous m'offrez ?

— Je ne vous offre rien, vous prenez, je réplique avec franchise.

Il rit de plus belle.

— C'est en partie vrai. Mais je constate que vous y mettez de la bonne volonté. Osez donc me dire que vous n'éprouvez aucun plaisir ?

— Ce serait faux et malhonnête. Je suis comblée.

— Vous êtes faite pour cette vie.

— Encore faudrait-il que je puisse me l'offrir.

Je sens au fond de moi que j'aimerais en effet une telle existence de plaisir et de luxe, mais je suis une fille toute simple ; mon père est prof de lettres dans un lycée, ma mère ne fait rien. « Sans activité professionnelle » rectifie toujours mon père avec indulgence et tendresse quand elle dit ça. Je n'ai pas de titre, pas de nom, pas de fortune. Ma seule chance, mon seul espoir est ce que je balade dans ma caboche. Je sais que c'est grâce à mon intelligence et à mon travail qu'éventuellement, un jour, je pourrai m'offrir un déjeuner au *Crillon*.

— Où vous le faire offrir, dit Paul en coupant le contact.

Je me défends bec et ongles.

— Je n'ai pas l'intention de me faire entretenir.

— Je n'ai rien dit de tel, objecte-t-il. Mais qu'y a-t-il de mal à partager le plaisir et le luxe avec quelqu'un qu'on aime ?

Je reste coite. Ma réaction a été un peu trop vive.

Un voiturier se charge de l'Aston Martin. Je crois m'être plutôt bien défendue pour en descendre correctement. Paul me donne le bras, je sens qu'il est heureux, il a posé sa main sur la mienne. Il dégage une chaleur réconfortante. Je ne suis plus stressée, je me sens même détendue, presque à ma place.

Le décor est fantastique, le service impeccable. Je suis impressionnée et je ne loupe pas une miette de ce qui se passe autour de nous. Paul s'amuse de me voir curieuse du moindre détail.

Nous parlons à voix basse, il se penche vers moi et décide tout à coup de se rapprocher de ma chaise. Une serveuse s'empresse de venir modifier la table. Nous pouvons désormais converser plus intimement. Ses yeux clairs inspectent mon visage, s'attardent sur mes lèvres incendiaires et descendent sur mon décolleté. Je me sens rougir de cet examen silencieux. Il semble à la fois réfléchir et se perdre dans des souvenirs. Je reste muette, je m'offre à son examen en remerciement de tout.

— Vous êtes très belle, Mina. Cependant, la beauté n'est rien sans le charme. Or vous, vous avez ces deux qualités, belle et charmante. Vous remarquerez que je n'ai pas évoqué vos qualités intellectuelles, ce qui rajoute encore au plaisir que j'ai de vous avoir à ma table.

— Continuez ainsi et je vais avoir la grosse tête.

Je tâche de ne pas rougir mais son regard ne me laisse aucun répit.

— Il est temps que je vous raconte comment j'ai séduit mon épouse, annonce-t-il soudain.

— Suis-je autorisée à prendre des notes ? je demande, incertaine.

J'imaginais qu'il aurait évoqué cet épisode dans l'intimité de son bureau, les yeux rivés sur la photographie de Béatrice lui souriant sur l'étagère. Je le lui fais gentiment remarquer et un éclair passe dans son regard.

— Vous comprendrez... plus tard, quand je vous aurais tout dit. Vous pouvez prendre des notes, mais je serai vigilant sur ce que vous écrirez car je n'ai pas l'intention de ménager mes propos.

Je sors mon bloc tandis que le serveur dépose nos entrées sur la table. Paul attend qu'il se soit retiré et lève son verre en m'invitant à l'imiter. Je hume le vin, j'en prends une gorgée, je respire. Paul m'observe, vaguement étonné.

— Vous appréciez le vin ?

— Ma famille est bourguignonne, monsieur Peyriac !

— Expliquez-moi, je suis curieux d'entendre ça.

— Mon père est un passionné d'œnologie. Quand j'étais petite, il me faisait respirer les vins. Il ne me lâchait pas tant que je n'avais pas expliqué avec mes mots d'enfant ce que je sentais. Ma mère râlait, elle prétendait qu'il allait me donner de mauvaises habitudes. Évidemment, un peu plus tard, j'ai commencé à déguster, le reste est venu naturellement, à la fois le vocabulaire, mais aussi les stages chez des amis viticulteurs. Ça vous va ?

Mon air malicieux le ravit. Il lève son verre à ma santé et déguste son sancerre.

— Et celui-ci, qu'en pensez-vous ?

— Un beau sauvignon, sans doute issu de vieilles vignes bien exposées, il est un peu plus rond et aromatique qu'un sancerre classique. Il est malheureusement un peu cassé par le froid, j'attendrai donc encore quelques minutes avant de vous donner mon jugement définitif.

Je balance ça d'un coup en reposant mon verre où le vin brille d'un éclat d'or blanc. Paul me contemple, un sourire aux lèvres.

— Vous êtes remarquable, Mina. Je suis stupéfait et fier d'avoir découvert une perle telle que vous.

— Vous deviez me parler d'une autre perle, je lui rappelle.

— Je crois en effet que le moment est bienvenu.

Tout en dégustant nos entrées, Paul évoque de nouveau la manière dont il a commencé à travailler avec son père. Sur cette époque, je sais déjà tout ou presque, il me permet ainsi d'assembler mes petits morceaux du puzzle de son existence.

— Dès l'âge de quinze ans, j'étais dans l'atelier, près des rotatives, prêtant main-forte aux employés. À dix-huit ans, je savais tout du métier. Mon père ne m'a pas laissé le choix, c'était ça ou rien d'autre. Quand il est mort, je suis devenu patron malgré moi mais j'aimais bien le boulot. Et puis, chef d'entreprise à vingt-deux ans, ça forge un caractère. Évidemment, j'ai perdu de vue mes amis, je ne sortais quasiment jamais. Alors de vie sociale, de fiancée, il était loin d'en être question.

Mon stylo reste en suspens, Paul comprend aussitôt ce qui vient de me sauter aux yeux.

— En effet, sourit-il. J'étais encore puceau à vingt-deux ans.

Il n'a pas baissé la voix, je regarde autour de nous, les autres tables discutent paisiblement, personne n'a apparemment entendu.

— Mais... ça ne vous manquait pas ? je questionne à voix basse comme on confesse.

Il se penche sur la table et prend un air affligé plutôt comique.

— Je n'y pensais pas, jeune fille ! Quand vous vivez dans un monde à part, vous ne vous sentez pas obligé de faire comme les autres, vous ne ressentez pas les besoins de la même façon, c'est peut-être ce qui a été ma meilleure chance, ce qui m'a permis d'être vraiment moi.

J'acquiesce. Quelque part au fond de moi, je sens qu'il a raison. Être soi, ne pas faire comme les autres, ne pas subir les « diktats » de la société, de la mode, suivre ses propres instincts, tout ce dont je rêve !

Il repousse son assiette vide et croise les bras. Je sens venir le moment important, celui qui a fait que je suis attablée près de lui et aussi jolie. Je vais enfin saisir l'intérêt de ce déjeuner. J'empoigne mon stylo, il ne fait pas attention à mon geste, il est déjà ailleurs.

— Béatrice avait vingt-sept ans, j'en avais à peine vingt-deux quand elle est entrée pour la première fois dans mon bureau, commence-t-il d'une voix plus grave. Elle venait pour une commande de faire-part pour ses fiançailles.

J'ouvre des yeux ronds, il esquisse un sourire et continue sur ce même ton dans lequel je perçois le plaisir de faire revivre ce moment. Je souligne le mot « fiançailles » sur mon papier, je garde mes questions pour plus tard. Je préfère le laisser poursuivre sur sa lancée.

— Elle portait une jupe très courte comme c'était la mode à la fin des années 1960. C'était en plein été, ses jambes étaient dorées. Elle s'est assise devant moi en les croisant sagement. Je l'ai dévorée des yeux durant tout le temps qu'elle a été là. J'étais sous le charme. Je l'ai laissée faire son choix sans même réaliser à ce moment-là qu'elle me parlait de ses futures noces. J'ai enregistré sa commande comme un automate et elle est partie. À peine a-t-elle franchi la porte que, pour la première fois, je me suis masturbé au bureau.

Mon stylo s'arrête net sur le papier et je lève les yeux vers Paul. Il éclate de rire devant ma mine interloquée.

— Je vous choque ?

— Non… c'est juste que je suis surprise.

— Je suis désolé mais il faut bien appeler un chat, un chat, se défend-il. Et ce que je vous raconte est la plus stricte vérité.

— Je doute de pouvoir écrire ça comme ça, je grimace en désignant mon bloc-notes.

— Il vous appartiendra de rendre mes propos plus corrects. Je vous ai prévenue que je ne prendrais aucune précaution de langage.

J'approuve. Je me remets au garde-à-vous de ses confidences, le stylo en main, je le vois sourire avant de reprendre son récit.

— Béatrice est revenue le lendemain. Elle a prétendu avoir une correction à apporter au texte du faire-part. Elle était encore plus sublime que la veille, moulée dans une robe fine et grimpée sur des talons aiguilles. J'admirais en vrai une femme qu'on ne voit qu'au cinéma, une femme éblouissante dont je ne pouvais que rêver. Mais curieusement, j'avais du mal à ne pas songer qu'elle était volontairement revenue ainsi vêtue. Quelque chose me disait qu'elle avait deviné mon trouble, la veille, et qu'elle voulait s'en assurer pour une raison qui m'échappait complètement. J'ai fait semblant de croire à ses soi-disant modifications. Elle s'est penchée vers moi par-dessus le bureau et m'a offert le plus joli spectacle que j'avais jamais vu. Béatrice possédait une poitrine aussi belle et généreuse que la vôtre, dit-il en contemplant ma gorge décolletée.

Je ne relève pas, j'interroge pour faire diversion.

— Qu'avez-vous fait à ce moment-là ?

— Rien, je l'ai ignorée. J'ai pris note de ses corrections et elle est repartie un peu vexée. Sur les cartons qu'elle voulait me faire imprimer, j'avais lu que ses parents étaient le comte et la comtesse de Domfort et son fiancé, le comte de Vrancœur. Une union parfaite avec tout le tralala qui allait bien. Je n'avais pas la prétention de séduire une femme comme elle.

— Comment avez-vous fait dans ce cas ? je demande, perplexe.

— Je n'ai rien fait, encore une fois, sourit-il. Béatrice est venue chercher sa commande une semaine plus tard, juste avant la fermeture. Elle n'y est pas allée par quatre chemins. Elle m'a demandé si je la trouvais jolie, je lui ai répondu honnêtement qu'elle était la plus belle femme que j'avais eu l'occasion de voir dans mon bureau. Elle m'a demandé pourquoi je n'essayais pas de l'embrasser, je lui ai répondu qu'elle était trop belle, qu'elle était surtout fiancée à un autre et qu'à ce seul titre, je n'en avais pas le droit. Elle s'est approchée de moi et elle m'a embrassé. C'était bon et insuffisant à la fois. Elle l'a deviné. Elle n'a pas ri comme je le craignais, elle a guidé mes mains sous sa robe. Elle était entièrement nue en dessous. Sa peau était si douce, je devenais fou, j'étais en plein rêve et j'avais peur de me réveiller. J'ai découvert brusquement que j'étais un homme. J'ai été trop impatient, trop maladroit, je suis allé trop vite. Béatrice m'a arrêté et s'est accroupie devant moi. Oh Mina, souffle-t-il. Sa bouche est devenue mon paradis.

Paul fronce les sourcils d'un air douloureux. Je n'écris plus rien depuis quelques secondes. Je l'écoute, je le regarde. Son récit enflamme mes veines, j'espère qu'il n'en voit rien. Il continue sur le même ton un peu exalté.

— Je n'ai pas tenu trois minutes. Elle était sublime et moi, je me sentais si stupide. Je n'étais capable de rien d'autre que la regarder se délectant de ma jouissance. Elle s'est relevée et s'est assise sur mon bureau. Elle a écarté ses longues jambes dorées qui m'avaient tant fasciné et m'a ordonné de la prendre, et je vous assure que c'est ce que j'ai fait. C'était une naissance, une révélation. Béatrice a joui, vraiment joui ! Son plaisir a inondé mon bureau, elle n'a rien dit cependant, elle n'a pas émis une plainte, pas même un soupir. Quand j'ai été sur le point de jouir à mon tour, elle m'a embrassé et m'a retenu en elle. Après ça, elle est repartie sans un mot.

Je reste bouche bée, mon ventre lance des appels désespérés. Paul s'écarte de la table pour permettre au serveur de poser le plat. Je dois me secouer pour en faire autant. Il m'invite à manger d'un signe de la main, comme si de rien n'était, comme si nous bavardions simplement de la pluie et du beau temps. Je mastique mécaniquement même si je trouve ça bon, j'ai du mal à revenir sur terre.

— Pourquoi a-t-elle fait ça ? je réclame, impatiente. Que s'est-il passé ensuite ?

Paul ricane, il s'amuse, mais il mange surtout et se fâche que je n'en fasse pas autant. J'obéis promptement en restant attentive.

— Toute la nuit, je me suis demandé à quoi rimait son jeu, reprend-il. À la fin, j'en ai conclu qu'elle avait sans doute voulu s'offrir un bon moment avant de s'unir à son comte qui ne devait pas lui apporter le plaisir qu'elle souhaitait. J'étais tourmenté de questions auxquelles je n'avais aucune réponse. La seule chose dont j'étais convaincu, c'était que je n'allais jamais revoir Béatrice de Domfort. Mais contre toute attente, à la même heure le lendemain, elle a poussé la porte de mon bureau, sans frapper, et elle est venue s'asseoir sur ma table. Elle n'a pas dit un mot, elle a juste écarté les jambes.

— Vous ne lui avez rien demandé ? je m'exclame, la fourchette piquée dans un morceau de viande.

— Si, bien sûr ! Elle m'a dit qu'elle me trouvait beau et touchant, que je n'avais rien à craindre d'elle, que je devais encore lui donner le plaisir qu'elle était venue chercher. Je n'ai pas su lutter contre ça.

— C'est tout ? je fais, déçue de son manque d'autorité, lui que je connais si intimidant, si sûr de lui.

— Oui ç'a été tout pour ce jour-là. Béatrice me rendait complètement fou. Je ne rêvais plus que d'elle, je me suis mis à espérer, le soir venu, d'entendre le bruit de ses pas derrière ma porte. Et elle est revenue le lendemain, puis le surlendemain.

— Vous faisiez l'amour chaque fois ?

Paul sourit encore.

— En effet, j'ai fait de rapides progrès et elle semblait apprécier ça.

— Mais... ses fiançailles ?

— Son petit manège a duré environ deux semaines avant que je m'émeuve à ce sujet. Elle m'a regardé comme si je venais de la planète Mars puis elle m'a informé qu'elle avait rompu avec son fiancé. Je lui ai demandé pour quelle raison et elle m'a répondu, comme je le pensais depuis le premier jour, qu'elle n'imaginait pas passer le reste de sa vie auprès d'un homme sans jamais ressentir le plaisir, fût-il comte ou le roi lui-même. Béatrice m'a déclaré sans complexe qu'elle aimait le sexe, qu'elle le considérait comme l'un des fondements d'un mariage réussi. Le comte n'était définitivement pas l'homme qu'il lui fallait. Je lui ai demandé pourquoi moi. Elle m'a répondu que mon regard sur elle l'avait séduite, qu'elle s'était sentie vraiment désirée, qu'elle en avait été chamboulée au point de se faire jouir seule la nuit qui avait suivi notre rencontre. Elle n'avait pas su résister au besoin de revenir sans trop savoir ce qu'elle faisait. Elle a prétendu que ç'avait été plus fort qu'elle, m'a juré que personne ne l'avait jamais fait jouir comme moi et, pour me le prouver, elle s'est répandue encore sur mon bureau. Si vous saviez, Mina, ce que j'ai aimé ça !

J'avale difficilement une bouchée et je réclame la suite.

— Béatrice savait très exactement ce qu'elle voulait, et ce qu'elle voulait, c'était moi. Elle m'a dit sans que ça me surprenne qu'elle était riche, que sa famille était influente et que je pourrais en profiter.

— Et c'est ce que vous avez fait, je conclus trop hâtivement.

— Pas du tout, nie Paul en m'observant d'un œil rieur.

Je reste ma fourchette en l'air.

— Je lui ai répondu que je n'étais pas un objet, que sa fortune et son carnet d'adresses, je n'en avais rien à foutre et qu'elle avait le cul posé sur le bureau d'une boîte qui allait très bien et dont j'étais le patron, quoi qu'elle en pense. Elle en est restée muette assez longtemps pour que je puisse ajouter qu'elle m'excitait terriblement, que j'aimais la prendre ainsi, mais que si je le faisais, c'était seulement parce que j'en avais envie et pas besoin. Pour bien la convaincre, je l'ai baisée à ma manière. Je l'ai entendue gémir pour la première fois. Je l'ai prévenue que jamais je ne renoncerais à être le seul maître de mes actes et que si ces conditions ne lui convenaient pas, il était inutile qu'elle revienne.

Dans ces propos, je reconnais enfin l'assurance de Paul, ce qui fait qu'il était et reste un chasseur et non un gibier. Son regard pétille, il aime ce qu'il lit dans le mien. Tout s'est remis à sa juste place, tout est conforme à ce que je pensais. J'en suis presque soulagée. Je n'imaginais pas Paul Peyriac dans la peau d'un gigolo profitant de la fortune d'une femme qui l'aurait acheté pour le plaisir. Il me laisse le temps de prendre quelques notes avant de poursuivre.

— Vous savez ce qui caractérisait le plus Béatrice ?

— Dites-moi !

— C'était son assurance hautaine, sa façon de considérer tout comme acquis. Pour la première fois, elle s'est heurtée à plus solide qu'elle. Je crois qu'elle ne m'aurait pas aimé si je ne lui avais pas résisté. C'était d'une personnalité comme la sienne que j'avais besoin. Il me fallait sa force et son assurance. Elle m'a montré ce que j'étais au fond de moi. J'ai voulu qu'elle m'appartienne très vite, je me serais fort bien passé de fiançailles que je jugeais inutiles mais elle s'est braquée. Ce n'était pas comme ça qu'elle entendait devenir ma femme, elle ne supportait pas l'idée d'un mariage à la sauvette et exigeait les honneurs. Je lui ai cédé sur ce seul point même si je lui ai répété cent fois que peu importait l'accord de ses parents, nous n'avions besoin de rien. Elle tenait par orgueil à leur prouver qu'elle avait raison. Et elle a obtenu ce qu'elle voulait.

— Vous avez été un homme heureux ?

— Je vais vous confier un secret, Mina, un secret que personne ne connaît, pas même mon fils qui, pourtant, aurait pu se douter de quelque chose quand il a commencé à travailler aux éditions.

Je pose mon stylo et je scrute son visage. Ses yeux clairs sont brillants, il est terriblement beau ainsi, malgré son âge, ses cheveux poivre et sel et ses rides au coin des yeux.

— Quand j'ai épousé Béatrice, je lui ai juré qu'elle serait toujours ce qui compterait le plus dans ma vie, que je ne laisserais rien passer avant elle, ni le travail, ni les autres. Elle m'a répondu qu'elle y veillerait scrupuleusement. Je dois vous avouer que je n'ai pas immédiatement compris jusqu'à la semaine qui a suivi notre retour de voyage de noces. À compter de ce moment-là et pendant plus de vingt-cinq ans, Béatrice est venue plusieurs fois par mois au bureau, nue sous sa robe comme le premier soir ; elle s'asseyait sans rien dire devant moi en écartant les jambes et pendant vingt-cinq ans, je l'ai prise comme ce soir-là, avec le même emportement. Il arrivait parfois que des gens attendent dans la pièce voisine, elle savait toujours être silencieuse et elle m'excitait encore plus. Et quand elle repartait, aussi fraîche qu'elle était entrée, je trouvais extraordinaire que personne ne puisse lire sur son visage ce qu'elle venait de faire. Elle me rappelait ainsi qu'en effet, elle était toujours MA priorité et elle avait mille fois raison. Pas une seule fois je ne l'ai fait attendre, quelle qu'ait été l'importance de mes rendez-vous. Béatrice seule comptait.

Je lis sur le visage de Paul tout l'amour qu'il éprouve encore pour sa femme, j'y lis aussi toute la douleur de son absence. Des larmes me montent aux yeux malgré moi. Il m'observe avec indulgence et pose sa main sur la mienne au-dessus de la table.

— Ne pleurez pas, Mina ! J'ai été un homme comblé. La vieillesse et la mort sont des ennemies impitoyables, elles ne laissent aucune chance mais elles ne viennent jamais à bout de l'amour quand il est vrai, sincère, profond.

— À la fois, je vous envie d'avoir connu un tel bonheur et je le redoute parce que l'absence en est plus douloureuse, dis-je tristement.

— N'envisagez pas les choses de cette manière, elle ne correspond pas à la réalité.

— Que voulez-vous dire ?

— Si la vie sait se montrer généreuse avec vous, elle vous offre un bon bout de chemin à faire à deux. Au fil du temps, les relations évoluent, les besoins changent. Ça peut paraître cruel mais il en va ainsi. Ce qui est essentiel à vingt ou trente ans ne l'est plus autant à soixante. Si j'ai un seul conseil à vous donner, c'est de jouir intensément de tout, de la vie, du sexe, du plaisir en général. Béatrice et moi avons passé des années merveilleuses ensemble et c'est pour cela que je n'éprouve aujourd'hui aucun regret.

Je lève un sourcil dubitatif.

— Comment avez-vous réussi à tout conjuguer ?

— Grâce à la complicité sans faille de Béatrice. La seule ombre à ce tableau a été quand nous avons appris qu'elle n'aurait pas d'autre enfant après la naissance de Pierre. Béatrice voulait fonder une famille sans attendre après notre mariage, elle avait peur de son âge. Pierre est né un an plus tard et l'accouchement a été terrible. Nous avons vécu une période un peu tendue mais au lieu de me réfugier dans le travail, j'ai tout laissé tomber pour être près d'elle. Nous avons tout surmonté ensemble. C'est après cet épisode tragique qu'il a fallu envisager un tournant professionnel.

— C'est pour ça que vous avez enfin accepté qu'elle vous aide ?

— Entre autres, oui. Et puis, nous avons fait une rencontre qui a changé notre existence.

Je suis tout ouïe tandis que Paul considère mon bloc-notes avec prudence. Il hésite un moment, puis son regard plonge dans le mien. Il sonde mon âme avec une telle intensité que je me trouble.

— Si vous n'avez pas envie de me le dire, je comprends, lui dis-je doucement.

Paul penche la tête de mon côté et me confisque mon stylo.

— Promettez-moi de ne jamais, sous quelque prétexte que ce soit, révéler ce que je vais vous dire. Bien entendu, pas une ligne dans le livre ! Je vous le demande en ami, Mina, insiste-t-il de manière inhabituelle. Dites-moi que je peux vous faire confiance !

Son regard est tellement dur, je déglutis comme si j'étais face à un juge et je donne ma parole dans un souffle. Il hoche la tête, se redresse un peu et s'éclaircit la voix avant de reprendre tout bas.

— Après s'être remise de la naissance de Pierre, Béatrice a actionné tous les réseaux possibles et j'ai cédé une partie des parts de l'imprimerie à mes sœurs pour financer mes premiers investissements. Ce fut la naissance de notre second enfant, les éditions Peyriac. Je n'aurais pas réussi sans le soutien d'un homme,

Henri Valmur. Il commençait à être connu à l'époque. Il m'a accordé sa confiance et son amitié. Grâce à lui, les éditions Peyriac ont acquis une solide notoriété. Ça, c'était pour le côté professionnel. D'un côté plus personnel, c'était aussi l'époque où Henri Valmur se rachetait une conduite si je puis dire. Certes, il avait la réputation d'être un excellent écrivain mais il était aussi connu pour être un jouisseur, dans tous les sens du terme. Henri était de toutes les fêtes les plus grivoises de la capitale. Il était un célibataire convoité et ne manquait pas de succès auprès des femmes. Il avait même eu l'idée de créer une boîte échangiste, qui marchait très bien au demeurant. Et puis, comme je vous le disais, quand les gens vieillissent, leurs besoins changent. Il n'en a pas été autrement pour Henri. Ses livres connaissaient le succès, sa boîte aussi, mais il s'en est lassé. Il trouvait ça trop vulgaire. Henri s'était forgé une certaine philosophie de la vie. Il aimait le luxe, le raffinement, le mystère. Il a été fort impressionné quand je lui ai fait la confidence des visites de Béatrice au bureau. C'est de là que lui est venue l'idée. Il m'a demandé ce que valait pour moi le plaisir que me donnait ma femme et je me souviens lui avoir déclaré qu'il valait tout l'or du monde. Il m'a dit que des tas de gens étaient prêts à donner tout l'or du monde pour une part de plaisir et que cette part, ils ne savaient pas comment l'obtenir. Il est revenu plusieurs mois plus tard avec dans sa mallette, le projet d'une société qu'il envisageait de créer.

Paul marque un temps d'arrêt, me laisse digérer l'information et attend que je le relance.

— Quelle société ?

— Celle qui n'a pas de nom parce qu'elle n'existe pas officiellement, celle qui se cache et n'est connue que de ses membres.

— Je ne vous suis pas, je chuchote, prise au jeu.

— Henri s'est assis en face de moi, ici même, à votre place, et m'a tout expliqué. Il voulait créer cette organisation dans le seul but d'offrir à ses membres le plaisir sous toutes ses formes, même les plus extrêmes. J'ai un peu hésité mais Béatrice a tout de suite compris l'enjeu de cette démarche. Henri nous a demandé à tous les deux d'être partie prenante de cette Société et nous lui avons fourni une part non négligeable du financement. Dès lors, en souterrain, s'est constitué progressivement un véritable réseau. Vous avez pu aujourd'hui bénéficier des services d'une partie de ce réseau, affirme-t-il. La boutique et le coiffeur où je vous ai emmenée ce matin sont au service des membres de la Société.

— C'est pour cette raison que vous n'avez rien payé ?

— En effet. Le réseau fonctionne grâce à une substantielle contribution de ses membres. Les achats sont régularisés par le biais d'un compte spécial car Henri avait horreur de « passer à la caisse » après le plaisir.

— J'approuve. Mais comment intègre-t-on cette Société ?

— À l'origine, Henri a fait appel à quelques amis triés sur le volet et dont j'ai eu la chance de faire partie. Il n'existe qu'un seul moyen aujourd'hui d'entrer dans ce cercle fermé, le parrainage. Chaque membre a la possibilité de faire entrer deux personnes au maximum dans la Société.

— Qui sont ces membres ?

— Pour la plupart, des intellectuels, des hommes et des femmes d'affaires, des artistes aussi.

— Des gens riches forcément, je constate.

— Forcément ! Henri aimait le luxe et l'argent, et ne s'en cachait pas. La cotisation énorme dissuade utilement certaines velléités.

— Cette Société est donc connue ?

— Nous faisons tout pour qu'elle demeure la plus secrète possible mais des rumeurs courent régulièrement et raniment certains fantasmes. C'est pour cette raison que j'exige de vous cette discrétion.

— Pourquoi avez-vous décidé de m'en parler ?

— Pour deux raisons essentielles, très chère. La première est qu'il m'a paru important que vous le sachiez pour comprendre qui je suis en réalité. La seconde, c'est que j'ai l'intention de vous y faire entrer.

Je manque de m'étrangler.

— Moi ? Mais... pour quelle raison ?

— Parce que vous convenez particulièrement bien à ce milieu dans lequel vous savez évoluer et j'ai eu l'occasion de m'en rendre compte aujourd'hui encore.

Je secoue la tête, il ne s'en tirera pas comme ça.

— Dites-moi la vérité.

Il esquisse un sourire, lui non plus n'est pas dupe.

— Je vais bientôt avoir besoin d'un autre de vos talents.

Je rumine sa réponse qui n'en est pas une. Mon air mécontent l'amuse mais il consent à m'expliquer.

— J'ai appris à vous connaître ces derniers mois et je ne crois pas me tromper en vous disant que vous êtes celle qui conviendra parfaitement à la mission que j'aimerais vous confier.

— Quelle mission ?

— Vous souvenez-vous des photos que m'a fait parvenir Philippe ?

— Oui, du moins de certaines d'entre elles.

— J'ai appris récemment que la jeune fille blonde qui l'accompagne partout est sa petite amie, dit-il d'un air sévère avant d'avaler une gorgée de vin.

— Ça ne me paraît pas étonnant. Elle est en effet sur pratiquement toutes les photos.

— J'ai demandé à l'actuel président de la Société, Jacques Duivel, de faire procéder à une enquête sur cette jeune fille, déclare Paul sans ciller.

Je fais une moue sceptique.

— De quel droit ? Comment peut-il faire une telle chose ?

— De la même manière qu'il en a fait une sur vous, sourit Paul en se penchant vers moi.

Je sursaute et je m'écarte de lui instinctivement.

— Sur moi ?

— Par mesure de précaution, Jacques, tout comme Henri avant lui, fait toujours procéder à une enquête approfondie sur les personnes qui s'apprêtent à faire leur entrée dans la Société. Ne vous en offusquez pas ! Vous trouverez le rapport vous concernant sur votre messagerie en rentrant, je vous l'ai transféré. Vous verrez qu'il est tout à votre honneur. Jacques n'a émis aucune objection à votre sujet.

— Il doit donc savoir que je n'ai pas les moyens de financer la fameuse cotisation.

Paul se cale contre le dossier de sa chaise. Il reprend son air d'homme important.

— Jacques Duivel ne se permettrait pas de me rappeler ce genre de détail. Si je ne suis pas le président de la Société, j'en suis l'un des fondateurs. Je dispose comme je l'entends des droits d'adhésion des membres de ma famille.

— Je ne suis pas de votre famille.

— Peut-être pas officiellement, mais qu'importe, réplique-t-il. Je ne fais rien au hasard et vous le savez. J'ai une absolue confiance en vous.

— Ce qui sous-entend ?

— Que je n'en ai aucune en la blonde amie de mon petit-fils.

Je m'en doutais un peu, je savoure la fin de mon verre de vin blanc pendant que Paul raconte.

— Elle se nomme Kaitline Richard, elle a tout juste dix-huit ans. Philippe l'a rencontrée sur le campus de l'université où il suit ses études de droit.

— Preuve qu'elle est plutôt brillante !

Ma remarque ne le fait pas rire cette fois, il me jette un regard noir.

— Preuve surtout qu'elle y passe ses journées à ne rien faire. Son père est enseignant sur le campus. Sa mère est assistante de cours. La demoiselle a échoué à son examen de fin d'année et se trouve en stage obligatoire, ce dont elle semble se moquer éperdument. Outre passer son temps à lambiner, elle commence sérieusement à détourner Philippe de ses études. Il a séché plusieurs jours de cours après avoir fait la fête avec sa petite amie ces dernières semaines. Ses résultats sont nettement moins brillants que ce qu'ils étaient. Vous verrez sur le rapport que je vous remettrai les photos prises au sortir des boîtes de nuit dans lesquelles elle a ses entrées. Il ne suffisait pas qu'elle ait une allure particulièrement excentrique et vulgaire, elle contamine Philippe que je sais pourtant sérieux et d'une nature plus raffinée.

— Peut-être n'est-il pas… comme vous ? je fais remarquer avec prudence.

Je pensais m'attirer les foudres de Paul, il n'en est rien. Il prend au contraire ma suggestion très au sérieux.

— Je suis certain de bien connaître mon petit-fils, Mina. Je ne commettrai pas deux fois la même erreur. Je ne laisserai pas Philippe gâcher sa vie avec une écervelée canadienne.

— Qui vous dit qu'il ne l'aime pas ? je m'insurge, même si le souvenir des photos me laisse perplexe quant au fait qu'ils forment un couple très assorti.

— J'ai vu Pierre se détruire dans une histoire identique et compromettre à la fois son existence mais aussi celle de sa famille et le fruit de mon travail. Philippe a besoin qu'on lui ouvre les yeux avant qu'il ne soit trop tard. Après, il sera libre de choisir.

— S'il la choisit, elle, vous ne vous y opposerez pas ?

— Non, je ne m'opposerai pas à son choix s'il estime après mûre réflexion que c'est ce qui lui convient le mieux.

— Qu'est-ce que je viens faire là-dedans ?

— Vous êtes mon contrepoids dans la balance.

Paul m'observe attentivement. Au bout de cette brillante démonstration de sa part, je ne suis pas surprise. J'oserai même dire que je pressentais ça depuis un moment. Seulement, je ne sais pas trop ce que je dois en penser. Lui n'attend pas ma réponse, il enchaîne comme si mon consentement lui était acquis.

— J'ai invité Philippe à venir passer quelques semaines en France. Il a accepté mais a émis le souhait d'être accompagné de Kaitline. Il prétend d'ailleurs avoir à ce sujet une excellente nouvelle à m'annoncer.

— Vous pensez qu'il veut vous la présenter « officiellement » ?

— J'en suis hélas convaincu, marmonne Paul.

— Et que suis-je censée faire ?

— Rien d'autre qu'être vous, à l'image de celle que vous êtes aujourd'hui.

Je comprends mieux subitement.

— D'où mon adhésion à la Société ?

— En effet ! Philippe doit arriver à la fin du mois de mars. D'ici là, je veux que vous appreniez toutes les ficelles de la séduction, je veux que vous soyez absolument parfaite et en cela, vous ne trouverez pas meilleur appui que la Société.

— Et après ?

— Je vous utiliserai sans vergogne comme arme secrète pour détruire ce couple qui n'a pas lieu d'être.

La morale exigerait que je sois choquée de cette proposition, que je me lève dignement et que je quitte séance tenante la table à laquelle j'ai commis l'imprudence de m'asseoir. Mais sa franchise me plaît.

Pour avoir pénétré l'intimité de cet homme si sensible sous la cuirasse, je sais qu'il souffre et s'inquiète. Par fidélité à la mémoire de son épouse, il fera tout ce qui est en son pouvoir pour protéger son petit-fils.

Par ailleurs, Philippe n'a pas manqué de m'attirer à distance. Il est comme son grand-père, séduisant et charismatique, ses messages sont emprunts d'une brillante érudition et d'une intelligence indéniable, saupoudrée d'un humour grinçant.

J'approuve Paul quand je vois, pendue à son cou, une minette de dix-huit ans à peine qui ne lui ressemble en rien. Cette aventure m'ouvre des perspectives réjouissantes et excite ma curiosité. Paul attend ma réponse mais je veux être sûre de tout.

— Et si j'y parviens ?

— Vous serez entièrement libre de votre destin. Entre vous et moi, rien ne sera changé. Vous êtes et vous resterez ma secrétaire particulière quoi qu'il arrive. Est-ce que cela vous convient ?

— Il sera question de sexe ?

— Je l'entendais évidemment de cette façon, sourit-il.

Je ne peux m'empêcher de l'imiter.

— Quand dois-je commencer ?

Il pose alors la main sur la mienne comme si je venais de lui offrir le plus beau des cadeaux.

— Vous avez déjà commencé, Mina.

*

* *

Deux jours avant mon départ pour la Bourgogne où je vais retrouver ma sacro-sainte famille, le sapin gigantesque du Morvan voisin et la volaille aux champignons amoureusement chassée par mon père, Paul me convoque à plus de 22 heures dans son bureau. Je dis bien « convoque », car le ton qu'il a au téléphone ne permet pas la contestation.

J'enfile un manteau et trottine rapidement dans le froid jusqu'à la maison. J'entre en habituée des lieux par l'arrière-cuisine éteinte. Ma tante Laurence a déjà regagné ses terres natales pour prêter main-forte aux préparatifs du réveillon, tradition oblige ! « Tout est dans la marinade », prétendait soi-disant ma grand-mère, la vraie.

Avant de frapper à la porte du bureau, j'entends les échos d'une conversation feutrée. Paul m'invite à entrer de sa voix grave et se lève à mon approche, tout comme la jeune femme en face de lui.

— Ma chère amie, laisse-moi te présenter Mina, que tu connais mieux sous le nom d'Hermine Dalambray, dit Paul d'un air très sérieux.

Elle est d'une beauté fracassante et d'une élégance éblouissante. Elle doit avoir une trentaine d'années mais au fond, elle n'a pas d'âge, sa beauté est intemporelle. Elle vous pénètre de ses yeux d'un vert intense, pareils à deux émeraudes brillantes sur un visage de porcelaine. Ses cheveux, tirant sur le roux, dégringolent en vagues sur ses épaules. Elle me tend une main franche. Je dois me secouer pour lui rendre son bonsoir enjôleur. Paul a l'air satisfait de mon hébétude.

— Mina, je vous présente Mickaëlla Duivel.

— Enchantée, lui dis-je sans savoir encore à qui j'ai affaire.

Paul nous invite à nous asseoir et, sans nous consulter, ni elle ni moi, il nous apporte un verre de cognac. Je garde prudemment le mien à la main. Il s'installe en face de nous et fronce les sourcils comme chaque fois qu'il se lance dans une explication délicate.

— Mesdames, je tenais à ce que vous vous rencontriez pour plusieurs raisons, commence-t-il. La plus évidente d'entre elles, vous l'avez sous les yeux, n'est-ce pas, Mina ?

Je comprends qu'il attend mon avis sur notre visiteuse. Je ne peux nier une évidence.

— Mme Duivel est une personne qu'on ne peut ignorer, dis-je sincèrement. Je mentirais si je prétendais n'en être pas jalouse.

Elle me sourit d'un air indulgent.

— Je ne vous arrivais pas à la cheville quand j'ai rencontré mon premier mari, se défend-elle tranquillement.

Son premier mari ?

C'est Paul qui vole à mon secours.

— Avant d'être l'épouse d'Alexis Duivel, le fils de Jacques et l'actuel vice-président de la Société, Mickaëlla a été l'épouse d'Henri Valmur.

Je la dévisage, incrédule. Si mes souvenirs sont exacts, Henri Valmur est décédé à un âge assez avancé alors qu'elle ne doit pas avoir plus de trente ans. Je fais sans doute preuve de cette maudite curiosité téméraire mais tant pis !

— Quel âge aviez-vous ?

— Quand j'ai rencontré Henri, il en avait cinquante-cinq, moi dix-huit, explique-t-elle sans émotion particulière.

J'essaie de ne pas trahir le choc que me provoque cette révélation. Quoi de mieux que de renchérir dans ce cas ?

— C'est lui qui vous a fait entrer dans la Société ?

— Non. J'ignorais tout des activités occultes de mon mari. Quand il m'a rencontrée, Henri a tout abandonné de ses anciennes passions. C'est Alexis qui a fait de moi celle que je suis aujourd'hui.

Paul s'est calé dans son fauteuil, le menton posé entre ses doigts, tournant lentement son verre d'alcool. Il connaît depuis longtemps cette histoire, il l'a vécue de l'intérieur, en quelque sorte. Il n'intervient pas, il me laisse poser mes propres questions, alors j'en profite.

Elle me répond toujours avec la même franchise et la même gentillesse. Elle évoque sa vie passée auprès du célèbre écrivain philosophe, les raisons qui ont fait qu'une jeune fille de dix-huit ans épouse un homme qui aurait pu largement être son père.

Si elle parle sereinement de son amour pour lui, fait d'admiration et de confiance, son regard s'enflamme quand elle raconte enfin sa rencontre avec Alexis Duivel.

Passant d'un extrême à l'autre, Mickaëlla a trouvé dans les bras de celui qui s'était fait passer pour l'un de ses élèves de terminale un bonheur qu'elle ne soupçonnait même pas. Elle avoue sans honte qu'un garçon de huit ans de moins qu'elle l'a rendue femme.

— La Société m'a permis de tout avoir, d'aller au bout de mes rêves, Mina. Il suffit de le vouloir et tout est accessible.

— Est-ce que c'est vous qui allez me montrer le chemin ? je lui demande subitement.

Elle jette un coup d'œil à Paul, qui hoche la tête imperceptiblement, puis elle me sourit.

— C'est en effet ce que Paul m'a demandé et ce que j'ai accepté. Si cela vous convient, évidemment.

J'avale un trait de cognac. Le liquide descend, brûlant, dans ma gorge, je peux en suivre chaque centimètre jusqu'à mon estomac.

Mickaëlla est tellement belle. Comment ne pas avoir envie de lui ressembler ?

— J'en serais ravie.

J'annonce ça d'une voix éraillée par l'alcool. Elle se lève, chacun de ses gestes est d'une souplesse féline. Je suis sous le charme.

— Paul me préviendra de votre retour et je viendrai vous chercher, dit-elle en me tendant un minuscule boîtier qu'elle sort de son sac à main. Tenez !

— Qu'est-ce que c'est ?

— Un cadeau de bienvenue dans la Société, déclare-t-elle. Le père Noël avant l'heure. Ouvrez !

Je m'exécute et j'extirpe de la boîte un porte-clés argenté en forme d'oméga grec. Je lui adresse un regard indécis.

— Il s'agit d'un badge électronique qui vous identifiera au sein du réseau. Grâce à lui, vous aurez accès librement à tous les services que la Société peut vous offrir. Cette autorisation est un véritable privilège. Vous avez beaucoup de chance de compter Paul parmi vos amis, seuls les membres du Grand Conseil disposent d'une autorisation illimitée. Mais soyez aussi très prudente, ce symbole pourrait être démasqué sans que vous le vouliez. Ne l'exhibez jamais à la légère ! C'est une précaution indispensable, tant pour vous que pour la sécurité de la Société tout entière.

Ses paroles me donnent la chair de poule. J'ai l'impression d'entrer dans une organisation secrète, une sorte de secte qui ne porterait pas son nom. Une secte dont l'un des gourous est la plus belle femme que j'aie jamais vue. Et pourtant, je n'ai pas le sentiment d'un piège qui se refermerait sur moi, au contraire. J'ai l'agréable sensation d'être accueillie dans une drôle de famille.

Elle me tend la main et retient la mienne quelques secondes sans rien dire. Puis elle va jusqu'à Paul qui enlace sa taille pour la raccompagner jusqu'à la porte. Moi, j'attends dans le bureau qu'il revienne.

Le bruit d'un moteur puissant déchire le silence. Je consulte machinalement ma montre. Minuit moins le quart !

Je suis entrée dans un monde à part, de silence et de mystère. Un petit coup d'électricité excite mes entrailles. Un monde de sexe !

J'ai hâte, hâte de la revoir, hâte de m'en remettre à elle, hâte d'être comme elle, si toutefois c'était possible. La main de Paul se pose sur mon épaule.

— Vous devriez aller dormir à présent. Nous en reparlerons plus tard.

J'approuve de la tête, il s'empare alors de ma main et la porte à ses lèvres. Je suis émue de son geste et mes doigts serrent les siens un peu plus fort. Il passe alors entre nous bien plus que des mots. Je crois même deviner dans ses yeux bleus comme de la tendresse.

*

* *

La longue semaine que je redoutais tant ne s'annonce finalement pas si ennuyeuse que ça. Je descends à peine du train que je suis accueillie en fanfare par mes cousins sur le quai de la gare.

C'est une vraie surprise que m'ont soigneusement cachée ma tante Laurence et Maman. Leur sœur Hélène, la petite dernière, la quatrième, celle que les trois autres ont dorlotée, a débarqué la semaine précédente de la Réunion où elle vit depuis près de deux ans avec son mari, Gérard, et ses quatre enfants.

Ça me fait tout drôle de les voir se ruer vers moi avec leurs mines bronzées, et il me faut plusieurs secondes avant de réaliser que c'est bien à moi qu'en veut cette meute bruyante qui galope sur le quai.

L'aîné de mes cousins s'appelle Tristan, il a vingt ans, c'est celui avec qui je bavarde le plus souvent sur Facebook, le cousin des mauvais coups faits en douce comme il se doit.

Le suivant est le plus terrible des quatre, il a pour nom Lilian et balade fièrement son minois de seize ans en pensant faire craquer les filles. Sauf que son minois aurait plutôt tendance à les faire rire, ce dont il ne semble pas s'apercevoir.

Le troisième est Constant, quatorze ans et des yeux de biche. Irréductible supporter de l'OM, il ne parle que foot, ne rêve que foot.

Et enfin, fermant la marche, Cassandra, que tout le monde surnomme Cassis, Bourgogne oblige. Seule fille dans cette tribu, et dernière en plus, je la trouve admirable de résistance ; sauf qu'il paraît qu'elle mène la vie dure à ses frères chargés de la surveiller.

En plus d'Hélène, il y a ma tante numéro deux, alias Tata, pour Nicoletta, prénom étrange dont elle a été affublée sans qu'on sache très bien pourquoi. Tata est mariée à Tonton, bien sûr ! Mon oncle possède évidemment le prénom plus conventionnel de Gabriel même si le conventionnel chez nous, il faut s'en garder : il est d'origine chinoise. Eux aussi ramènent dans leurs bagages lyonnais mes deux cousins supplémentaires, David, dix-neuf ans, et sa sœur jumelle, Valentine.

La maison est pleine à craquer. Du coup, Laurence a ouvert toutes grandes les portes de la demeure familiale et entre chez nous et chez elle, c'est une ruche bourdonnant de rires du matin au soir.

Je me sens moins seule et je garde l'espoir de passer entre les gouttes des interrogatoires. Avec autant de sang neuf à cuisiner, personne ne songera à moi, banale à souhait. Encore que ma mère a regardé avec étonnement ma mise plus raffinée que d'ordinaire. Je suppose qu'elle garde ses questions pour plus tard.

En attendant, elle a retrouvé ses quinze ans au milieu de ses sœurs. Mon pauvre père ne sait plus où se mettre, lui qui est fils unique se trouve envahi de toute part. Heureusement, ses beaux-frères l'emmènent dans les caves environnantes.

Dans ma chambre, j'ai fait de la place à mes deux cousines. Les garçons, eux, squattent le bureau en y répandant un bazar sans nom tandis que leurs parents ont trouvé refuge chez Laurence, dans l'ancienne maison de Grand-mère.

J'ai plaisir à bavarder avec les filles, que je connais peu finalement. Les petites confidences de Cassis qui, du haut de ses douze ans, découvre les affres de la puberté nous font rire, Valentine et moi. En tant qu'aînée, je m'autorise quelques conseils dont elle ne perd pas une miette.

Cette veille de Noël prend des allures de fête avant la fête. Le réveillon est sans conteste le plus gai de toute ma vie. Laurence, Tata, Maman et Hélène évoquent en riant à s'en tenir les côtes leurs souvenirs d'enfance entre les murs de la grande maison de pierre qui les reçoit encore après toutes ces années.

Au pied du sapin s'est agglutinée une montagne de cadeaux, je doute que chacun y retrouve ses petits. Le copieux repas est excellent et apprécié de tous. Et surtout, comme je l'avais espéré, je ne suis pas le principal sujet de conversation. Que du bonheur !

Ce n'est qu'à la veille de repartir à Paris, quand les cotillons de la nouvelle année ont été ramassés et que les meubles ont repris leur place habituelle que Maman me tombe dessus.

Elle a l'impression de m'avoir négligée. Je lui assure que non, je lui dis le plaisir que j'ai eu à partager une telle joie, rien n'y fait, elle culpabilise *a posteriori*. Elle évacue à sa façon la tristesse de voir de nouveau tout son petit monde s'éparpiller aux quatre vents. Elle me fait promettre de revenir plus vite et prévient que ma tante me le rappellera si je venais à oublier. Ça, je sais que je peux y compter.

Mon père, quant à lui, se passe de longs discours. Dans la voiture, sur le chemin de la gare, il s'assure que je vais bien, se réjouit de mon travail et m'incite à ne pas négliger l'école de journalisme. Il fait son boulot de père comme il l'a toujours fait, en professionnel quoi !

Le ballottement du métro me ramène tout à fait à Paris. Pour mon retour, je traîne une valise lourde comme du plomb. J'ai remisé un temps mes talons hauts et j'ai retrouvé mes tennis et mon jean pour le voyage. Je suis bien certaine que Paul me pardonnera cette entorse à notre contrat.

Quand je franchis la grille du parc, je suis accueillie par une voix amicale.

— Bonne année, Mina, me lance Bernard sur le ton joyeux de quelqu'un à qui une nouvelle année ne fait pas peur.

— Bonne année, Bernard, je réponds en imitant au mieux son ton euphorique.

— Donnez-moi donc votre valise, elle a l'air plus lourde que vous, se moque-t-il en me prenant d'autorité mon bagage des mains.

Rien que pour ça, il mérite la bise que je lui donne. Il en rit et m'escorte jusque chez moi.

— C'est M. Peyriac qui va être content de votre retour, me confie-t-il en chemin. Il n'a pas mis le nez dehors de toute la semaine. Heureusement que son fils est venu lui rendre visite et que je suis resté là, sinon il aurait été tout seul.

Ses paroles me font de la peine. Je me sens presque fautive de l'avoir quitté, de m'être amusée sans lui. Je remercie Bernard avant qu'il me laisse et je monte seule ma valise jusque dans ma chambre. J'ai rapporté de chez moi une tonne de livres ainsi que quelques vêtements.

En un rien de temps, je troque mon jean et mes tennis contre une jupe et un pull col V cintré ainsi qu'une paire de bottes à talons. Je dégringole l'escalier et je file vers la maison.

— Entrez, Mina, fait la voix de Paul derrière sa porte.

Je me surprends à sourire, ce diable d'homme m'a manqué. Il est assis à son bureau et relève un visage souriant quand je pénètre comme une tornade dans la pièce en clamant un « bonne année » de circonstance.

— Je vous pardonne ce manque de distinction eu égard à votre jeunesse et à votre fougue mais il conviendra à l'avenir que vous montriez plus de retenue, me gronde-t-il.

— Je vous pardonne cet accueil réfrigérant eu égard à votre âge et à votre manque d'entrain. Ça vous ennuierait beaucoup d'être content de mon retour ?

Je fais semblant de bouder alors il se lève.

— Je suis content de vous revoir, corrige-t-il en posant ses mains sur mes épaules. M'autorisez-vous à vous embrasser pour cette nouvelle année ?

Je lui tends ma joue très ostensiblement et il y pose un baiser en souriant.

— Je sens que cette année va nous réserver bien des surprises, déclare-t-il en retournant à son bureau.

— Vous avez un certain toupet de dire ça, je lui fais remarquer. À ce que je sache, c'est vous qui réservez des surprises aux autres.

Il éclate d'un rire sonore qui me fait du bien.

— Vous avez raison.

— Monsieur Peyriac, à mon tour, puis-je vous demander une faveur ?

Un petit nœud se forme dans ma gorge. Ce que je vais lui demander, j'y ai pensé durant tout le voyage. C'est un truc tout bête, sans importance, mais qui me tient à cœur.

— Dites-moi !

— Accepteriez-vous de me tutoyer ?

J'ai dû rougir, mes joues sont chaudes. Une étincelle anime le regard de Paul.

— À une seule condition, répond-il très sérieusement.

— Laquelle ?

— Je te demande en échange de m'appeler par mon prénom.

— Ça marche, lui dis-je, vaguement intimidée.

— Eh bien dans ce cas, ça marche pour moi aussi, s'amuse-t-il de cette expression. Alors, chère Mina, comment se sont passées tes vacances ?

Je m'assois à la table où se trouve l'ordinateur que j'allume avant de me retourner vers lui.

— Ma foi, cher Paul, mieux que je l'espérais.

Il veut tout savoir, me posant de nombreuses questions sur ma drôle de famille, sur mes cousins cachés. Je fais un récit exhaustif de mon réveillon de Noël, des cadeaux que j'ai reçus. Je lui dis la sortie en boîte pour la Saint Sylvestre où j'ai heureusement su échapper au baiser baveux d'un ex-petit copain que ma nouvelle allure a émoustillé. Je crois bien que je n'avais jamais vu Paul rire à ce point.

— Et vous ? je réclame innocemment.

— Moi, je t'attendais pour revivre, soupire-t-il sans perdre pour autant sa bonne humeur.

— Vous avez eu tort !

— Serais-tu en train de me gronder ?

Je hausse les épaules.

— Je n'ai pas cette prétention.

— Ce n'est pas parce que je ne suis pas sorti que je n'ai pas utilisé agréablement mon temps. J'ai eu l'occasion de beaucoup bavarder avec Philippe. J'ai réussi à glaner ainsi quelques renseignements qui ne nous seront pas inutiles. Si toutefois, tu es toujours d'accord.

— Je suis toujours d'accord.

Ma réponse le rassure. Il vient prendre place près de moi.

— J'ai aussi débouché une excellente bouteille de champagne que je suis allé choisir personnellement dans ma cave. À ce propos, il faudra que je t'emmène y faire un tour, histoire de peaufiner tes connaissances œnologiques.

— Quel intérêt ? je fais, un peu sceptique.

— D'abord parce que, au cas où tu l'ignorerais, Philippe est un assez fin connaisseur en matière de vins, et il ne manquera pas d'apprécier tes compétences. Et aussi parce que j'aime bien, moi aussi, discuter de ce sujet avec toi. Que dirais-tu de dîner avec moi ce soir ? Ce sera l'occasion de fêter ensemble la nouvelle année.

— Volontiers ! Qu'est-ce qu'on mange ?

— Je crois bien que le traiteur a laissé dans le frigo de quoi satisfaire ton appétit.

— Alors qu'est-ce qu'on boit ?

— Nous verrons tout à l'heure ce que tu dégoteras dans ma cave, déclare-t-il avant de désigner l'écran ouvert sur sa messagerie. En attendant, j'ai un peu de travail pour toi.

*

* *

La reprise des cours à l'école de journalisme me donne l'occasion de recevoir une avalanche de compliments sur mon nouveau look. Marion affiche un rictus extatique, elle est amoureuse. Je subis sans relâche ses confidences les plus intimes. Je ne lui en veux pas, elle a toujours été comme ça.

Alain n'est pas encore revenu du chalet que ses parents ont en Suisse. En ce début d'année, les résolutions des uns et des autres prennent des chemins divergents.

D'un coup, cette école me pèse. J'ai envie d'autre chose, envie de vivre enfin, de vivre pleinement. Il n'y a que lorsque je suis près de Paul, quand je suis à son écoute et que mes doigts volent sur le clavier au rythme de son récit que je me sens libre, que je me sens moi.

Quand il me laisse seule pour travailler à son texte et que je m'installe derrière son grand bureau, je pourrais y passer des heures entières sans m'en apercevoir, je suis d'une extraordinaire lucidité, tout est clair. C'est ce que je veux faire.

Paul accueille ma confidence à mon retour de cours avec beaucoup de sérieux. Il se garde toutefois de me donner de faux espoirs. Il me rappelle que beaucoup d'auteurs se cassent les dents sur le seuil de l'édition et que très peu en vivent. Il sait de quoi il parle, j'en conviens.

Je n'en suis d'ailleurs qu'au stade où je découvre. En quelques mois avec lui, j'ai appris plus qu'en des années. Il m'ouvre des portes que je pensais résolument fermées pour moi, je rencontre des gens passionnants. Il n'est pas une semaine sans qu'il me sorte du bureau pour faire une nouvelle découverte dont je reviens avec des étoiles dans les yeux.

Conformément à sa demande, je consigne scrupuleusement chacune de nos visites dans un journal de bord qu'il conserve dans son tiroir. Il aime beaucoup lire mes chroniques, même s'il trouve mon style un peu trop journalistique à son goût. Il corrige volontiers mes erreurs et, là encore, en quelques semaines, mes progrès ont été nombreux. C'est en tout cas ce qui est écrit sur le compte rendu du trimestre que j'ai reçu par la poste la veille. Je suis sur mon petit nuage.

L'arrivée de ma tante Laurence au début de la semaine suivante marque le retour à une vie presque normale. Au revoir les repas du traiteur en tête à tête avec Paul, dans le petit salon jouxtant le bureau. À la grande surprise de tout le monde, le maître des lieux décrète soudain que cette immense maison a besoin de retrouver de la vie. Il fait faire le grand ménage dans la salle à manger qui n'a pas servi depuis près de deux ans et annonce d'un ton sans appel que, désormais, il prendra là tous ses repas en ma compagnie.

À ma tante qui le regarde d'un air médusé, il décoche un sourire hallucinant en lui faisant remarquer que ça ne changera rien pour elle puisqu'elle rajoute toujours une part pour moi aux plats qu'elle mitonne. Les joues de Laurence rosissent, elle hausse les épaules et m'adresse un clin d'œil complice. Elle s'est à peine émue d'entendre son patron me tutoyer et de m'entendre l'appeler par son prénom, comme si elle savait que ça arriverait. Elle ne m'en fait cependant aucune remarque et je lui en sais gré.

Dès lors, chaque jour je ne rentre dans ma petite maison de princesse que pour y dormir et y lire un peu. Je passe l'essentiel de mon temps près de Paul.

Sur Facebook, je reçois un rappel d'invitation de Philippe à rejoindre son groupe d'amis. Cette fois, j'en fais part à son grand-père en lui désignant l'écran.

— Ignore-le, me conseille-t-il. Je ne tiens pas à ce qu'il en sache trop à ton sujet.

Sans états d'âme, je remise définitivement la demande du jeune homme.

— J'ai lu le rapport au sujet de Kaitline, lui dis-je alors. Je suis impressionnée par les détails. Je me demande bien comment travaillent les enquêteurs de la Société.

— Rien ne leur échappe, même pas la plus insignifiante manie.

Je clique sur l'album photo joint au rapport. Kaitline apparaît, sortant d'une boîte de nuit, l'air hagard, une cigarette au bec et une canette de bière à la main.

— Il arrive à n'importe qui de faire ce genre de bêtise, je plaide pour sa défense.

— Il ne me semble pas avoir lu pareil détail dans le rapport te concernant. Les enquêteurs auraient-ils mal fait leur travail ? insinue Paul sans relever la tête de son bureau où il corrige mes notes.

Je démens d'un haussement d'épaules et je marmonne.

— Je n'ai jamais aimé les boîtes de nuit.

— Et ça n'est que tant mieux, estime-t-il. Vois dans quel état on en sort !

Je ris, mais il a raison. Sur les photos suivantes, le très séduisant et très fringant Philippe a l'air sonné, groggy et débraillé. Je ferme rageusement le fichier et je me tourne vers Paul.

— Quand verrai-je Mme Duivel ?

Paul pose son stylo et s'accoude à sa table.

— Je l'ai appelée hier, révèle-t-il. Elle te rappellera dès que possible.

J'ai hâte ! J'ai hâte !

*

*   *

Un bruit de moteur puissant rugit dans l'allée. Mon cœur bat un peu plus fort. Paul hoche la tête. C'est bien elle.

Nous entendons ses pas réguliers et tranquilles dans le couloir puis les coups discrets à la porte du bureau. Paul va ouvrir et tend la main à sa visiteuse. Elle lui accorde la sienne et reçoit un baisemain en guise de bonjour. Elle apprécie ce geste.

La jeune femme est rayonnante. Elle vient vers moi de sa démarche gracieuse et me tend la main. Son parfum envahit mes narines.

— Est-ce que tu te sens prête, Mina ? demande-t-elle en passant allègrement à un tutoiement dont je lui suis reconnaissante.

Je dois sans doute y voir l'intervention de Paul qui a rejoint son fauteuil et qui nous observe.

— Oui, je suis prête, Mickaëlla.

— Micky me conviendra parfaitement, corrige-t-elle en souriant. Nous allons être de grandes amies aujourd'hui, autant prendre tout de suite de bonnes habitudes. Tu n'es pas d'accord ?

— Si !

Elle se tourne ensuite vers Paul d'un geste résolu.

— Je t'enlève ta protégée. As-tu des exigences particulières ?

Paul fronce les sourcils, ayant l'air de réfléchir.

— Rien de plus que ce que nous avons convenu. Je te fais confiance. Nous avons encore un peu de temps devant nous, il est inutile de forcer la marche, tu sais ce que tu as à faire !

— Très bien, lance-t-elle en faisant volte-face. Dans ce cas, en route, jeune fille !

Je jette un coup d'œil anxieux à Paul dont les traits sont fermés. Je me demande à quoi il pense en cette minute. Son regard me suit jusqu'à la porte mais ses lèvres restent muettes.

Micky conduit une Porsche noire rutilante dans les rues de Paris avec une décontraction que je lui envie. Je regarde machinalement ses jambes longues et fuselées que découvre sa robe lorsqu'elle joue avec les pédales. Il arrive qu'apparaisse la jarretelle de son bas. Paul avait raison, c'est très sexy parce qu'involontaire. De toute manière, je ne crois pas que cette femme soit jamais vulgaire.

— Nous allons commencer par l'essentiel, explique-t-elle au bout d'un moment.

— Et c'est quoi, l'essentiel ?

— Ce qu'on ne voit pas, évidemment.

Quand elle se gare le long du trottoir, je suis prise d'un doute. Je ne vois aucun magasin hormis une vitrine riquiqui de lingerie vieillotte. Elle fait le tour de sa voiture et me prend le bras. Je suis stupéfaite quand elle pousse la porte de la boutique en question.

L'intérieur est conforme à la vitrine, étriqué et démodé. Des pas résonnent immédiatement et un épais rideau rouge s'ouvre sur une dame qui nous salue d'un immense sourire. Elle a une cinquantaine d'années, de curieuses lunettes sur le bout du nez et un faux air de grand-mère tartine.

— Je vous attendais, affirme-t-elle d'un air gourmand qui me fait craindre d'être tombée chez une croqueuse d'enfants. Voici donc notre nouvelle cliente ?

— En effet, madame Jeanne, répond Micky tandis que la dame en question me détaille des pieds à la tête. Je vous présente Mlle Dalambray, la protégée de M. Peyriac.

Mme Jeanne hoche la tête et, esquissant deux pas à reculons, soulève le rideau.

— Entrez par ici, je ferme la porte et je vous rejoins.

Micky me précède dans l'arrière-boutique en enlevant son manteau. Je l'imite et je m'arrête net sur le seuil. L'endroit n'a rien de commun avec le magasin. La pièce est trois fois plus grande, équipée de fauteuils confortables et de grands miroirs dorés. L'ambiance me fait penser à un boudoir. L'atmosphère est saturée d'une fragrance douce. Tout y est féminin, sensuel, tout y évoque le charme et la volupté.

Ma prof particulière m'observe tandis que je m'émerveille. Elle s'est assise dans l'un des fauteuils, les jambes croisées, élégante, comme toujours. Je note la façon dont elle se tient, on ne sait jamais. Mme Jeanne revient vers nous, un mètre ruban à la main.

— Nous commençons ? demande-t-elle avec enthousiasme.

Micky se contente d'un signe approbateur puis elle s'adresse à moi.

— Déshabille-toi, Mina ! Je crois que pour essayer, ce sera mieux.

Son humour me rassure, je m'exécute sans problème. Mme Jeanne se jette sur moi et me mesure sous toutes les coutures en prenant des notes.

Mickaëlla me contemple d'un air sérieux. Je donnerai cher pour savoir à quoi elle pense mais je n'en ai guère le loisir. Mme Jeanne s'éclipse et revient les bras chargés. Elle me presse de passer le premier ensemble, soutien-gorge et string en dentelle blanche.

— La lingerie doit être ton alliée en toutes circonstances, commence Micky. Elle doit être adaptée à tes formes mais surtout plaire à celui qui te l'enlèvera.

Je m'admire dans le miroir en écoutant sa leçon.

— Je n'ai jamais porté ce genre de chose, dis-je en rougissant bêtement devant mon reflet.

— Il n'est jamais trop tard pour bien faire, commente Mme Jeanne tandis qu'elle ajuste mes bretelles.

— Cela te va à ravir, assure Micky. Passons maintenant aux choses plus sérieuses.

Je sourcille. *Plus sérieuses* ?

Mickaëlla se lève et vient se placer derrière moi, face au miroir. Elle est quasiment de la même taille que moi sauf qu'elle est montée sur dix centimètres de talons alors que je suis pieds nus. Elle s'emploie elle-même à défaire mon soutien-gorge.

Je sens la chaleur de son corps près du mien. Alors que les mains professionnelles de Mme Jeanne ne m'ont fait aucun effet, là, je suis troublée. Micky repousse mes cheveux derrière mon épaule.

— Il y a des circonstances où tout se doit d'être exceptionnel. Une nuit de noces ne saurait se contenter d'un soutien-gorge en coton, si tu vois ce que je veux dire.

— Je comprends.

J'ai l'air de me défendre. Elle a un sourire indulgent.

— Il faut sortir l'artillerie lourde pour certains événements.

— C'est quoi, l'artillerie lourde ?

— Ceci, clame Mme Jeanne en me présentant un corset de satin noir.

Je me sens un peu stupide devant cet accessoire auquel je ne me suis jamais intéressée. Micky l'ajuste elle-même sur ma poitrine et patiemment, resserre les lacets dans mon dos. Petit à petit, je vois ma silhouette se modifier, ma taille s'affiner sous l'effet des baleines et mes seins prendre de l'ampleur. Ils éclatent d'indécence et de blancheur au-dessus du satin brillant.

— Qu'en dis-tu ?

Je suis bouche bée devant le miroir. Je ne sais si je dois m'admirer ou me trouver scandaleuse. J'hésite, je bafouille.

— C'est pas... un peu trop ?

Alors elle prend ma taille entre ses mains et m'oblige à pivoter devant les glaces.

— Non Mina, je t'assure que ce n'est pas trop. À force d'en porter, tu vas en prendre l'habitude. Je sais que ça choque la première fois mais, crois-moi, tu es magnifique. Je ne connais pas un homme qui résisterait à tes charmes.

Je fais une moue sceptique. Elle secoue la tête d'un air désapprobateur et réclame d'autres essayages. Pendant encore une bonne heure, j'apprends presque tout de l'art des dessous.

Je sais désormais nouer des bas de soie sur un porte-jarretelles, je sais régler les bretelles de mes soutiens-gorge pour faire pigeonner ma poitrine plantureuse, je sais quelle lingerie choisir pour quelle tenue.

Je deviens incollable.

Micky insiste enfin pour que j'enfile un curieux ensemble noir dont le soutien-gorge ne dissimule quasiment rien de ma poitrine. Je trouve ça presque inconfortable sinon bizarre. Elle passe devant moi, un sourire aux lèvres.

— Tu as une poitrine fabuleuse. Elle est ton meilleur atout, joues-en, fais-la désirer.

Ses paroles allument un petit feu dans mes veines. Mes tétons, déjà sensibles à cause de la dentelle qui les titille, en deviennent encore plus durs. Je rougis, un peu gênée, quand Micky lève un sourcil en les contemplant. Du bout des doigts, elle effleure le galbe de mes seins, son contact m'électrise et la renseigne bien mieux qu'un long discours de ma part.

— Le plaisir n'attend qu'une occasion pour te surprendre. Quand as-tu joui pour la dernière fois ?

J'ai du mal à réfléchir. Je m'éclaircis la voix avant de répondre.

— Fin septembre ou début octobre, je ne sais plus trop.

— Tu ne te masturbes pas, Mina ?

Sa voix est basse, sensuelle, elle me rentre dans la tête et me fait dangereusement chavirer.

— Je… je n'y pense pas souvent même si parfois…

Ses doigts glissent sur ma peau, mon souffle se fait court.

— Tu es excitée, n'est-ce pas ?

— Oui, j'avoue dans un soupir.

— Viens avec moi, dit-elle tout à coup. Je vais te montrer quelque chose.

Elle me précède dans un long escalier, puis ouvre une porte dont Mme Jeanne lui a donné la clef en passant. Je reste muette de stupeur. On se croirait dans le temple du sexe sous toutes ses formes. Des gadgets par centaines s'étalent sur des présentoirs, de la lingerie aussi, mais d'un autre genre, du cuir, des chaînes, du vinyle. Fascinée par tant de profusion, je fais un tour sous l'œil attentif de Mickaëlla.

— La Société se charge de fournir à ses membres tout ce qui peut leur être agréable. Nous sommes ici dans la réserve que constitue Mme Jeanne à leur intention. Tu peux constater qu'il y en a pour tous les genres, pour tous les goûts, du plus classique au plus extrême.

J'écoute en parcourant les étagères.

— Pourquoi m'as-tu montré ça ? je l'interroge, vaguement intimidée.

Alors Micky ouvre les pans de sa robe et je découvre, hallucinée, l'incroyable lingerie qu'elle porte. Des lanières de cuir rouge ceinturent sa taille, enserrent ses seins aux tétons saillants. Elle est prodigieusement sexy, belle à tomber.

— Aurais-tu cru cela de moi ? demande-t-elle.

— Non, j'avoue piteusement.

— On peut aller très loin par désir, par plaisir, et surtout par amour, explique-t-elle.

Je déglutis, mon entrejambe est humide. Je suis en plein délire et le pire, c'est que j'ai soudain envie d'elle, envie de l'embrasser, de la caresser, de sentir sous mes mains la douceur de sa peau et la rudesse du cuir.

— Tu dois apprendre à maîtriser tes désirs, dit-elle doucement. Ils sont trop visibles, trop puissants.

Sa remarque me réveille d'un coup.

— J'ai du mal à comprendre.

— Tu dois rester maîtresse de ton corps, ce n'est pas lui qui doit te gouverner. Si tu ne te domines pas, tu seras une proie facile pour n'importe quel homme qui saura s'en apercevoir. Il te prendra gratuitement et te plantera là, satisfait d'avoir passé un bon moment.

J'ouvre la bouche pour protester mais elle me cloue le bec d'un regard fulgurant. Quand Micky joue les profs, c'est du sérieux.

— Habitue-toi à jouer de ton désir au lieu de le subir.

Je la dévisage, incrédule, elle me sourit d'une façon si séduisante.

— Est-ce que tu pourrais avoir... envie de moi ? je bredouille confusément.

Ses prunelles émeraude pétillent d'amusement.

— Voilà plus de deux heures que je te vois nue ou dans des tenues qui font de toi une femme sublime, et surtout, voilà que tu réponds avec empressement à mes caresses. Comment voudrais-tu que je reste insensible ?

— Ça paraît tellement facile pour toi.

— Cette maîtrise ne s'obtient pas en claquant des doigts. Il m'a fallu longtemps pour ne plus réagir trop visiblement aux provocations de mon mari, raconte-t-elle. Je crois qu'il vaut mieux commencer ton entraînement dès à présent.

Elle ouvre grands les bras et me désigne l'ensemble de la pièce.

— Et nous avons ici largement de quoi nous amuser. Je te propose de me laisser faire ton marché. D'accord ?

Elle a dit ça sur un ton si gai que j'en ricane. Elle me présente d'emblée des boules de geisha. Si je sais exactement à quoi elles servent, Micky m'explique en riant comment elle a découvert leur usage, très tardivement.

Après m'avoir laissé vagabonder devant les présentoirs, elle me donne une sorte d'œuf d'un rose éclatant que je contemple, sceptique. Elle appuie sur une petite télécommande et entre mes paumes, l'œuf se met à vibrer de plus en plus fort au fur et à mesure qu'elle presse sur le bouton.

— C'est un gadget incroyable, affirme-t-elle. Sans doute celui qui m'a fait passer les pires et les meilleurs moments. Je te préviens, je donnerai la télécommande à Paul.

— À Paul ? je me récrie, stupéfaite.

— La leçon ne vaut que si elle est donnée par un autre.

— Mais Paul est…

— L'un des fondateurs de la Société, me coupe-t-elle énergiquement. Ne t'arrête pas à ce que tu vois de Paul Peyriac aujourd'hui. Lui et Béatrice ont eu une vie sexuelle formidablement épanouie. Sache que cette boutique, avec tous ces objets qui ont semblé t'effrayer tout à l'heure, est l'œuvre de Béatrice elle-même. À l'époque, ces jouets n'étaient pas aussi aisément disponibles qu'aujourd'hui. C'est à elle que nous devons de pouvoir goûter à ces plaisirs.

Je reste perplexe. Je tente d'imaginer le Paul que je connais tel qu'il devait être et c'est l'image de Philippe qui me saute aux yeux. Alors forcément, c'est plus évident. Il devait être si beau, il l'est encore malgré ces années.

— Qu'est-ce que je dois faire ?

Ma voix a des accents d'affolement. Mickaëlla m'observe une seconde avant de me prendre dans ses bras.

— Quand tu t'es engagée auprès de Paul, tu savais ce que tu faisais, du moins, j'ose le croire. Pour les avoir vécus, je connais ces moments où l'on se sent dépassée par sa propre nature, où l'on découvre brutalement qu'on est différente de celle qu'on pensait être depuis longtemps. Puis un jour tout prend sa vraie place et devient évident. Aie confiance, Paul et moi savons très exactement comment faire pour t'aider.

Elle est si chaude et si douce. Sa voix m'apaise, je me serre un peu plus contre elle et je l'entends soupirer. Mon désir étrange se réveille malgré moi.

— Pourquoi ne cherches-tu pas le plaisir avec moi ? je réclame timidement.

Elle capture mon regard et, dans le sien, un éclat formidable scintille.

— Parce que j'ai fait à mon mari le serment de la plus absolue fidélité et qu'il est le seul maître de mon plaisir. Je ne jouis que par lui et que pour lui, et cela vaut pour toutes les formes de plaisir.

— Crois-tu que je sois… normale ? je bredouille, inquiète de me découvrir de tels élans.

— Parce que tu as envie d'une autre femme ? Bien sûr que tu es normale. Ton corps doit connaître l'apaisement pour que ton esprit soit libre d'y réfléchir. Il ne doit pas être à ce point en manque de sensations. Jouis, Mina, et pour ça, utilise tous les moyens à ta disposition.

Mon ventre se tord. J'en ai un frisson si atroce que Micky a pitié de moi. Elle s'empare de ma main et la dirige fermement vers mon sexe. C'est une autre leçon qu'elle me donne et je m'y soumets docilement.

Mes doigts, timides au début, s'enhardissent. Elle ne dit rien, elle se contente de me serrer contre elle tandis que je me caresse de plus en plus vite et que je halète sous l'effet du plaisir intense que me procure cette étreinte inédite.

Je suis si excitée qu'il ne me faut pas plus de deux minutes pour parvenir à l'extase. Micky me soutient tandis que j'étouffe mes rugissements contre son épaule puis elle me caresse doucement les cheveux comme pour me consoler.

— Tu es bien trop sensible, murmure-t-elle à mon oreille. Nous allons devoir envisager des solutions plus radicales.

Je reprends mon souffle et je m'écarte, vaguement honteuse à présent. Mickaëlla constate alors mon débordement avec admiration. Le string de Mme Jeanne est ruiné.

— C'est… plutôt gênant, fais-je en grimaçant.

— Ça n'a rien de gênant. C'est même très excitant pour certains hommes, assure-t-elle avant d'esquisser une moue délicieusement boudeuse en avisant ma lingerie. En tout cas, ce string, lui, a bu jusqu'à plus soif.

Dans la voiture qui me ramène à la maison, nous en rions encore. Paul nous voit débarquer toutes les deux, chargées de tant de paquets et tellement joyeuses qu'il renonce à poser des questions. Quand Micky lui remet la télécommande de l'œuf vibrant, il cherche mon regard d'un air inquiet.

— Je suis au courant, je lui balance en souriant. Mais je vous préviens, il paraît que je suis beaucoup trop sensible.

Ma professeure officieuse réprime un nouvel accès d'hilarité et confirme la nouvelle à Paul, qui nous observe comme si nous nous étions échappées d'un asile. Il a cependant du mal à ne pas sourire lui aussi.

— Après-demain, j'emmène Mina à l'institut, affirme-t-elle en recouvrant son sérieux. Elle a besoin de se détendre.

— Tu as carte blanche, tu le sais bien, dit-il sans que je comprenne grand-chose de leur complot.

*

* *

Au dîner, Paul réclame que je lui raconte mes essayages et m'interroge sur mes découvertes. Il répond aussi franchement à mes questions quand je lui avoue que Mickaëlla m'a révélé que son épouse était à l'origine du magasin. Il me donne sa version sans rien me cacher des petites ou grandes excentricités de Mme Peyriac qui amusaient tellement son mari.

Nous parlons à voix basse, épaule contre épaule, à la grande table de la salle à manger. Nous avons repoussé nos assiettes vides et je m'accoude pour mieux boire ses paroles. Inutile de prendre des notes, cette version n'apparaîtra nulle part et c'est ce qui la rend précieuse.

Paul me semble si différent, tellement plus vivant et humain que la première fois que je l'ai vu. Quand le dîner est fini et qu'il est l'heure de prendre congé, il pose sa main sur la mienne.

— Merci, Mina, cette soirée m'a fait beaucoup de bien.

— Je vous en prie. Ce serait plutôt à moi de vous remercier, dis-je en songeant à la quantité astronomique de sous-vêtements somptueux que j'ai ramenée sans rien engager comme dépense.

— Je réclame le droit de voir tes acquisitions.

— Sur le modèle ?

Je lance ça d'un trait avant même de réaliser de quoi je parle. C'est seulement quand il acquiesce très sérieusement que je rougis bêtement. Ceci dit, je ne suis pas du genre à me dégonfler. J'assume.

— Quand voulez-vous ?

— Mais maintenant, je t'accompagne jusque chez toi.

Nous traversons rapidement le jardin, l'un près de l'autre. Je suis intimidée quand Paul rentre chez moi. Côté ménage, je ne crains rien, je suis du genre maniaque du rangement, c'est juste à l'idée de ce que je m'apprête follement à faire.

Paul dépose les paquets au pied de l'escalier et s'installe dans le canapé du salon. Il croise les doigts sous son menton comme un spectateur attentif et se déclare prêt. Je grimpe donc dans ma chambre et je me déshabille fébrilement.

Je décide d'entamer le défilé par les mêmes pièces que m'a présentées Mme Jeanne. Mon cœur bat comme un fou dans ma poitrine quand je suis sur le point de descendre l'escalier. Je prends une profonde inspiration pour me convaincre d'aborder la première marche. Je dévale ensuite tout droit avant d'oser relever la tête vers Paul qui me regarde sévèrement.

— Ne sois pas si tendue, ta démarche ne doit rien laisser paraître de ton stress. On dirait une collégienne devant le médecin scolaire.

Sa comparaison m'arrache un rire nerveux. Je tâche de me détendre et je fais quelques pas vers lui.

— Tourne-toi ! réclame-t-il.

Je virevolte maladroitement.

— Non, Mina ! s'emporte-t-il.

Je deviens pivoine et je me retourne, offusquée, les bras croisés sur ma poitrine.

— Quoi ?

— Apprends à obéir avec une certaine insolence. Là, tu t'exécutes comme une girouette.

— Que voulez-vous que je fasse ? j'interroge, un peu déboussolée.

— Quand je te donne un ordre, marque une seconde de résistance puis obéis lentement en me fixant droit dans les yeux, comme si tu voulais me faire comprendre que tu cèdes parce que tu le veux bien. Est-ce que tu comprends ?

— Je crois, oui.

Je bondis dans l'escalier et reviens quelques minutes plus tard dans un autre ensemble plus sexy. Paul plisse les yeux. Je me sens moins intimidée, le cap est passé, comme pour un artiste dont le trac disparaît sur scène.

Je me déplace doucement et le toise avec toute l'insolence dont je suis capable, et Dieu sait si j'ai quelques réserves. Je lui tourne le dos puis je pivote la tête pour le voir sourire.

— Est-ce que cela vous convient, monsieur Peyriac ? je fais, un brin ironique.

Ses lèvres s'étirent.

— C'est parfait, tu apprends vraiment très vite.

Tous mes achats y passent de cette façon. Paul ne bronche pas, ne bouge pas d'un centimètre. Je ne sais même pas s'il apprécie ou non, il ne fait pas de commentaire. Quand je parais enfin devant ma glace, les seins gonflés sous le corset et les cuisses ceinturées d'un porte-jarretelles noir du plus bel effet, je respire un grand coup.

Bien décidée à lui en remontrer, je ménage mon apparition en haut de l'escalier. Pour la peine, j'ai chaussé des talons qui ajoutent encore au drame. Il ne manque que la musique et le show serait complet. Mais je me souviens trop bien de la leçon de Paul, ne jamais tomber dans la vulgarité, alors je descends simplement les marches, la main posée prudemment sur la rampe en bois.

Cette fois, je remarque avec inquiétude les traits de Paul qui se crispent. Il joue plus nerveusement avec ses doigts sous son menton. J'évite d'en faire trop et je ne lui présente pas mes fesses nues. J'écarte les mains en signe d'excuse.

— J'ai fini.

Alors il se lève d'un mouvement mesuré. Un voile de tristesse se pose sur son visage.

— Quelque chose ne va pas ? je m'inquiète.

Il se penche vers moi et sa main effleure ma joue très tendrement.

— Tu es tellement belle, souffle-t-il.

Je m'affole tout à fait de son air étrange.

— J'ai fait une bêtise ?

— Une bêtise ? Non, tu m'as fait bander.

Je reste bouche bée mais sa mine attendrie me rassure. Il m'attire contre lui dans un geste paternel.

— Je suis... désolée, je murmure, encore ahurie.

— Ne le sois pas, dit-il avec un enthousiasme qui m'effraie un peu. Ça fait des années que je n'ai pas ressenti ça.

Je m'écarte de lui, il ne me retient pas.

— J'ai bien cru que c'en était fini de ma virilité. Je ne sais pas comment te remercier, Mina. Tu me fais revivre.

Je n'ose regarder son pantalon même si ma curiosité m'y porte. Je ne sais pas trop ce que je ressens le plus, le trouble ou le plaisir d'apprendre cette nouvelle.

Paul m'embrasse sur la joue et me souhaite une bonne nuit. Je reste un moment songeuse dans le salon après son départ puis je remonte dans ma chambre où je me poste devant le miroir. Ses paroles continuent de résonner dans mon crâne. *Je l'ai fait bander !*

Je regarde ma silhouette corsetée si différente de celle que j'ai l'habitude de voir. Cette journée n'a vraiment pas été comme les autres. Je me sens emplie d'émotions bizarres qui ne demandent qu'à sortir. J'ai envie de pleurer, de rire, de crier. Je me retourne alors vers les jouets que Mickaëlla a choisis pour moi et qui sont étalés sur mon lit.

Ses conseils me reviennent à l'esprit et mon sexe palpite rien qu'à l'idée. Je prends un gode au hasard et je m'allonge confortablement. Je n'ai même pas besoin du lubrifiant que Micky a glissé dans mon sac, je mouille tellement qu'il entre sans difficulté. J'actionne le petit bouton à l'extrémité et aussitôt, je me cambre sous les vibrations qui agitent mon vagin.

Je jouis en moins de cinq minutes mais je ne me sens pas soulagée pour autant. J'abandonne le gode pour user de ma seule main, plus douce. L'orgasme que je m'offre est cette fois si intense que je crie en me contorsionnant sur mon lit, les jambes ouvertes, le cœur battant. Puis je m'apaise, ma respiration redevient plus calme et je me sens enfin détendue.

C'est au moment de gagner ma petite salle de bains, quelques minutes plus tard, que je le vois. La lumière éclaire son bureau de l'autre côté de l'allée qui serpente entre nos deux maisons. Paul est à sa fenêtre et m'observe très franchement. Mes rideaux n'étaient pas tirés et j'ignore ce qu'il a pu voir exactement. Au fond, je m'en moque. C'est sa faute, après tout !

*
* *

C'est lui qui aborde le sujet le lendemain après le déjeuner. Nous ne nous sommes pas vus de la matinée, j'ai eu cours à l'école. Il a l'air parfaitement détendu et m'interroge tout d'abord sur ma demi-journée, qui a été ennuyeuse au possible. La seule chose qui m'a distraite a été le récit exhaustif par Marion de sa première sodomie. Paul me regarde amusé quand je lui balance ça entre deux messages Internet.

— Et toi ? me demande-t-il sans ambages. Est-ce que tu as déjà été sodomisée ?

— Non, je réponds avec le plus grand détachement puis je me tourne vers lui. Vous, je suppose que vous aimiez ça !

Il s'esclaffe et repose son stylo pour me répondre.

— Quel homme n'aimerait pas ça ?

— Qui a commencé ? Je veux dire... qui a sollicité l'autre le premier ?

— Sache qu'en termes de sodomie, plus que pour tout autre chose, l'homme propose, la femme dispose. Je me suis contenté de quelques égarements, mais j'ai scrupuleusement attendu que Béatrice en fasse la demande.

— Et elle a aimé ?

— Là encore, tout n'est qu'une question de patience. Il nous a fallu quelques essais pour parvenir au résultat souhaité mais oui, elle a aimé.

Je reste songeuse, il me regarde avec prudence.

— Que n'as-tu pas fait d'autre ? interroge-t-il.

— Si vous parlez des pratiques plus marginales, vous en connaissez sûrement la réponse.

— Sans aller jusque-là, est-ce que la fellation te plaît ?

— Je n'en sais rien, je n'en ai jamais fait.

— Mina ! soupire-t-il en secouant la tête d'un air désolé.

— Vous devez me prendre pour une attardée, je ris malgré moi.

— Non, mais je me dis tout à coup que nous avons beaucoup de retard à rattraper dans ton éducation. Micky a raison, il faut du plus radical.

— À quoi dois-je m'attendre ? À un cours d'éducation sexuelle ?

— Tu ne penses pas si bien dire, fillette !

— Ah, je vais apprendre à faire une pipe ?

— Quelle vilaine expression, s'offusque-t-il en faisant une grimace comique.

— Et comment dois-je appeler ça, selon vous ?

— Je préférerais t'entendre dire que tu vas sucer, explique-t-il avec un air raffiné qui me fait hurler de rire.

J'efface la trace des larmes de joie sur ma joue et je tente de me ressaisir.

— Et qui sera mon prof ?

— Moi, bien entendu, répond-il sans ciller.

Je me redresse d'un bond, je ne ris plus du tout. Paul est serein derrière son bureau.

— Quoi ? Vous voulez... que... je... que je vous suce ? je m'étrangle à moitié.

Il ferme les yeux d'un air de ravissement.

— Mmmmm... Mina, répète-moi cette merveilleuse question, exige-t-il d'une voix grave.

— Je suis sérieuse, je gronde, les bras croisés sur ma poitrine et la mine sévère.

— Moi aussi ! Répète, s'il te plaît ! Je n'ai plus entendu ça depuis si longtemps.

Je soupire, il est tellement malicieux que je cède.

— Voulez-vous vraiment que je vous suce, Paul ? je réitère avec les intonations qui conviennent.

— Quel bonheur !

— Paul !

Il me darde un regard dans lequel passe un éclair amusé.

— Mademoiselle Dalambray, vous accusez un retard phénoménal dans votre cursus personnel, attaque-t-il d'un ton joueur. J'ai néanmoins pu constater hier soir que vous aviez soigneusement répété vos leçons de la journée.

Je hausse les épaules en rougissant un peu mais le laisse continuer son discours sans relever.

— Toutefois, je crains que cela ne soit insuffisant au regard de la tâche que vous avez à accomplir. Car voyez-vous, dans la famille Peyriac, les hommes sont d'une nature, disons… exigeante.

— Que voulez-vous dire ?

— Que mon petit-fils me ressemble en tout point, répond-il en abandonnant son rôle. Il aime le sexe, il est gourmand d'expériences dont, hélas pour lui et heureusement pour nous, il ne bénéficie pas toujours avec sa blonde amie. Ce qui veut dire aussi que je veux que tu lui donnes tout ce qui lui manque, et qui mieux que moi pourrait t'y aider ?

Je blêmis et je me cramponne à mon siège.

— Vous allez vraiment me demander ça ?

— Je ne savais pas comment aborder cette question jusqu'à hier.

— À cause de moi ?

— Grâce à toi, corrige-t-il. Ce que je t'ai dit est vrai, je ne pensais pas bander de nouveau un jour et encore moins jouir.

— Vous n'avez pas joui, je lui fais remarquer.

— Si Mina, en te regardant par cette fenêtre, avoue-t-il en tournant son siège vers l'extérieur. Et Dieu que c'était bon ! Encore qu'un peu rapide, c'est dommage !

Je viens près de lui et je regarde ma fenêtre de chambre de l'autre côté du chemin. Effectivement, de là, si la lumière éclaire suffisamment, on peut tout voir. J'ai la vague impression d'avoir été un jouet entre ses mains depuis le début. Il se moque de mon allusion.

— Quand bien même ce serait le cas, je ne te vois pas en train de t'enfuir, constate-t-il.

— Vous êtes machiavélique, je l'accuse.

— Et toi, tu es un ange, ajoute-t-il en caressant ma joue d'un geste tendre.

— Vous me pervertissez !

— C'est pour ton bien.

— Je n'ai pas l'intention de vous sucer, je le préviens d'un air déterminé.

— Dans ce cas, tu en suceras un autre, mais c'est quand même moi qui te donnerai la leçon.

J'ouvre la bouche pour protester, mais ses traits se font durs et ses prunelles d'acier ne me laissent aucune chance.

— Je ne te demanderai rien d'autre, renchérit-il d'une voix plus sourde. Je sais que ça t'effraie, mais j'en ai besoin une dernière fois, tout comme tu en as besoin une première fois. Je te donnerai mon plaisir comme on passe le flambeau à celui qui prend sa suite. Tu seras le testament de ma vie sexuelle, Mina, celui que je n'ai jamais pu écrire.

Les larmes me montent aux yeux, Paul est bouleversant de tendresse et de douleur. Poussée par un élan irrésistible, je me coule dans ses bras. Il ne me repousse pas. Il me garde contre lui. Je m'y sens bien.

— Dois-je comprendre que tu acceptes ? me demande-t-il tout bas.

— Ça n'était pas évident ?

Il sourit d'un air narquois et m'écarte soudain de lui. J'entends dans le couloir le bruit des pas de ma tante qui approche. Je m'éloigne prudemment au moment où Laurence frappe à la porte pour annoncer un rendez-vous. J'en profite pour m'éclipser, le cœur battant.

*
* *

Mme Duivel est déjà dans le bureau de Paul quand j'arrive le lendemain. De toute évidence, ces deux-là ont eu une conversation à mon sujet. Les yeux bleus de Paul scintillent et ceux de Micky se posent sur moi avec étonnement et plaisir.

— Tu es prête ? me demande-t-elle. Une grande journée s'annonce pour toi.

— J'ai des raisons de m'inquiéter ? m'enquis-je en la voyant si gaie.

— Non, tu as des raisons de te réjouir.

J'ai juste le temps de faire un signe à Paul avant de disparaître sur ses traces enthousiastes. Cette fois, la Porsche se gare en face d'un institut de beauté. Sans que mon accompagnatrice ait à dire quoi que ce soit, la jeune femme de l'accueil décroche son téléphone.

— Mme Duivel et Mlle Dalambray sont arrivées, dit-elle d'une voix feutrée avant de raccrocher.

Micky la remercie et se dirige tout droit vers un ascenseur qui s'ouvre aussitôt, laissant place à une sympathique jeune femme. Elle nous salue avec la même amabilité que sa collègue et nous invite poliment à la suivre.

C'est avec un badge en forme d'oméga identique au mien qu'elle nous fait descendre de deux étages.

À cet endroit, l'ambiance est calme et reposante, une musique de fond invite à la détente et il flotte dans l'air un parfum délicat.

La jeune femme, prénommée Jill, nous précède jusqu'au vestiaire où Micky se déshabille entièrement et enfile un peignoir moelleux en m'invitant à en faire autant.

Pendant que je m'exécute, elle m'explique la particularité de cet institut, tout ce qu'il y a de plus conventionnel à l'étage supérieur et strictement réservé aux membres de la Société deux étages en dessous. Elle m'enjoint ensuite de la suivre et m'installe d'office dans un large fauteuil en osier dans un coin de la pièce tandis qu'elle s'allonge la première sur la table.

J'observe les gestes adroits de Jill qui épile chaque centimètre carré des jambes de sa cliente. Je ne suis pas étonnée quand cette dernière abandonne son peignoir et se livre nue aux mains expertes de l'esthéticienne. Il me faut cependant quelques minutes pour réaliser que le massage que pratique Jill est bien différent de ce à quoi je pouvais m'attendre, plus sensuel. Mon ventre commence à se manifester, ce n'est pourtant pas le moment.

Micky interrompt subitement la jeune femme et se lève d'un bond pour me laisser sa place. Elle me confisque mon peignoir avant que je m'allonge et reste près de moi. Je ne comprends sa démarche que lorsque Jill écarte résolument mes cuisses. Je me redresse vivement mais Micky me retient d'un geste ferme.

— Ne t'inquiète pas, affirme-t-elle. Ça n'est pas plus désagréable que le reste. Vas-y Jill, enlève cette toison inutile !

Quand la jeune femme tire sur la première bande de cire, j'ai un sursaut. Micky me masse doucement les épaules. Je serre les dents jusqu'à ce qu'il ne reste plus un poil sur mon sexe. Les mains de mon bourreau se font ensuite caresse sur mon corps. Je me sens fondre sous ses paumes chaudes et redoutablement douces.

Elle parcourt mon corps avec tant d'adresse que, très vite, je rêve d'autres voluptés. J'enfouis mon visage entre mes bras pour dissimuler mon émoi quand elle se met à me pétrir les fesses.

— Tu as toujours envie d'une femme, Mina ? chuchote alors Micky à mon oreille.

Je relève vers elle un visage bouleversé. Elle caresse ma joue et un coup d'électricité traverse mon ventre. Je n'ai pas besoin de lui répondre, elle devine sans mal.

— Ne bouge pas, recommande-t-elle en s'écartant. Laisse-toi faire.

Je la suis d'un œil vaguement inquiet tandis qu'elle retourne s'asseoir dans le fauteuil. Jill déboutonne alors sa blouse et apparaît nue près de moi. Elle est bien faite, ses seins sont petits et haut perchés, sa peau nacrée exhale un parfum subtil.

Je retiens mon souffle, je ne parviens plus à réfléchir. Les choses m'échappent gravement et je me laisse entraîner sans lutter sur un terrain dont je ne connais rien. Je sais juste que c'est déjà trop tard pour y opposer une quelconque résistance, je suis dévorée d'un désir lancinant.

Jill enduit ses mains d'une huile ambrée et recommence à me masser délicatement. Quand elle s'empare de mes seins, je tourne la tête vers Mickaëlla dans son fauteuil. Elle me sourit comme pour me dire qu'elle comprend, qu'elle partage.

Jill descend lentement sur mon ventre et plonge entre mes jambes. Je pousse un petit cri quand sa langue glisse sur mon sexe glabre. C'est la toute première fois qu'une femme me donne une telle sensation. C'est doux, voluptueux, j'en réclame encore. Jill obéit.

Elle sait merveilleusement jouer de son talent. Je suis déjà presque sur le point de jouir quand elle se coule sur moi et m'embrasse. Sa langue a gardé ma saveur. Ça m'excite terriblement.

Elle ondule contre moi, nos souffles se mêlent l'un à l'autre. Sa jambe droite se glisse sous la mienne de manière à ce que nos sexes soient en contact. Elle donne des petits coups de reins rapides. Je fais de même, sans réfléchir, seulement guidée par mon désir.

Ses mains pétrissent mes seins, elle se penche parfois pour les téter vigoureusement. Je sens monter dans mon ventre une irrésistible chaleur. Elle ne vient pas d'aussi loin que lorsque je fais l'amour avec Alain mais elle est tout aussi brutale quand elle déferle. Je crie, je me cambre. Jill ondule plus fort, elle empoigne mes fesses et me soude à elle en poussant une longue plainte et je sens son orgasme se mêler au mien.

Micky se lève et nous rejoint. Elle caresse mon front d'un geste tendre.

— Maintenant, tu sais, dit-elle doucement.

Jill a déjà réajusté sa blouse. Elle s'empresse de revenir vers moi, munie d'une éponge tiède et parfumée. Je trouve cette nouvelle caresse divine. Micky la regarde faire ma toilette puis me tend la main.

— Viens dormir un peu, propose-t-elle.

Sa suggestion me plaît, je suis toute molle. Je la suis tel un automate. Elle m'allonge sur un lit en osier confortable et prend place sur le lit voisin. Une douce musique résonne en sourdine. Jill réapparaît avec une infusion qui sent l'agrume. C'est bon, c'est chaud. Nous sirotons en silence, puis je ferme les yeux en soupirant d'aise. Je suis très vite envahie par une agréable torpeur.

Je ne sais pas si j'ai dormi longtemps quand Jill revient.

— Il est arrivé, dit-elle à Micky qui se lève aussitôt et se tourne vers moi avant de quitter la pièce.

— Quand Jill viendra te chercher, suis-la et observe, conseille-t-elle d'une manière énigmatique.

Je me contente de hocher la tête et elle s'en va.

Cinq minutes plus tard, l'esthéticienne me guide jusqu'à une porte de service en me recommandant le silence et me précède dans un local sombre. Elle referme sur nous et fait glisser un panneau. Je vois très nettement dans la pièce voisine.

— C'est un miroir sans tain, explique-t-elle à mon oreille. Nous l'avons fait installer pour le plaisir de certains clients qui aiment jouer les voyeurs. Vous pouvez observer tranquillement mais ne faites pas de bruit.

Dans la pièce, Micky fait face à un superbe jeune homme dont l'air farouche est particulièrement intimidant. Il la regarde comme s'il allait la dévorer.

— Qui est-ce ? m'enquiers-je tout bas.

— Alexis Duivel, répond pareillement Jill. Depuis qu'ils sont mariés, M. Duivel ne laisse personne d'autre que son épouse le détendre avant une épilation.

Le détendre ?

Pour l'instant, j'ai plutôt l'impression qu'il va la prendre sur place. Je n'entends que faiblement ce qu'ils se disent mais ce n'est pas pour leur conversation que je suis là, j'imagine.

Micky enlève son peignoir avec une grâce inouïe puis dénoue la ceinture de celui de son mari. Je suis presque jalouse d'elle. Elle a à sa disposition pleine et entière un véritable Apollon qui, pour l'heure, bande vigoureusement.

Il s'allonge sur la table et replie ses bras sous sa nuque, s'abandonnant ainsi aux caresses de sa femme. Je comprends tout à coup le but de ma présence dans ce local. J'assiste en direct à mon premier cours de fellation.

Micky se place bien en évidence au bout de la table, au-dessus de son mari dont elle embrasse le sexe avec amour. Lui ne bouge pas, il la contemple, un sourire discret aux lèvres. Je tâche d'oublier la beauté ténébreuse d'Alexis Duivel et je fixe mon attention sur les gestes de la jeune femme.

Elle le caresse délicatement, elle titille, effleure, l'agace sans qu'il se plaigne. Enfin, elle lèche son membre raide sur toute sa longueur, recommence plusieurs fois et s'arrête sur le gland fièrement dressé vers sa bouche. Elle soutient son regard quand elle l'engloutit avec une lenteur sadique. Il se cambre un peu et soupire.

— Suce, Micky !

Je trouve ça fantastique. Paul avait raison, dit comme ça, dans ces conditions-là, ces mots prennent tout leur sens. Dans la bouche d'Alexis Duivel, ce sont des mots d'amour.

Mickaëlla descend irrémédiablement sur son sexe, elle le prend presque entièrement et reste une seconde sans bouger. Elle entame ensuite un lent va-et-vient. Je vois ses joues se creuser sous la succion qu'elle lui inflige.

Alexis semble apprécier et respire profondément. Il réprime son envie de bouger, il la laisse maîtresse de lui. De temps en temps, elle le relâche pour respirer et le lécher avant de le reprendre plus vigoureusement. Ses doigts serrés autour du pénis impriment un mouvement complémentaire à celui de sa bouche. Elle pratique ainsi jusqu'à ce qu'Alexis se raidisse sur la table. Micky ralentit alors son geste.

Je tremble d'émotion derrière ma vitre. J'ai envie moi aussi de goûter à ce sexe tendu, il me tarde d'essayer à mon tour. En attendant, j'assiste à un spectacle que je trouve magnifique. Alexis se cramponne au rebord de la table. Il jouit !

Il n'a pas quitté pour autant la bouche de sa femme. Elle le suce très doucement et avale avec l'air d'aimer ça. J'ai toujours entendu dire que le goût du sperme était infect. À regarder Micky se délecter de celui de son mari, on en viendrait à croire qu'il s'agit du plus divin nectar. Elle n'en a pas laissé une goutte comme il le lui a demandé. Il l'attire contre lui et l'embrasse avidement.

Jill referme le panneau et nous repartons vers la pièce de détente. Micky sort à ce moment-là de la cabine.

— Tu peux y aller, Jill, annonce-t-elle en souriant. Alexis t'attend.

Dans la voiture qui nous ramène, je l'interroge sans relâche.

— Tu aimes vraiment ça ?

— Oui, j'adore le sperme d'Alexis, il a un goût très particulier.

— Et celui des autres ?

— À vrai dire, je n'en sais rien. Je n'ai connu avant Alex que mon premier mari, Henri et c'était un peu différent.

— En quoi ?

— Henri avait quarante ans de plus que moi. C'est la seule chose qu'il ait eu le temps de m'apprendre. Je dois dire que la première fois, j'ai eu envie de le mordre tellement je détestais ça. Il en a ri. « Pas les dents, jamais les dents ! » me répétait-il.

Elle sourit à l'évocation de ce souvenir. Je reste songeuse.

— Paul m'a dit ce qu'il attend de toi, lâche-t-elle avec précaution.

Je fais une moue involontaire.

— Il est inquiet, plaide-t-elle pour sa défense. Il voulait avoir mon avis sur la question.

— Et que lui as-tu répondu ?

— Que tu n'aurais pas meilleur professeur que lui, Mina, et je le crois sincèrement. Si je n'avais pas été initiée par Henri, je n'aurais probablement pas séduit Alex de la même façon. Nous commettons toutes des maladresses au début. Avoir comme guide un homme expérimenté tel que Paul t'évitera les écueils, il te montrera la meilleure façon de procéder. Je l'ai encouragé à le faire comme je t'encourage à l'écouter.

— J'ai accepté, c'est juste que c'est un peu… troublant.

— Je le conçois, admet-elle. Mais je sais que tu es capable de faire abstraction de beaucoup de choses pour n'en conserver que l'essentiel. Paul te fait confiance et ce n'est pas un vain mot.

Ses paroles me réconfortent un peu, même si elles n'apaisent pas entièrement mes doutes.

*
* *

Près de trois semaines se passent sans que Paul revienne sur le sujet. Nous sortons souvent. Il me fait profiter de son immense érudition, de sa culture si vaste et si pointue. Il m'emmène dans toutes sortes d'endroits fascinants, m'entraîne dans des spectacles auxquels il reprend goût. Il suffit que je manifeste le moindre intérêt pour quelque chose, un événement ou un lieu et, dès qu'il le peut, il s'arrange pour m'y emmener.

De fait, son livre n'avance pas autant qu'il le faudrait. Quand je lui en fais part, il dit que tout n'est qu'une question de priorités et qu'il ne compte pas mourir de sitôt, ce qui lui offre assez de temps pour livrer ses secrets. Par contre, l'arrivée imminente de Philippe ne lui laisse pas la même marge de manœuvre.

Avec Mickaëlla, je pénètre l'ensemble du réseau de la Société. Je sais désormais où et à qui m'adresser pour obtenir ce que je souhaite. Suivant les ordres de Paul, j'utilise mon badge sans compter. En quelques semaines, ma penderie s'est étoffée de tenues qui me donnent une allure folle, et marcher avec des talons de dix centimètres ne m'effraie plus. Je fais l'admiration de Marion qui me voit gambader ainsi sans difficulté, moi qu'elle n'a toujours connue qu'en tennis.

Bertrand a fait un miracle sur ma chevelure. Ma couleur brune s'est enrichie de subtils reflets dorés et mes cheveux ondulent en boucles souples dans mon dos. Paul aime à remettre parfois une mèche en place en souriant. C'est sa manière à lui de me dire qu'il apprécie.

Je lis souvent dans ses yeux posés sur moi l'intense réflexion qui l'anime. J'y cherche les réponses à mes questions. Il s'en amuse et j'en suis toujours quitte pour rester sur ma faim.

Notre intimité s'est renforcée au point que ma tante s'en émeut un beau matin alors que je passe un moment en sa compagnie dans la cuisine. Paul, dont les oreilles ont perçu la remarque, lui rappelle gentiment que c'est elle qui a pris l'initiative de nous présenter l'un à l'autre. Il ne manque d'ailleurs pas de la remercier si chaleureusement qu'elle en oublie ses doutes. Je me sauve très vite avant qu'elle revienne sur le sujet.

Considérant ma faible résistance au plaisir, il n'est pas un jour sans que mon étonnant employeur ne me mette à l'épreuve sur ce terrain, et son meilleur allié est l'œuf vibrant dont Micky m'avait prévenue qu'il était particulièrement redoutable.

La toute première fois qu'il a demandé à ce que je le porte, nous travaillions ensemble à son bureau. J'ai joui, un peu honteuse, dès le second programme. J'ai donc suivi scrupuleusement les conseils de Micky et mes séances de masturbation quotidiennes m'ont rendue moins vulnérable.

Désormais, Paul exige que je porte le jouet en public, au restaurant surtout. Son plus grand plaisir est de me voir me lever avec toute l'élégance possible pour me rendre aux toilettes après qu'il ait réussi à me faire jouir sur ma chaise. À présent, je supporte sans trop de mal les sept premiers programmes, au huitième, je ne réponds plus de rien.

L'autre exigence de Paul est que je laisse le rideau de ma chambre ouvert pour qu'il puisse me voir me caresser sur mon lit. Lui éteint la lumière de son bureau et reste dans le noir pour ne pas me stresser. Je sais qu'il se masturbe, il me l'a dit. Je sais aussi pourquoi. Il craint de ne pas être à la hauteur de ce qu'il veut m'apprendre. Son orgueil ne se résout pas à ce qu'il apparaisse diminué. Il s'entraîne, en quelque sorte.

Je suis émue de savoir ça. Paul est terriblement touchant sous ses airs guindés. Il est capable de tuer quelqu'un sur place par la force de son regard et par son tempérament glacial, et il se masturbe en cachette pour espérer se livrer à son avantage aux lèvres inexpérimentées d'une jeune fille.

Les messages de Philippe nous parviennent de plus en plus nombreux. Il a hâte d'être en France. Il annonce son arrivée pour le 28 mars. Il nous reste moins de trois semaines.

Paul se montre plus nerveux. C'est mon tour de le rassurer. Je suis prête. J'ai changé. J'en suis convaincue. Pas seulement parce que les autres me le disent, mais parce que je le sens. Je suis plus sûre de moi que je ne l'ai jamais été.

Même mes parents ont manqué ne pas me reconnaître quand je leur ai rendu visite durant les vacances de février. Si ma tante avait largement préparé le terrain, ils ne s'attendaient pas à ce que je débarque, élégante et posée, moi qu'ils connaissaient si rentre-dedans et si maladroite.

Les quelques jours que j'ai passés près d'eux m'ont fait du bien. J'ai pu faire le point sur ma situation, et c'est encore plus déterminée que je suis rentrée à Paris.

Paul fronce les sourcils quand je lui annonce la nouvelle dès le lendemain matin.

— Je vous assure que vous avez un rendez-vous, je me suis chargée de le prendre.

Il abandonne son stylo-plume sur son bureau et me regarde d'un air soucieux.

— Tu es sûre de ce que tu avances ? demande-t-il d'une voix enrouée.

— J'en suis sûre. Nous ne disposons plus que de quelques jours et je doute que vous ayez toute la liberté d'esprit pour y penser après. Nous devons y aller, Jill nous attend pour 10 heures.

Il lève les sourcils et se pince les lèvres.

— Très bien, cède-t-il en se levant.

Durant le trajet jusqu'à l'institut, il reste silencieux, les yeux résolument fixés sur le pare-brise. Je respecte son silence. Je tâche moi-même de ne pas montrer ma nervosité. Je suis passée maîtresse dans l'art de calmer les éruptions de mes nerfs.

Seul Paul sait quand la colère atteint en moi un seuil critique. Il s'amuse parfois à mes dépens. Il prétend que c'est ce qui a toujours fait sa force, une résistance extrême à l'emportement. Il prétend aussi que je suis une élève douée mais qu'il le savait depuis le premier jour. Il réclame seulement que perce de temps à autre mon insolence qui le ravit. J'essaie de suivre au mieux ses conseils. Aussi, à bord de la Mercedes, nous offrons un curieux spectacle. Pour un peu, on croirait qu'on nous a annoncé la fin du monde.

Paul se gare devant l'institut. Il coupe le contact et garde ses mains crispées sur le volant. Lui qui était si sûr de lui, le voilà qui hésite.

— Je compte sur vous, cher professeur, dis-je avec des accents charmeurs.

Mes paroles semblent le réveiller d'un coup. Un sourire carnassier se dessine enfin sur son visage. Sans rien dire, il descend de voiture et vient me chercher pour m'escorter jusque dans la boutique.

Jill nous rejoint très vite dans le hall et quelques secondes plus tard, nous sommes deux étages plus bas. Paul est dans son vestiaire, moi dans le mien. Lorsque j'en sors, il patiente déjà dans la cabine spacieuse, à l'éclairage tamisé, que nous a réservée Jill. Cette dernière s'éclipse sur un signe discret de Paul.

C'est la première fois que je le vois autrement qu'en tenue de ville impeccable. En peignoir, il me paraît tout aussi redoutable et séduisant. Il vient vers moi et me prend par les épaules. Son regard est troublé et ses mots exceptionnellement hésitants.

— Mina, je sais que cela n'a rien de très... évident. Ni pour toi, ni pour moi. Mais je suis convaincu qu'il le faut.

J'en suis au moins aussi convaincue que lui. Depuis que j'ai vu comment pratique Micky, je devine que l'on improvise rarement bien dans ce domaine. La pression de ses mains sur moi m'indique sa grande nervosité. À quoi pense-t-il ? À Béatrice ? À sa jeunesse perdue ? Il cherche sur mon visage, la réponse à ses questions si intimes qu'elles ne passent pas le barrage de ses lèvres.

C'est à moi de l'aider. Je soutiens son regard et je pose mes doigts sur le nœud de la ceinture de son peignoir. Il réprime un vague sourire et me laisse faire. Alors, je sais que j'ai carte blanche.

Lorsque tombe le vêtement, je ne quitte pas son regard. Il me semble y lire une joie venue de très loin, un plaisir qu'il redécouvre enfoui sous la cendre.

Je le repousse doucement vers la table recouverte d'un grand drap de bain sur lequel il s'allonge, le dos bien calé pour mieux profiter du spectacle. Mon cœur bat la chamade et j'ai brusquement très chaud. Je m'écarte un peu de lui et je dénoue à mon tour mon peignoir. Je le glisse artistiquement de mes épaules pour le laisser choir à mes pieds. Paul apprécie en connaisseur. Je m'approche et ma voix se fait velours.

— Voulez-vous que je vous suce, monsieur Peyriac ?

Pour seule réponse, il émet un soupir d'aise et, s'emparant de ma main, il la guide jusqu'à son sexe que je n'ai pas encore osé regarder. Son contact me surprend. Il bande dur et fort. Je suis rassurée et je souris.

— Par quoi commences-tu ? demande-t-il.

Je m'efforce de me souvenir des gestes de Mickaëlla. Je caresse très doucement ses testicules qui réagissent violemment sous mes doigts. J'ai un peu de mal à ne pas rire, Paul également.

— Ne t'en fais pas, c'est très agréable ainsi, m'encourage-t-il. Embrasse-les !

Je les baise l'un après l'autre puis ma langue leur donne une caresse humide et appuyée.

— Pas trop vite, me retient-il. Prends tout ton temps. Embrasse mon sexe et caresse-moi !

J'obéis scrupuleusement. Le membre de Paul est certainement moins vigoureux que jadis, mais il bande encore fièrement. Il est chaud et doux sous mes lèvres. D'un coup, j'ai envie de l'aimer et je dois refréner mon désir de l'engloutir tout de suite.

Les images de Micky sont encore vivaces dans ma mémoire, je n'ai pas de mal à répéter ses gestes. J'administre des petits coups de langue sur sa verge en commençant par le bas. Il approuve et soupire. Il grogne même un peu quand ma langue s'attarde sur son gland lisse.

Je suis surprise d'aimer autant ça. Je me demande même pourquoi je m'y suis refusée aussi longtemps. Je le déguste comme je dégusterais une glace dont j'aurais tellement eu envie.

— À présent, prends-moi dans ta bouche, lentement, recommande-t-il.

Nous y sommes !

Mon cœur cogne contre mes côtes et je prends une profonde inspiration. Mes lèvres enserrent son sexe tendu et je descends, je descends. Paul pose sa main sur mon crâne, il ne force rien, il m'accompagne d'un geste presque paternel. Je sens contre moi son corps se raidir et le rythme de sa respiration accélérer.

— Prends-la complètement et garde-la un moment !

Il pénètre ma bouche jusqu'à ma gorge mais je n'en éprouve aucune répulsion. Je lève des yeux inquisiteurs vers lui.

— Tu es parfaite, approuve-t-il d'une voix un peu plus sourde.

Il me laisse faire quelques allées et venues avant de reprendre ses conseils.

— Suce quand tu remontes, je veux voir tes joues se creuser comme si tu cherchais à me faire encore grandir.

Je m'exécute et il acquiesce, satisfait.

— Gémis un tout petit peu pour montrer que tu aimes ça.

Je manque de rire mais je réussis à me contenir et les échos de ma gorge n'ont aucun mal à être très naturels. J'aime vraiment ça. Je m'enfonce sur sa queue plus fermement et je le suce avec délectation. Il apprécie que je le regarde. Il hoche la tête et caresse ma joue.

Sa main est restée sur moi, elle me rassure, me guide. Au bout de quelques instants, il appuie un peu, me forçant à accélérer le mouvement. Il intensifie aussi ma poigne à la base de son sexe en lui imprimant un léger va-et-vient complémentaire.

— Tu es une élève vraiment douée. Suce-moi encore !

Aux accents de sa voix et à ses paroles sensuelles, je devine qu'il lâche prise. Je me suis rendue maîtresse de lui. Il me juge assez douée pour me laisser libre de mes actes. Alors, je m'applique encore plus. Ma succion devient plus forte et il gémit faiblement.

— Doucement Mina, se raidit-il d'un coup en affichant un air un peu douloureux.

Je relâche tout trop vite. Il secoue la tête, avec un air d'indulgence cependant, et ramène ma bouche à son sexe.

— Ralentis juste un peu, relâche lentement. Tu vas sentir quelques gouttes sur ta langue. Elles annoncent l'éjaculation. Fie-toi à ça pour décider ou non si tu veux garder le sexe en bouche. À partir de maintenant, sois tendre avec moi, mais suffisamment ferme. Pour cette première fois, tu vas aller jusqu'au bout. Je veux te voir me déguster entièrement.

Je suis brûlante, mon sang file à toute allure et mon entrejambe est si mouillé que je sens mon désir couler entre mes cuisses. J'en ai envie depuis si longtemps, je veux à mon tour goûter à ce divin nectar qui ravit tant Micky. Je suis prête.

Le sexe de Paul s'est durci. Il ne peut plus s'empêcher de bouger. Les traits de son visage se sont creusés et des marques cernent à présent ses yeux perçants. Sa main droite maintient mon crâne tandis que la gauche se cramponne au bord de la table. Il prend une profonde inspiration et un liquide chaud, vaguement sucré, coule soudain sur ma langue.

— Je viens, gémit-il. Suce-moi encore, Mina !

J'obéis et je m'enfonce sur sa queue si tendue qu'il a l'air de souffrir. Paul se cambre et ses mains s'emparent de ma tête. Il me garde soudée à lui tandis que son sexe crache un jet saccadé dans ma gorge.

— Avale ! ordonne-t-il en rugissant.

J'ai un peu de mal, le sperme est épais. Quant à son goût, je suis surprise par son amertume. Surprise, mais pas dégoûtée. Je déglutis sans hâte, ce qu'il a l'air d'apprécier.

Il me libère de son emprise mais je ne m'éloigne pas. Je lèche encore son sexe qui se détend lentement dans ma main. Je ferme les yeux comme une enfant qui savourerait les dernières miettes d'une gourmandise pour n'en rien laisser.

Quand je le regarde de nouveau, il sourit. Il m'attire contre lui. Sa bouche se pose sur la mienne et réclame de goûter à son tour. Alors, je lui offre ma langue. Il la caresse de la sienne. Ce n'est pas à proprement parler un baiser, c'est plutôt un partage.

— Mmmm, soupire-t-il en m'écartant de lui. J'avais presque oublié que j'étais aussi savoureux.

Son air ravi m'arrache un petit rire.

— Je ne sais plus trop si je dois te féliciter ou te remercier, me déclare-t-il. Sans doute les deux.

— Je n'ai pas été trop nulle ?

— Au contraire, tu as été brillante. Ce sont des débuts plus que prometteurs. D'ici quelque temps, tu seras sans doute la meilleure suceuse qui soit.

Cette fois, j'éclate de rire. Paul ne peut résister, et son hilarité me fait plaisir à constater. Il m'attire dans ses bras et caresse ma tête. Sa voix retrouve des accents bouleversants quand il me remercie encore. Je n'ose pas m'en défendre, j'ai l'impression de l'avoir rendu heureux.

— Je ne te demanderai plus rien de ce genre, me prévient-il.

— Je sais, vous me l'avez déjà dit.

— Tu es désormais prête à accomplir une mission que j'ai du mal à trouver très désagréable de ton point de vue.

Je fais une moue dubitative contre sa poitrine, il relève mon menton.

— Tu n'es pas d'accord ?

— Je ne sais pas trop. Sur le principe, vous avez sûrement raison. Mais dans les faits, j'ignore si votre petit-fils se laissera aussi facilement faire.

— Après ce que je viens de vivre, je peux t'assurer qu'il te mangera dans la main. Aucun homme ne résisterait à ta bouche. Je vais avoir moi-même beaucoup de mal à l'oublier.

Je le dévisage, un peu soucieuse. Il trace du bout du doigt la forme de mes lèvres.

— C'est à Philippe que tu dois désormais réserver leurs caresses. Je sais au moins qu'il sera un homme heureux.

— Encore faut-il le convaincre d'arriver jusque-là, fais-je sceptique.

— Ça, j'en fais mon affaire. À nous deux, nous y parviendrons.

— Comment envisagez-vous de procéder ?

Je l'interroge, la joue sur sa poitrine, sur laquelle je perçois les battements rapides de son cœur. Il caresse machinalement mon épaule et semble réfléchir en même temps qu'il me dévoile ses intentions.

— Je vais m'arranger pour faire de toi un mystère auquel il aura bien du mal à résister. Je tâcherai dans un premier temps de te mettre à l'abri de sa curiosité tout en vantant par petites touches tes innombrables talents. Je sais qu'il brisera ton isolement pour savoir, parce qu'il soupçonnera une impensable réalité entre nous. Il se peut même qu'il soit désagréable au début. Ne t'en offusque pas, ce ne sera que le fruit de mes manipulations.

— Vous êtes sûr que cela va fonctionner dans le sens que vous imaginez ?

— J'ai passé ma vie entière à manipuler les gens. Philippe ne me connaît pas aussi bien qu'il le pense. Il risque d'être surpris.

— Mais s'il aime vraiment sa petite amie, il restera insensible à tout ça.

— Si Philippe, comme je le sais, est privé de certaines attentions, il succombera à tes charmes indéniables.

Je m'écarte de lui et lui fais face très franchement.

— Est-ce que je suis prête selon vous ?

— Tu es largement à la hauteur de ce que j'espérais de toi quand je t'ai vue la première fois. Oui, tu es prête.

Je hoche la tête, rassurée, et Paul rappelle Jill. Il s'est relevé et a revêtu son peignoir. Il me repousse sur la table où il m'invite à prendre sa place.

— Jill, occupez-vous donc de cette jeune femme qui l'a bien mérité ! ordonne-t-il.

Je suis parcourue d'un frisson délicieux. Paul s'assoit dans le fauteuil en osier tandis que, durant de longues minutes, Jill me pétrit, du gros orteil au sommet de mon crâne. Je fonds littéralement entre ses mains puis, au moment où je m'y attends le moins, elle s'immisce entre mes cuisses et m'ouvre à ses caresses.

Paul admire sans rien dire. Je sens peser son regard sur moi mais il ne me gêne pas. D'ailleurs, plus rien ne me gêne venant de sa part. Je m'abandonne au plaisir que me donne Jill. Je n'ai nullement la force d'y résister. Je suis déjà tellement excitée par la fellation que j'ai faite qu'elle ne tarde pas à obtenir mon orgasme.

J'entends monter une protestation de l'autre côté de la pièce. Je tourne la tête vers Paul, dont les sourcils froncés m'indiquent qu'il est mécontent. Je n'attends pas longtemps avant d'en connaître la raison.

— Je constate que ton état d'excitation te rend encore trop vulnérable, rouspète-t-il. Tu as joui bien trop vite.

Intriguée, à la limite d'être vexée, je me redresse sur un coude.

— C'est si grave ?

— Ennuyeux, si tu veux tenir tête à Philippe. Il doit rester dans le doute. S'il devine qu'il t'excite, il risque d'en faire un atout. Il faut que tu te maîtrises mieux.

— Facile à dire, je bougonne.

— Question d'habitude, réplique-t-il, moqueur.

— Voulez-vous que je vous suce de nouveau ?

Mon ton taquin ne lui a pas échappé. Il vient me présenter mon peignoir.

— Ne me tente pas, fillette ! murmure-t-il à mon oreille. Il n'empêche que je me sens flatté de t'avoir mise dans cet état malgré mon âge.

— Mais vous n'avez pas d'âge, Paul, je réfute énergiquement. Vous êtes aussi séduisant aujourd'hui que vous l'étiez il y a trente ans. Et vous le savez !

Il pince les lèvres, faussement modeste, puis, enlaçant ma taille, il m'entraîne vers les vestiaires. Ma leçon de fellation est terminée.

*

* *

Durant les cinq derniers jours, Paul me soumet à rude épreuve. Il souffle le chaud sur ma libido, exigeant de moi que j'exhibe ma lingerie dans son bureau, que je me caresse devant lui. J'obéis chaque fois avec la crainte que ma tante surgisse.

Paul le sait et compte bien là-dessus pour endurcir mon tempérament. Il use et abuse aussi de l'œuf vibrant. Le huitième programme est une étape que j'ai toujours autant de mal à franchir. Deux fois sur trois, je jouis dès qu'il le met en route.

Je ne me plains de rien, je ne rechigne à rien. Je suis une élève docile et appliquée. En réalité, j'aime ça. Je n'ai pas l'audace d'ailleurs de lui mentir à ce sujet, c'est inutile.

Philippe a appelé son grand-père la veille de son départ. Pour la première fois, j'ai entendu sa voix. Il a les mêmes intonations graves que Paul avec une pointe d'accent et un débit plus rapide.

Paul a pris note de son horaire de vol et lui a affirmé qu'il serait à l'aéroport. Il a aussi confirmé qu'ils dîneraient en compagnie de Pierre et de son épouse, aussi impatients que lui de le retrouver après une si longue absence. J'ai senti l'émotion du garçon quand il a dit « à demain », et j'ai vu l'éclat de joie passer dans le regard de Paul. Il me tarde d'être à demain, moi aussi.

La maison est en effervescence très tôt le matin. Ma tante est prise d'une frénésie d'époussetage et a même suggéré que je l'aide. Je ne dois ma liberté qu'à l'intervention de Paul qui réclame mes services de secrétaire pour lesquels je suis officiellement rémunérée, rappelle-t-il à ma tante, qui rosit de confusion. Décidément, avec elle, il sait comment faire.

Je passe faire un saut dans le bureau avant de rejoindre l'école. Paul examine ma tenue d'un air critique.

— À partir d'aujourd'hui, aucune fausse note, Mina, recommande-t-il.

Je grimace et me défends.

— Il n'est pas encore là et je ne le rencontrerai pas avant que vous l'ayez décidé.

— Tu vas faire l'objet de sa curiosité. Même de loin, je veux que tu sois parfaite. Nous avons de la chance, le printemps nous offre un magnifique soleil, tu vas pouvoir offrir un spectacle réjouissant. Il est temps de raccourcir tes jupes et d'ouvrir ton décolleté.

Je traque sur ma poitrine un bouton de ma blouse et je dégage un peu plus mon col. Mes seins, superbement mis en valeur par la lingerie de Mme Jeanne, pigeonnent fièrement. Paul approuve, les yeux brillants.

— Rappelle-moi l'emploi du temps, exige-t-il.

— Vous devez être à l'aéroport à 16 heures. Je ne serai pas là quand vous rentrerez et ce soir, vous dînez chez votre fils vers 20 heures.

— Très bien. Je veillerai à ce que ta tante te prépare quelque chose à dîner.

— Non, c'est inutile. Elle a déjà bien assez de travail comme ça. J'en profiterai pour dîner dehors moi aussi.

Paul me dévisage, un peu inquiet.

— J'aimerais mieux te savoir ici, mais je crains de te priver trop cruellement et trop égoïstement de ta liberté, dit-il en fronçant les sourcils.

Son aveu ne me surprend pas, Paul a pris l'habitude de m'avoir près de lui, obéissante et dévouée. Il est temps que je reprenne un peu de distance.

— Vous avez raison de le craindre. Je sortirai ce soir.

Un sourire narquois que je connais bien se dessine sur ses lèvres et son regard pétille de malice. Il me congédie d'un signe de la main et ses prunelles amusées m'accompagnent tandis que je virevolte vers la sortie.

— Mina ? me rappelle-t-il à la dernière seconde.

Je me retourne, la main sur la poignée de porte.

— Je t'appellerai ce soir.

— Bien entendu, Paul !

Je lui lance ça sur un ton joyeux avant de m'enfuir. J'entends l'éclat de son rire quand je suis dans le couloir.

La journée à l'école me semble interminable. J'ai perdu le goût de venir m'asseoir dans ces salles où nous sommes censés apprendre notre futur métier. J'ai l'impression de ne plus rien découvrir. Ce que je vois aux côtés de Paul est tellement plus concret, plus vivant. J'écoute à peine les bla-bla du prof sur les analyses de sondages et sur les notions de manipulation du lectorat.

Marion bâille à s'en décrocher la mâchoire. Elle n'a pas fermé l'œil de la nuit et je la crois aisément. Son petit copain l'use, à ce qu'elle prétend. Et elle voudrait que je la plaigne !

Alain me couve d'un regard évocateur. Dans un premier temps, j'ai pensé lui demander de m'inviter au resto ce soir, mais je me suis abstenue en le voyant si intéressé par ma petite personne. Je risque de ne pas savoir m'en défaire au moment de rentrer. Au final, je sortirai probablement seule.

Je consulte sans arrêt ma montre.

16 heures !

Involontairement, je souris, il doit être là. Paul doit le serrer dans ses bras et se réjouir de le voir, de lui parler. Lui doit certainement trouver son grand-père en forme et rajeuni, car il l'est, indéniablement. Pierre m'en a remerciée comme si j'en étais responsable. J'ai eu beau m'en défendre, il a insisté, et tout le mérite m'en est revenu. Lui non plus ne connaît pas suffisamment son père. En les fréquentant régulièrement l'un et l'autre, je n'ai pas su trouver beaucoup de points communs entre eux.

— Quelle merde ! râle soudain Marion en revenant près de moi à la pause.

Je me réveille en sursaut de mes pensées et je la vois, en pétard, assassiner son portable d'un regard de haine.

— Qu'est-ce qu'il y a ?

— C'est Juju, il est d'astreinte ce soir. Je me retrouve comme une conne alors que j'avais prévu ma soirée.

Marion en colère, c'est un spectacle qui vaut son pesant de cacahuètes, elle rumine, râle, tempête. Bref, elle me distrait et me donne une idée.

— Que dirais-tu de passer une soirée entre filles ?

Elle s'arrête net et me regarde comme si je venais de dire une énormité.

— Et ton vieux ? m'interroge-t-elle, sceptique.

— Son petit-fils débarque de Montréal, je suis libre comme l'air.

— Dans ce cas, OK ! On se fait une toile ?

— Tout ce que tu voudras, c'est moi qui régale.

— Génial !

*

* *

Il est un peu plus de 22 h 30, le film vient tout juste de se terminer. Marion et moi faisons route vers un restaurant sur les grands boulevards quand mon téléphone sonne. Je décroche immédiatement.

— Ça fait deux fois que je t'appelle, se plaint Paul d'une voix grave.

— Cinéma, j'ai éteint mon portable.

— Je passe pour un acharné, ajoute-t-il sur le même ton de reproche.

— Ça vous donne un air moderne, ne vous plaignez pas !

Il marque un silence où je perçois son sourire.

— Tout se passe bien ? m'enquiers-je.

— Très bien. Je sais à présent que j'ai raison sur toute la ligne. Philippe nous a ramené un clone d'être humain qui mâchouille un horrible chewing-gum et boit du Coca à longueur de temps. Je m'efforce de ne pas la renvoyer par le premier avion.

— Et lui ?

— Lui n'a pas trop changé, heureusement. Il a l'air content d'être là. Il a juste besoin de reprendre ses marques mais tout ira bien, je pense. Il m'a déjà interrogé à ton sujet.

— Et ?

— J'ai eu les pires difficultés à faire taire Pierre qui devenait un peu trop bavard. Mais cela a rajouté du piment à notre affaire. Philippe a la vague impression que tu as séduit toute la famille. Il a manifesté son envie de te rencontrer. J'ai ignoré sa demande, bien entendu.

— Dois-je venir demain ?

— Seulement quand je te le dirai.

— Très bien.

— Que fais-tu maintenant ?

— Je vais moi aussi assister au spectacle affligeant de quelqu'un qui boit du Coca en mangeant, dis-je en lançant un coup d'œil moqueur à Marion qui me renvoie une grimace bien sentie.

— Alors je ne te souhaite pas bon appétit. À demain, Mina, conclut-il.

— À demain, Paul !

Marion m'interroge inlassablement durant le repas. Il est vrai que je suis toujours restée très évasive sur le sujet Paul Peyriac. Je ne peux continuer à me retrancher derrière un mutisme de convenance. Je lui explique ce qu'est une journée type en compagnie de l'éditeur en retraite en omettant soigneusement certains détails. Ma copine tente bien évidemment de savoir s'il est à l'origine du changement spectaculaire de mes habitudes vestimentaires et je n'hésite pas à lui avouer que oui. Le contact d'un homme tel que Paul Peyriac ne peut qu'influencer une jeune fille comme moi. Elle approuve et me confie qu'elle aimerait en faire autant mais qu'elle doute que son Juju soit sensible à ça. Elle se marre quand je lui dis que personne ne peut rester insensible à une jolie fille bien emballée.

Notre conversation se prolonge bien au-delà du contenu de nos assiettes. J'aborde avec elle de nombreux sujets que nous n'avions plus l'occasion d'évoquer depuis longtemps, et il est près d'1 heure du matin quand je la mets d'office dans un taxi pour rentrer.

Moi, je ne suis qu'à quelques pas de l'Avenue Foch, et le quartier est encore suffisamment animé pour que je ne m'y sente pas seule. Malgré tout, je pousse un soupir de soulagement en refermant avec précaution la grille de la maison derrière moi.

Il y a encore de la lumière au premier étage, une fenêtre habituellement fermée. Je remonte l'allée et rentre chez moi. J'abandonne mes talons avec plaisir et je grimpe dans mon nid douillet. Au moment de fermer mes rideaux, j'aperçois une ombre à la fenêtre, une ombre immobile, tournée vers ma lumière. Je ferme et je file sous la douche.

Je dors encore quand mon téléphone me tire des bras de Morphée dans lesquels je me complaisais.

— Oui, Paul ? je soupire en m'étirant.

— Maintenant que tu es réveillée, viens donc prendre ton petit déjeuner dans mon bureau !

— Accordez-moi dix minutes pour me rendre présentable, je réclame.

— Prends-en donc vingt pour être superbe, me corrige-t-il avant de raccrocher.

Quand je frappe à sa porte, j'ai mis une demi-heure pour un résultat que je trouve satisfaisant. Paul acquiesce en me versant d'office un café sur le plateau que ma tante a apporté avant de partir au marché. Je m'installe dans le fauteuil, les jambes croisées.

En homme courtois, Paul m'apporte la tasse et pose la main sur mon épaule d'un geste paternel. Il a l'air content et détendu. Il me laisse siroter mon café tranquillement et parcourt son journal en avalant le sien d'un trait. Il fronce les sourcils comme chaque fois qu'une information l'agace, mais son mécontentement ne dépassera pas ce stade déjà très avancé ; il referme le journal et croise les doigts sous son menton en me dévisageant.

— Alors ? j'interroge la première, lui donnant ainsi le signal départ de la journée.

— Alors, je sais ce que je voulais savoir, m'apprend-il d'un air très sérieux. Depuis cette nuit, j'en ai le cœur net. Kaitline simule.

Je manque m'étrangler.

— Pardon ?

— J'ai eu le très grand privilège d'entendre ululer la demoiselle pendant près d'une heure cette nuit.

— C'est donc la preuve que votre petit-fils l'aura baisée, je lui fais remarquer crûment.

— Ça, je ne le nie pas, j'en aurais fait tout autant, les voyages sont source d'inspiration. Mais je persiste et signe, Philippe ne l'a pas fait jouir.

— Qu'est-ce qui vous permet d'affirmer ça ?

— Mina, je ne suis pas né de la dernière pluie et je sais parfaitement qu'une femme qui jouit ne vocalise pas de cette façon. Il ne faut pas exagérer, s'emporte-t-il. Et je ne comprends pas que Philippe s'en contente.

C'est assez rare pour m'étonner, Paul s'énerve si peu de manière ostensible. Il se lève et se plante devant sa fenêtre, les mains croisées dans son dos.

— Je crois que nous allons opérer une petite modification de stratégie, annonce-t-il avant de se retourner vers moi.

J'écoute religieusement, les mains jointes sur mes genoux, dans une posture qui illumine son regard.

— Bien qu'un gouffre te sépare d'elle, tu vas te faire une amie de cette fille. J'ai des raisons de croire qu'elle ne résistera pas non plus à ton charme.

— Vous voulez dire qu'elle… ? je bredouille, ahurie.

— Je l'ai bien observée depuis son arrivée, m'interrompt-il en hochant la tête, approbateur. Son allure de garçon manqué, ces airs de n'être jamais impressionnée par rien, mais aussi la manière dont elle observe les autres me conduisent à penser qu'elle affiche un personnage qui n'est pas le sien. Tu vas la pousser à se révéler.

— Je vais essayer, je marmonne, un peu sceptique.

— Philippe et elle sont allés chez Pierre, ils ne seront pas de retour avant cet après-midi. Il sait que tu seras là, je lui ai dit que je comptais travailler jusqu'au dîner. Je suis convaincu qu'il viendra. Nous afficherons notre belle complicité, Mina. Nous n'avons pas de temps à perdre, Philippe doit repartir dans un mois mais il faut jouer avec prudence et ne pas se précipiter.

— D'accord, Paul !

— Que dirais-tu de nous remettre à l'œuvre ?

— Je suis tout ouïe, dis-je en prenant la place qu'il me désigne derrière son bureau.

Paul et moi travaillons sérieusement jusqu'à ce que ma tante nous interrompe pour déjeuner. Paul réclame qu'elle nous le serve dans son bureau et nous mangeons rapidement en continuant à travailler.

Le retard pris dans l'évocation de ses mémoires est considérable et j'ai parfois du mal à raccrocher les bribes du récit entre elles. Je sens d'instinct que Paul me complique volontairement la tâche. Je vais sûrement passer des heures à tout remettre dans le bon ordre.

Il consulte souvent sa montre ou son regard accroche les aiguilles de la petite pendule sur sa table. Vers 16 heures, il met fin à notre journée.

— Veux-tu bien passer par la cuisine avant de partir ? Ta tante t'a préparé quelque chose pour ce soir.

— J'y vais !

Ma promptitude à obéir et mon ton détaché le font sourciller.

— Il me tarde de te retrouver à ma table, Mina, ta compagnie me manque cruellement.

— La vôtre me manque aussi, j'avoue, sincèrement touchée par ses paroles.

— File avant qu'il n'arrive !

J'obtempère et j'embrasse ma tante en passant. Nous entendons le bruit d'une voiture dans l'allée. Laurence lève un doigt.

— Ah ! Les voilà qui reviennent, se réjouit-elle comme s'ils étaient de sa propre famille.

J'embarque le plat qu'elle me donne et me précipite par l'arrière-cuisine. J'ai tout juste le temps de gagner le chemin gravillonné qui mène à ma petite maison avant de les apercevoir main dans la main. Philippe est un jeune homme grand et bien bâti tandis que son amie fait l'effet d'un oisillon à ses côtés. Pour un peu, on croirait qu'il balade sa petite sœur.

N'ayant pu éviter cette rencontre lointaine, je ne vois plus aucune raison de me presser. Je continue mon chemin comme si de rien n'était en sentant peser sur moi leurs regards avides.

J'ai cours le lendemain matin, je suis donc levée tôt. J'avale un café et je grignote une tartine avant de partir. Je remonte l'allée vers la grille, salue Bernard qui taille un massif au bout du jardin d'un signe de la main auquel il répond de la même façon. Et puis je le vois, lui.

Philippe se tient les mains dans les poches de son pantalon sur le seuil de l'arrière-cuisine. Il m'observe bizarrement. Prise au dépourvu, je hoche la tête en guise de bonjour et je prends la fuite à une allure honorable.

Une fois passé la grille, je me retourne et il n'est plus là. Il faut que j'apprenne à mesurer mes émotions, Paul a raison. Mon cœur bat à une allure déraisonnable. Je respire à fond plusieurs fois de suite en poursuivant mon chemin et je me sens déjà mieux.

*

* *

— Tu peux venir, me dit Paul au téléphone. Ils ne sont pas là.

Comme convenu, j'ai pris soin de l'appeler en rentrant de l'école avant de commettre un faux pas. Je remise mes affaires de cours et file jusqu'à son bureau. Paul se réjouit de mon arrivée. Je lui raconte mon aventure du matin et il ne se montre pas étonné.

— Il te surveille discrètement, confie-t-il gaiement. Je lui ai dit hier que tu partais à cette heure-là ce matin.

— Vous avez parlé de moi ?

— Philippe est très curieux à ton sujet. Le fait de t'avoir croisée a ajouté à sa curiosité. Il sait désormais que tu n'as rien d'ordinaire.

— Où sont-ils aujourd'hui ?

— Philippe a accepté de lui faire visiter la Tour Eiffel. Ils ne vont pas tarder à rentrer. Lève-toi, exige-t-il.

J'obéis et Paul défait un bouton de mon chemisier dont le brun profond tranche singulièrement avec ma peau blanche. Un fin médaillon se cache entre mes seins. Paul s'en saisit délicatement et le remet sagement en place. Puis il me déclare officiellement parfaite.

— J'ai relu tes notes, j'ai quelques corrections à y apporter si tu veux bien.

— Je suis là pour ça, je fais en m'asseyant à sa place derrière mon portable ouvert.

Paul commence sa dictée sur des paragraphes entiers qu'il reprend. Je tape aussi vite qu'il parle en articulant soigneusement. Nous entendons soudain des pas dans le couloir, Paul vient rapidement derrière moi poser sa main sur mon épaule tandis que je poursuis mon travail.

Deux petits coups retentissent à la porte. Le visiteur n'attend cependant pas l'autorisation du maître des lieux pour entrer. Paul le savait, il a prévu. Philippe s'arrête au bout de quelques pas, le regard fixé sur la main de son grand-père sur moi.

— Ah… vous êtes rentrés, fait innocemment Paul en se redressant. Mina, je te présente mon petit-fils, Philippe, ajoute-t-il en allant à sa rencontre. Philippe, j'ai le plaisir de te présenter Hermine Dalambray.

Je me lève poliment pour le saluer. Il a l'air si surpris de m'avoir trouvée à cette place et dans cette position si familière avec son grand-père qu'il n'a pas recouvré sa voix. Je fais donc le premier pas.

— Votre grand-père m'a beaucoup parlé de vous, dis-je en soutenant son regard qu'il a aussi bleu et aussi intense que son aïeul qui se régale pas loin.

Il n'a d'ailleurs pas que ça de commun, Philippe est la copie conforme de Paul plus jeune. Il a les mêmes traits racés et fins, le même air sûr de lui, hautain, qui maintient les gens à distance. Il a jusqu'à la même implantation des cheveux bruns que Paul porte très courts et parfaitement soignés, mais que son petit-fils préfère un peu plus longs, en conformité avec la mode de son âge. Il est vêtu, contrairement à ce à quoi je m'attendais, d'un superbe pantalon de ville noir griffé et d'une chemise grise impeccable. Ce style lui va à merveille.

— Il m'a aussi parlé de vous, me répond-il de sa belle voix grave dans laquelle pointe un accent chantant. Je suis heureux de faire votre connaissance.

Ses mots sont convenus mais son ton est vaguement ironique et ses yeux sondent les miens. Je me souviens de mon refus de répondre à ses invitations sur Facebook. Je lève un sourcil et je me tais. Un bruit de cavalcade résonne dans le couloir et un lutin blond déboule comme une tornade dans la pièce.

— Hey, Phil, je te cherche depuis dix minutes, lance la fille en venant s'accrocher au bras du jeune homme.

Elle est bizarrement vêtue d'une combinaison bleue et de baskets fluo. Ses cheveux platine sont si courts qu'on dirait qu'elle y passe la tondeuse et elle mâchouille un chewing-gum. Le contraste entre les deux est saisissant. Paul soupire, exaspéré. Je devine qu'il refuse de faire les présentations. Philippe aussi l'a fort bien compris et c'est lui qui s'en charge.

— Kait, voici Hermine, la secrétaire de mon grand-père, déclare-t-il plutôt aimablement.

Le lutin bondit vers moi et me tend la main. Je la saisis bien volontiers et je lui offre mon plus beau sourire.

— Bonjour… Kait ? je fais en l'interrogeant du regard.

— Yes, répond-elle, amusée. Hermine ? C'est ça ? articule-t-elle dans un français hésitant.

— Mina, je corrige.

Elle me désigne du bout de son index pointé.

— Mina, c'est super cool ! Tu trouves pas, Phil ? interroge-t-elle en repartant vers lui.

— Sans doute, acquiesce-t-il évasivement en fronçant les sourcils de la même manière que son grand-père qui patiente les bras croisés, assis dans le fauteuil. Nous n'allons pas vous déranger plus longtemps, ajoute-t-il d'un ton d'excuse. Vous étiez en train de travailler.

Je reporte mon attention sur Paul, qui me rejoint avant de renvoyer son petit-fils d'un mot gentil mais sans appel. Avant de refermer la porte, Philippe surprend le geste de Paul, qui replace une mèche de mes cheveux derrière mon épaule avant d'y reposer sa main et de se pencher sur moi. Les pas ne s'éloignent qu'après plusieurs secondes de silence que nous guettons l'un et l'autre.

— Étape numéro trois, chuchote Paul, satisfait.

— Ça ne va pas être simple, je marmonne, inquiète de l'accueil étrange du garçon.

— À la manière qu'il a de te regarder, je sais que tu l'as impressionné. Il reviendra, et seul.

Je tique mais j'incline à le croire, après tout, il connaît mieux son petit-fils que moi. Nous nous remettons au travail durant une heure avant que des coups ne viennent de nouveau retentir à la porte. Paul m'adresse un coup d'œil évocateur. Je continue d'écrire comme si de rien n'était tandis qu'il va ouvrir.

— Philippe, fait-il semblant de s'étonner. Entre, qu'est-ce que tu attends ?

— Je pensais que tu aurais terminé, je ne veux pas vous déranger encore une fois.

Paul consulte sa montre et affiche une moue que j'ai tendance à trouver comique.

— Ah… en effet. Je suis désolé, Mina, dit-il dans un superbe numéro d'artiste. Je me suis laissé emporter une nouvelle fois. Tu peux arrêter là, nous reprendrons demain.

— Comme vous voudrez, Paul. Je finirai de taper vos corrections ce soir.

— Il n'en est pas question, tu as assez travaillé comme ça aujourd'hui. Je vais demander à Laurence de rajouter ton couvert, tu restes dîner avec nous !

Je vois Philippe esquisser un très faible sourire devant le ton affirmatif de son grand-père. Il reste scrupuleusement silencieux jusqu'à ce que ce dernier quitte son bureau en nous y laissant seuls quelques instants.

Je ne doute pas que cette sortie soit soigneusement préméditée. Je range mon ordinateur portable ainsi que les nombreuses notes que j'ai encore à taper. Philippe me regarde faire avec attention. Je ne lui accorde pas une miette d'intérêt. C'est lui qui rompt le silence.

— Mon grand-père vous retient souvent en otage de cette façon ? interroge-t-il gentiment.

Je souris discrètement en continuant mon rangement.

— Oui, tous les jours à vrai dire, sauf que je n'emploierais pas les termes « retenir » et « otage ».

Il sourcille en pinçant les lèvres dans un rictus appréciateur. J'ai la fugace impression de me retrouver de nouveau en face de Paul la première fois.

— Et lesquels utiliseriez-vous ?

— Intérêt, plaisir.

— Je crois qu'il partage le même plaisir en votre compagnie, insinue-t-il.

— Je ne peux pas répondre à sa place.

— Pourquoi n'avez-vous pas accepté mon invitation ? attaque-t-il d'un coup.

Je ne m'y attendais pas de cette manière. Je soutiens son regard d'azur, il est empli de colère contenue. Il me paraît donc plus prudent de lui dire la vérité.

— Parce que votre grand-père me l'a interdit.

Une expression consternée s'affiche sur ses traits sublimes.

— Savez-vous pour quelle raison ?

— Je l'ignore. Votre grand-père a l'habitude d'être au courant de tout, il n'aurait pas supporté que nous ayons lié une relation qui lui aurait échappé.

— Il vous garde pour lui seul, avouez-le, exige-t-il aussi aimablement qu'il peut mais je sens son irritation sous-jacente.

— Retenir, otage, aveu, je relève avec un brin d'ironie. Vos études vous formatent gravement !

Il est mouché et abandonne la partie. Il balaie mon corps d'un coup d'œil furtif quand je quitte le bureau pour fermer l'ordinateur de Paul de l'autre côté de la pièce. Celui-ci fait alors sa réapparition.

— Crème de champignons et lasagnes de saumon aux épinards, clame-t-il en venant droit sur moi et en me tendant la grosse clé de sa cave. Choisis !

Je vois alors les traits de Philippe prendre une expression stupéfaite. Paul fait mine de l'ignorer et lui donne une petite tape dans le dos.

— Accompagne-la, tu verras l'état piteux de la cave. Il va être temps de faire quelques réapprovisionnements.

Philippe ne se fait pas prier deux fois, il m'emboîte le pas en direction du sous-sol tandis que Paul s'éclipse, satisfait de son effet de surprise.

Mon accompagnateur reste muet sur mes talons. Il ne s'attendait sans doute pas à cela et sa consternation empire quand, sous ses yeux incrédules, je viens à bout en un clin d'œil de la serrure récalcitrante.

Je descends la première l'escalier de pierre étroit en prenant garde à mes talons hauts. Je trouve sans hésitation l'interrupteur et me dirige vers les rayons où Paul stocke ses vins blancs, avec amour et patience. Philippe fait le tour du propriétaire pendant que j'examine les étiquettes puis il revient vers moi.

— J'ignorais qu'il vous faisait à ce point confiance, dit-il d'un ton qu'il veut détaché. Sa cave a toujours été un endroit strictement interdit.

— Je sais, il me l'a dit.

— Je suppose que vous avez dû l'impressionner par vos connaissances en la matière.

Tout à mes recherches, je m'accroupis devant l'étagère. Ma jupe remonte un peu sur mes cuisses en dévoilant la dentelle de mes bas sans que je fasse rien pour corriger cela.

— Je suis bourguignonne, j'élude sans le regarder.

Il se baisse alors près de moi. Son parfum, dans cet endroit confiné, me frappe de plein fouet. Il est frais, boisé, viril. Je suis bien contrainte de subir sa présence. Je sens peser son regard sur moi, il me lorgne sans scrupule.

— Laquelle des deux ? je l'interroge tout à coup.

— Quoi ? s'étonne-t-il comme si ma question ponctuait une de ses réflexions muettes.

— J'hésite entre ces deux pouilly-fumés, je lui explique en désignant mes trouvailles.

— C'est un bon choix, répond-il évasivement, et… être bourguignonne, ça suffit pour impressionner mon grand-père ?

— Celle-ci peut-être, j'estime en m'emparant de la plus ancienne. Nous verrons bien !

— Vous n'avez pas répondu à ma question, me fait-il remarquer.

Je me relève devant lui. Il m'imite aussitôt et, usant de son physique, me barre toute retraite vers la sortie.

— Vous savez très bien que votre question est inutile. Votre grand-père n'est pas du genre à se laisser intimider au point de flatter inutilement.

— Mmm... vous êtes en effet du genre coriace. Il m'avait prévenu, je suis fixé.

Je m'aperçois enfin de la manœuvre de ces deux hommes. L'un et l'autre se délectent des mêmes jeux. Soit !

— Ils vont nous attendre, je conclus en le fusillant d'un regard sévère.

Un éclat de malice passe dans le sien et il me cède le passage. Paul approuve entièrement mon choix quand je lui remets la bouteille.

— J'ai pris l'avant-dernière, je préviens consciencieusement. Vos stocks de sancerre sont également épuisés.

— Dans ce cas, nous irons prochainement en chercher là-bas. Je compte sur toi pour préparer notre voyage, Mina.

— Si vous le souhaitez !

Notre échange laisse Philippe perplexe.

— Où est Kaitline ? demande Paul en prenant place à table.

— Je l'ai laissée tout à l'heure au téléphone, répond Philippe, un peu gêné. Elle doit encore y être. Je vais la chercher.

Son départ donne l'occasion à Paul de m'interroger sur notre tête-à-tête. Je lui raconte en quelques mots les échanges plutôt vifs qui nous ont opposés. Ça semble le ravir au plus haut point.

— Continue ainsi, me souffle-t-il juste avant le retour de son petit-fils.

— Elle ne va pas tarder, affirme ce dernier en s'asseyant face à moi.

Paul a débouché la bouteille, il se verse un fond de vin et déguste, attentif. Sa langue claque d'un air mécontent. Il s'empare de mon verre et en fait de même avec celui de Philippe. Je goûte à mon tour et je réserve mon avis en attendant celui de mon voisin.

— Philippe, qu'en penses-tu ? questionne son grand-père.

Kaitline surgit alors sans même s'excuser de son retard. Elle me salue d'un sonore « hello » et nous regarde d'un air moqueur déguster nos fonds de vin. Paul l'invite à s'asseoir et lui propose aimablement de nous accompagner dans l'exercice. Elle refuse en grimaçant d'un air écœuré et réclame un Coca. Son petit ami lui adresse un regard sévère auquel elle ne prête pas la moindre attention.

— Alors, insiste Paul en se tournant vers son voisin. Ton avis ?

— Bouchonné ? hésite le jeune homme.

— Mina ?

— Défaut de fermentation que la conservation n'a pas arrangé. Ce vin aurait mérité d'être bu jeune et vif. Je vais chercher la seconde.

— Je suis d'accord, déclare Paul d'un ton sans appel.

Philippe me dévisage, à la fois admiratif et un peu vexé. Je me lève de table et je récupère la clé de la cave que me tend Paul. Je reviens rapidement, munie du flacon de réserve. Cette fois, le verdict est beaucoup plus indulgent et le repas peut commencer.

Dès l'entrée, Kaitline rechigne tandis que son petit ami se lèche les babines. Il tente de la persuader en vain de goûter aux plats puis abandonne la partie. Elle se venge sur le pain.

Pendant ce temps, Paul lance une conversation animée au sujet d'une exposition à laquelle il m'a emmenée et qui fait débat. Très vite, Philippe se joint à nous, partageant mon point de vue plus moderne sur l'art.

La pauvre Kaitline fait tapisserie au bout de la table. Sournoisement, Paul lui demande son avis. En guise de réponse, elle émet un sonore bruit de bouche.

— C'est en effet un excellent résumé, estime Paul sur un ton sec qui chagrine ostensiblement son petit-fils.

Ce dernier plaide son inexpérience et le dépaysement. Paul se penche alors sur la table d'un air redoutable.

— Quel âge as-tu Philippe ? lui demande-t-il.

— Enfin, Grand-père, tu le sais bien.

— Réponds !

Philippe soupire, il sait déjà où ça va le mener mais il cède.

— Vingt-trois ans.

— Sais-tu quel âge a Mina ? continue Paul sur le même ton terriblement doucereux.

Philippe m'adresse un regard intrigué. Je me garde bien de sourire même si j'en suis tentée.

— Je n'ai pas commis l'indélicatesse de le lui demander, se défend-il judicieusement sans me quitter des yeux.

— Dis-le-lui, Mina, ordonne Paul.

— J'ai vingt-deux ans, dis-je très sobrement.

Philippe lève un sourcil étonné. Paul se cale dans le fond de son siège, la démonstration suffit, le sujet est clos. Son petit-fils a parfaitement compris.

— Vingt-deux ? intervient bruyamment Kaitline qui, elle, n'a rien deviné de ce que sous-entendaient les propos de Paul. On peut se dire tu ?

Bien évidemment, je le lui accorde.

— Et moi, demande alors Philippe comme pour faire diversion. Suis-je autorisé à user de la même familiarité ?

— Si votre grand-père le permet.

— J'ignorais que tu avais un tel ascendant sur ta secrétaire ? s'amuse-t-il, ironique à souhait.

— Il y a plein de choses que tu ignores, mon grand, réplique Paul. Mais va, je t'autorise à tutoyer Mina, je le fais bien, moi.

— Pour autant, elle te vouvoie.

— En effet, dit mon employeur en m'adressant un coup d'œil rieur. Cela fait partie de nos conventions.

Philippe me dévisage, intrigué, mais ne relève pas.

Les lasagnes au saumon rencontrent un meilleur succès auprès de Kaitline, qui consent à manger. Je vois Paul frémir quand elle accompagne son plat d'une gorgée de Coca.

Le repas se prolonge, Paul a renvoyé Laurence en promettant que nous débarrasserions. Je profite donc d'une pause dans la conversation pour récupérer les assiettes vides et les couverts.

— Attends, je vais t'aider, se précipite Philippe en venant en renfort.

Paul entraîne Kaitline au salon pour boire le café. Elle n'ose pas refuser et nous laisse, son petit ami et moi, transporter les plats vers la cuisine. Habituée à aider Laurence, j'ai les gestes sûrs et j'emmène à moi seule le double de ce que Philippe emporte.

— On dirait que tu as fait ça toute ta vie, se moque-t-il gentiment en me suivant.

— Les tâches ménagères ne me sont pas étrangères, si c'est ce que tu veux savoir. Je ne suis pas née avec un ordinateur entre les mains.

— Ce n'était pas une attaque, se défend-il en déposant ses assiettes dans l'évier.

Je décharge le reste sur la table et je lui fais face.

— Tu peux aller rejoindre ton grand-père et ta petite amie dans le salon, j'amène le café.

— Le tutoiement ne te rend pas plus indulgente à mon égard.

— Ce n'était pas non plus une attaque mais une invitation, je rectifie plus aimablement.

Il réprime un sourire et s'en va en me tournant ostensiblement le dos. Il s'est assis confortablement dans le grand fauteuil de cuir quand j'arrive le plateau en main. Kaitline s'est réfugiée tout près de lui et il caresse machinalement sa main en discutant avec son grand-père.

Je dépose le plateau sur la table basse et je tends une tasse à Paul. Il me remercie en appuyant ses paroles d'un regard empli de tendresse. Je me tourne vers Philippe dont les doigts ont cessé de folâtrer sur ceux de sa petite amie.

— Café ?

— Oui, s'il te plaît.

— Et toi, Kaitline ?

— *No thanks*, répond-elle en grimaçant comme chaque fois que quelque chose la rebute.

— Désirez-vous un verre de cognac ? fais-je en m'adressant à Paul.

— Volontiers, Mina, si tu nous accompagnes.

Sans hésitation, je me dirige vers le bar qui occupe une partie du mur du fond et j'aligne trois verres sur la table. Je verse un fond de cognac d'une couleur magnifiquement ambrée et je reviens lentement vers les deux hommes. Kaitline, intriguée, se penche sur le verre de Philippe.

— Oh… tu vas boire ça ? Je peux goûter ?

— Mina, verses-en donc un verre à cette jeune fille, suggère Paul.

— Je ne suis pas sûr que ce soit une très bonne idée, intervient Philippe, anxieux. Kait supporte moyennement l'alcool.

— C'est pourtant la première chose qu'elle semble apprécier ici, tranche son grand-père.

— Rien qu'un tout petit peu, insiste-t-elle en minaudant.

J'obéis à un signe affirmatif de Paul et j'amène une larme de cognac à la jeune femme avant de m'asseoir près de lui. Je déguste ma première gorgée en fermant les yeux, je savoure la brûlante descente de l'alcool. Je sens sur ma main la chaleur de celle de Paul.

— Tu as fait un très bon choix, me félicite-t-il. Il est plus souple que le précédent.

Décidément, Paul passe tous mes talents en revue ce soir. Sans doute veut-il impressionner son petit-fils. En tout cas, cela fonctionne, car celui-ci nous regarde, consterné. Kaitline, quant à elle, a sifflé son verre cul sec.

— Demain, je vous invite tous les trois chez *Christophe*, déclare alors Paul d'un ton solennel.

— Ça fait bien longtemps que je n'y ai pas mis les pieds, se réjouit Philippe, visiblement enthousiaste.

— Mina, tu réserveras une table demain matin.

— Je n'y manquerai pas, je confirme avant de me lever tranquillement. Je vais vous laisser en famille. Si vous voulez bien m'excuser. Je vous souhaite à tous une bonne nuit.

Paul enlace ma taille et m'accompagne jusqu'à la porte. Philippe nous suit du regard, l'air soucieux.

— Laisse ton rideau entrouvert, me chuchote Paul à l'oreille avant que je m'en aille.

Je hoche seulement la tête et je file. Quelques minutes plus tard, j'allume ma lampe de chevet qui diffuse une lumière douce dans ma chambre et, comme convenu, mon rideau n'est pas entièrement fermé.

Sans me préoccuper de ce qui se trame dans l'autre maison, je prends une douche rapide et je reviens vêtue d'une nuisette pratiquement transparente. Je grimpe sur mon lit avec un bouquin.

C'est alors que mon attention est attirée par la lumière du bureau de Paul qui s'allume.

J'ai compris le message. J'abandonne mon livre et mes mains s'emparent de mes seins au travers du fin tissu. Je fais glisser une bretelle, mes doigts traquent mon téton saillant tandis que mon autre main se glisse entre mes cuisses.

Jugeant le spectacle suffisant, je m'étire jusqu'à ma lampe de chevet et j'éteins la lumière. Pour autant, je ne cesse pas de me masturber. C'est en revoyant sous mes paupières closes le magnifique visage de Philippe que je jouis.

Puis je m'endors, apaisée.

*

* *

Il est près de 19 heures le lendemain, Paul et moi sommes en plein travail, quand Philippe pousse la porte du bureau. Je sais par son grand-père qu'ils étaient tous les deux derrière la fenêtre de cette pièce hier soir, Paul n'ayant pas caché mes « habitudes charmantes » à son petit-fils.

Je sais aussi que Philippe en a été troublé et cela se confirme au regard qu'il porte sur moi en hésitant à me saluer. Je lui adresse un sourire innocent auquel il a du mal à répondre. Paul, qui s'est arrangé pour m'éloigner toute la journée, fait subitement mine de s'apercevoir de l'heure.

— Oh, tu as raison, Philippe. Mina, tu peux fermer ton ordinateur pour aujourd'hui et aller te préparer. J'aimerais que tu portes ta robe noire, si tu n'y vois pas d'inconvénient.

J'acquiesce. Paul joue machinalement avec le porte-clés au bout duquel se trouve une télécommande que je connais bien. Je sais ce qu'il veut.

J'abandonne les deux hommes et je m'éclipse jusque chez moi. Le regard de Philippe m'a suivie jusqu'à la porte et je ne doute pas qu'ils sont, en ce moment même, en train de parler de moi.

Je choisis ma lingerie avec beaucoup de soin et j'enfile avec plaisir la somptueuse robe courte et décolletée qu'a judicieusement réclamée mon patron. Juste avant de sortir, je glisse dans mon vagin l'œuf vibrant, sage pour le moment, mais dont je m'attends à subir les assauts grandissants au fur et à mesure de la soirée.

Ma tante Laurence s'est vue octroyer une journée de congé dont elle s'est empressée de profiter, je peux donc regagner l'hôtel particulier sans craindre ses commentaires. Paul m'accueille dans le hall avec une étincelle dans le regard.

— Tu es parfaite, me susurre-t-il en me présentant courtoisement le fin manteau assorti à la robe. As-tu pensé à tout ?

— J'ai pensé à tout. Soyez gentil de ne pas me faire souffrir trop longtemps !

— Tu es impatiente ?

— Non, mais puisque vous nous invitez dans un excellent établissement, j'aimerais profiter pleinement des plaisirs de la table.

Mon ironie le fait rire.

— Tu profiteras de tous les plaisirs, ne sois pas inquiète !

Nous sommes interrompus par les bruits de pas dans l'escalier. Les tourtereaux descendent, main dans la main. Je sens la réaction raide de Paul, qui constate que Kaitline a revêtu un jean troué assorti d'un top à bretelles rose et de baskets en guise de tenue de soirée. Philippe, quant à lui, porte un élégant ensemble gris. Même s'il s'est dispensé de cravate et d'une veste, il n'en demeure pas moins très chic.

— Ne lui as-tu pas expliqué où nous allions ? s'étonne Paul à voix basse auprès de son petit-fils quand ils arrivent à notre hauteur.

— Si, bien sûr, mais je t'en prie… tente-t-il encore de plaider inutilement en voyant Paul se refermer comme une huître.

Celui-ci fusille de ses yeux sans complaisance la jeune fille qui mâchouille son sempiternel chewing-gum et me tend le bras. Il m'escorte sans un mot jusqu'à la Mercedes dont il m'ouvre galamment la portière arrière.

Ma façon de monter en voiture ne manque pas d'attirer l'attention de Philippe qui, lorsqu'il retient la porte pour Kaitline, reçoit un sonore « *Thanks* » qui le réveille. Elle prend place à côté de moi tandis que les deux hommes sont à l'avant.

Paul démarre et, en me jetant un regard dans le rétroviseur, annonce sur un ton détaché qu'il passe la première. Je sens subitement dans mon ventre la très discrète vibration de l'œuf. Chapeau !

Je lui adresse un coup d'œil admiratif qu'il apprécie.

Kaitline et moi bavardons. La jeune fille se déclare, contre toute attente, intéressée par la mode. Paul propose alors de me libérer une journée pour que je lui fasse découvrir les boutiques parisiennes. Elle applaudit alors que je devine les intentions nettement moins avouables du chauffeur. J'accepte, bien évidemment.

— C'est toujours plus amusant à deux, clame alors Paul en appuyant sur la télécommande.

Kaitline confirme, mon ventre aussi. Je réprime un sourire moqueur et je détourne les yeux.

Le reste du trajet est plus silencieux. Philippe et Paul discutent, mais je n'entends pas bien leur conversation à voix basse. Toujours est-il qu'une pression supplémentaire fait vrombir le programme numéro trois. Je ferme une seconde les yeux et, quand je les rouvre, ceux de Philippe m'observent dans le rétroviseur extérieur.

Paul m'aide généreusement à descendre de voiture, Kaitline se débrouille. Un charmant jeune homme nous débarrasse de nos effets à l'entrée. J'apparais alors dans toute ma splendeur sur mes talons aiguilles. Heureusement que mon aimable patron me tient le bras.

Table 25, ronde, Philippe en face de moi.

Dire qu'il me couve des yeux est un euphémisme. Paul observe par-dessus la carte, ses doigts jouent avec la télécommande et lorsque le maître d'hôtel vient proposer un apéritif, il me dévisage d'un air malicieux.

— Pour apporter un peu de rose aux joues de cette jeune femme, apportez-nous donc quatre coupes de champagne rosé, dit-il en insistant sur le mot quatre en même temps qu'il appuie sur le porte-clés.

Il n'a rien perdu de ma réaction, si infime fût-elle. Il pose une main compatissante sur la mienne. Philippe nous observe, soucieux. Il tente d'expliquer à sa petite amie ce que signifient les intitulés des plats. Asperges blanches. Filet de bœuf en croûte et fraises. Rien de bien compliqué, mais elle grimace tout de même. À désespérer !

Quand le sommelier se présente à notre table, Paul invite au jeu.

— Mina, sur l'entrée ?

Je referme la carte et la rends à Paul avec le sourire.

— Muscat d'Alsace.

Le sommelier approuve mon choix. Paul a l'œil qui pétille. Philippe se garde de tout commentaire.

— Philippe, sur le plat ? réclame son grand-père.

— Un pauillac, probablement, mais j'hésite entre les millésimes. Qu'en dis-tu Mina ?

Sa question ravit Paul, enfin le jeune homme ose s'adresser à moi directement. Je reprends la carte.

— Le 2004 n'aura probablement pas assez de tanins, le 89 est une véritable merveille, il devrait mieux convenir que le 96 qui est, à mon goût, trop fermé.

Le sommelier hoche la tête. Paul renonce à demander à Kaitline de choisir un vin pour le dessert et commande lui-même un champagne et le Coca de la jeune fille. Philippe lui adresse un regard de reproche mais ne bronche pas. Il me remercie de mon intervention et la conversation s'engage ainsi. Elle roule sur plusieurs sujets auxquels la pauvre Kaitline ne comprend rien. Elle torture ses asperges dans son assiette et se garde bien d'y goûter malgré les encouragements de son compagnon, qui finit par se lasser.

Paul a subtilement appuyé encore deux fois sur la télécommande. Je lutte pour rester parfaitement impassible. Heureusement, les deux hommes abordent un sujet qui nous anime : la bonne vieille confrontation entre les partisans du livre à l'ancienne et la nouvelle génération, gaga des nouvelles technologies.

Je connais la passion de Paul pour ces ouvrages de papier et je la partage, mais je dois aussi reconnaître que l'e-book fait partie des nouvelles tendances qu'une maison d'édition ne peut plus se permettre d'ignorer.

Philippe et moi nous unissons en riant contre un Paul ravi. Il me récompense traîtreusement d'un stade supplémentaire dans le plaisir. Mon ventre est parcouru de frissons.

Huitième programme !

Philippe a constaté mon sursaut. Il interroge son grand-père d'un regard énigmatique. Je devine qu'il soupçonne quelque chose.

Je peine à me concentrer sur le débat qui a repris. Mon entrejambe est de plus en plus mouillé, mes reins sont parcourus de petits coups d'électricité délicieux.

Enfin, le dessert arrive.

Paul s'enthousiasme et pose la télécommande bien en évidence sur la table. Cette fois, Philippe ne résiste pas. Il s'empare de l'objet et je me raidis sur ma chaise. Instinctivement, je serre les jambes.

Inquiète, je scrute le visage de Paul, sur lequel je lis avec effroi des intentions qui ne vont pas forcément dans le sens des miennes. C'en est trop, je n'en peux plus.

— Paul, s'il vous plaît, dis-je d'un air anxieux.

— Si tu insistes, Mina ! Philippe, appuie donc sur ce bouton, commande-t-il en désignant l'appareil.

Je sursaute et je tends la main vers mon bourreau qui ignore le supplice qu'il risque de me faire endurer s'il obéit à son voisin.

— Je t'en prie, Philippe, non, fais-je en maîtrisant ma voix.

Paul jubile de mon affolement. Son petit-fils fronce les sourcils en affichant son incompréhension.

— Pourrais-je savoir ? demande-t-il, intrigué par notre soudaine réaction.

Les yeux limpides de Paul se fixent sur moi et son sourire narquois étire ses lèvres tandis qu'il m'observe en train de lutter le plus dignement possible contre un orgasme imminent qu'une pression supplémentaire déclencherait à coup sûr. Il se cale au fond de son siège et, comme à son habitude, croise ses doigts sous son menton. Sa voix a des accents joyeux quand il répond :

— Sais-tu Philippe ce que signifie la beauté du geste ?

— Un geste gratuit, désintéressé ?

Paul acquiesce mais complète.

— Cette expression recouvre aussi une notion d'esthétique, une élégance qui consiste en la maîtrise parfaite de l'exécution. Le beau geste peut s'avérer inutile mais il est rarement désintéressé car il procure une satisfaction. Or le plaisir n'est jamais inutile.

La pauvre Kaitline a décroché depuis bien longtemps mais son petit ami semble absorbé par ce débat philosophique dont je me sens la victime.

— Je ne vois pas où ça nous mène, dit Philippe en jouant dangereusement avec la télécommande.

— À mon âge et dans ma condition, mon enfant, je n'agis plus dans certains domaines que pour la beauté du geste. Et voir Mina me regarder avec ces yeux-là me procure un plaisir indubitable. Je te souhaite un jour d'avoir la chance de trouver quelqu'un d'aussi intelligent et d'élégant qu'elle.

Philippe me dévisage, troublé. Je respire plus fort et je triture ma serviette sur la table. Malgré tout, je me tiens droite et certainement mieux que ma voisine avachie.

— Appuie donc à ma place, conseille Paul. Pour la beauté du geste !

Cette fois, Philippe ne me laisse pas l'occasion de protester, il appuie. L'œuf laboure mon vagin, mon ventre se noue. Le plaisir m'envahit progressivement jusqu'à ce qu'il déborde brusquement. Je ferme les yeux quelques secondes et mes doigts se resserrent autour de ma serviette. Je tâche de respirer profondément pour ne pas gémir. Quand le plus difficile est passé et que les spasmes de mon sexe s'apaisent, je rouvre les yeux vers Paul.

— Arrêtez-le, je réclame d'une voix que je voudrais nette mais qui tremble un peu.

Paul récupère le badge et appuie sur le bouton d'arrêt. Je pousse un soupir quand le jouet infernal cesse de me tourmenter. Il me sourit et pose sa main sur la mienne.

— Tu progresses, Mina ! Tu viens de franchir le neuvième.

— J'étais un peu distraite par vos invités, veuillez m'excuser un instant, dis-je en me levant de table.

— Bien entendu ! Désires-tu un café ?

— Volontiers, j'accepte en lui souriant aimablement.

Je traverse sans précipitation la salle de restaurant et je descends d'un étage pour me rendre aux toilettes. C'est avec un véritable soulagement que je retire le jouet de mon ventre.

Mon string est trempé, je préfère l'enlever lui aussi. Je le glisse dans une pochette que la prudence m'a conseillé d'emporter dans mon sac. Je rince rapidement l'œuf et le fourre dans ma poche.

Quand je sors de là, Philippe est adossé près des vestiaires, il a l'air furieux.

— Dis-moi que c'est une blague, grogne-t-il quand j'arrive à sa hauteur.

— Quoi donc ?

— Mon grand-père prétend que tu as… c'est du bluff, n'est-ce pas ? Il ne t'a pas vraiment fait jouir ?

Son hésitation sur les mots m'amuse mais sa colère me rebute un peu. Il est formidablement beau ainsi. L'air farouche lui va bien. Pour un peu, je prendrais plaisir à le fâcher rien que pour l'admirer.

— Non, pas cette fois !

Un éclair illumine son regard identique à celui de son aïeul là-haut. Je sais qu'il doute et il a bien raison. Je complète sur un ton des plus sérieux.

— C'est toi qui m'as fait jouir aujourd'hui !

Une expression stupéfaite passe sur son visage si parfait.

— Je n'y crois pas, me défie-t-il.

Je retire l'œuf encore humide de ma poche pour lui coller dans la main.

— Maintenant, si tu en doutes encore, demande donc la télécommande à ton grand-père, j'aboie en tentant de le planter là bêtement, mais il se ressaisit vite et m'attrape le bras.

— Pourquoi fais-tu ça ?

— Paul te l'a dit, pour la beauté du geste… et pour le plaisir.

Il secoue la tête d'un air incrédule et émet un rire qui ressemble à de la désapprobation.

— Maintenant, si cela te dérange, vois ça avec lui ! Je doute cependant qu'il t'autorise à porter un jugement sur quelque chose qui le concerne exclusivement.

— Parce que ça ne te concerne pas, toi ? s'offusque-t-il en se dressant face à moi, si près que son haleine balaie mon visage.

— C'est entre lui et moi.

— Oh bien sûr, il bande en te regardant te masturber la nuit, il s'amuse à te faire jouir à table. Par hasard, est-ce qu'il te baise aussi ?

Je me raidis sous son nez et je soutiens son regard. Ma voix, heureusement, ne me trahit pas.

— Et toi ? N'étais-tu pas derrière la fenêtre de son bureau hier pour savoir ça ? N'as-tu pas appuyé sur le bouton de la télécommande alors que j'avais insisté pour que tu ne le fasses pas ? (Je le vois serrer les mâchoires, je touche au but.) Et par hasard, est-ce que ça ne t'exciterait pas au point de bander, toi aussi ?

Nous sommes si près l'un de l'autre que je suis bien certaine qu'il sent la chaleur de mon corps contre le sien. Ma poitrine effleure le fin tissu de sa chemise. Je lui oppose un regard de défi et je le vois se troubler. Je récupère l'œuf dans sa main et ma voix se fait caressante.

— En tout cas, merci... pour ce soir ! Je pense qu'il vaudrait mieux pour nous deux que nos chemins ne se croisent pas trop souvent.

Il me dévisage avidement avec l'air de souffrir. Il lève tout à coup la main vers ma joue et je lis dans ses yeux son désir évident de m'embrasser. Je m'écarte avec prudence. S'il savait à quel point j'en crève d'envie ! Les consignes de Paul sont claires cependant, il est encore trop tôt.

Quand Philippe nous rejoint à table après quelques minutes, il a visiblement fait l'effort de se contenir. Il s'excuse de son absence du bout des lèvres et évite soigneusement mon regard.

Quant à moi, je suis allée à la pêche à la Kaitline. En quelques mots, j'ai sorti la jeune fille de sa torpeur et nous discutons comme de bonnes amies sous l'œil complice et amusé de Paul. Ce dernier saura patienter jusqu'à demain pour avoir mon rapport exhaustif de ce qui s'est passé au sous-sol, je ne suis pas inquiète.

La fin de ce dîner reste un peu tendue entre le jeune homme et moi. En sortant du restaurant, tandis que Paul me donne le bras, il s'étonne bizarrement et sèchement que Kaitline vienne se glisser contre lui et s'en écarte sans ménagement. Vexée, elle se renfrogne de son côté.

Le trajet du retour est seulement troublé par le vrombissement du moteur et des quelques tentatives de conversation entre les deux hommes à l'avant.

Je décline aimablement la proposition de Paul de venir prendre un dernier verre chez lui et je m'éloigne vers ma maison. Ce dîner a été une épreuve pour moi. J'ai tellement de mal à jouer le rôle désagréable qu'exige Paul. J'ignore si c'est la bonne solution. Philippe semble résister bien mieux que prévu.

Tout en réfléchissant, je monte dans ma chambre et je me déshabille. Le rideau n'est pas tiré et j'aperçois la lumière du bureau. J'y distingue assez nettement la silhouette de Paul assis et celle de son petit-fils, qui fait des allées et venues. L'heure des explications de texte probablement !

J'allume ma lampe de chevet et en revenant de la salle de bains, un peu plus tard, je constate que le bureau est plongé dans le noir. Par contre, l'éclairage extérieur à l'arrière-cuisine est allumé.

Intriguée, je vais à ma fenêtre, Philippe est dehors, pas très loin. Il arpente lentement le chemin dans le jardin, les mains dans les poches et la tête basse. Mon apparition à la fenêtre attire son attention, nos regards s'accrochent alors je m'écarte et je tire résolument le rideau.

*

* *

— Nous sommes sur la bonne voie, je les ai entendus se disputer, cette nuit. Aucun d'eux n'est encore descendu ce matin, me confie Paul tandis que je sirote mon café, assise à son bureau après lui avoir raconté de manière exhaustive et reçu ses félicitations.

— J'ai vu votre petit-fils déambuler dehors hier soir, dis-je, sans que ce soit une surprise pour lui.

— Le poisson a mordu à l'hameçon, ma chère, nous n'avons plus qu'à le ferrer doucement et à le ramener sur la berge.

— Je suis l'hameçon, je boude avec humour.

Paul m'adresse un regard pétillant de malice.

— Un hameçon superbe et terriblement efficace. Philippe et moi avons eu une discussion en rentrant.

Il se tait, ménage ses effets, attend que je le supplie et sourit, satisfait, quand j'entre dans son jeu.

— Figure-toi que je me suis fait passer un savon. Il trouve anormal que je joue avec toi. Il m'a demandé franchement si nous étions allés plus loin.

— Que lui avez-vous dit ? m'enquiers-je, inquiète.

— La vérité, Mina, à une exception près, tu t'en doutes ! Je crois qu'il vaut mieux que Philippe ne sache jamais que j'ai été un jour ton professeur particulier. Par contre, il n'ignore pas que je prends plaisir à vivre près de toi, à te regarder jouir. Je lui ai même confié que tu me faisais de nouveau bander et que ça n'avait pas de prix pour moi.

— Comment a-t-il réagi ?

— Je crois que j'ai gagné le match par KO, s'esclaffe Paul en croisant les doigts sous son menton. Philippe a concédé, un peu confus, que j'avais finalement raison et qu'il te trouvait lui aussi particulièrement intelligente, brillante et surtout très attirante. Il m'a confié sa version de votre affrontement dans les vestiaires. Un coup de génie, ma chère, ton conseil de se tenir éloigné de toi. Il a très mal pris le fait que tu te sois soustraite à son envie de t'embrasser, je peux te dire qu'il en conçoit une vive amertume. Il prétend ne pas savoir ce qui l'a pris, une pulsion qu'il regrette. Je l'ai approuvé, tu penses bien, en lui rappelant très judicieusement qu'il est venu accompagné de sa petite amie.

— Ça a dû lui remettre les idées en place !

Paul tique en secouant la tête.

— Mina, ne me fais donc pas cette injure de ne pas me connaître ! Comme si je pouvais le laisser croire qu'il avait raison !

J'ouvre des yeux ronds.

— Pardon ?

— Je lui ai fait remarquer que ta fenêtre était éclairée, sourit-il d'un air narquois. Et je n'ai guère eu besoin d'ajouter quoi que ce soit. Il est parti assez furieux. Je l'ai entendu rentrer un bon moment plus tard et aussitôt, les éclats de voix m'ont appris que Philippe n'envisageait plus d'annoncer ses fiançailles.

— C'est donc terminé ?

Paul dément de la tête.

— Non, ça n'est qu'une étape. Je veux que cette fille reparte définitivement au Canada. Et surtout, je veux que Philippe envisage sérieusement de rester ici.

— En avez-vous parlé avec lui ?

— Vaguement. Ses études se terminent. Il n'a pas très envie de poursuivre son cursus. Mais il est encore trop tôt, pour le moment, il est perdu. Laissons-le encore mariner. Occupons-nous plutôt de cette jeune et innocente Kaitline. Tiens, me dit-il en me tendant une carte de crédit. Emmène-la partout où elle voudra. Crédit illimité ! Éblouis-la, séduis-la ! Qu'elle ne jure plus que par toi.

J'empoche la carte de crédit et j'acquiesce.

— Y compris les services de la Société ?

— Surtout les services de la Société. Mélanie sait que tu passeras dans l'après-midi, tu peux compter sur sa discrétion.

— Très bien ! Et si nous nous mettions au travail en attendant qu'ils daignent se montrer ?

Paul apprécie mon humour et s'installe à mes côtés.

*

* *

Il est 13 heures quand Kaitline émerge. Je la retrouve seule dans la cuisine, elle a une mine fatiguée et a perdu son habituel enthousiasme. Pas de Philippe à l'horizon. Tant mieux !

Je lui rappelle que nous devions faire une virée shopping entre filles. En tout état de cause, j'insiste sur le fait que ça lui ferait du bien. Elle retrouve aussitôt le sourire.

Quelques minutes plus tard, nous partons bras dessus bras dessous vers les grands magasins où j'ai l'intention de l'étourdir. Il fait un temps estival pour un mois de mars, nous préférons profiter du soleil en marchant tranquillement.

Chemin faisant, nous parlons chiffons. Si Kaitline s'habille comme un sac, elle apprécie néanmoins les jolies choses. Elle me répète qu'elle me trouve super élégante. Je lui mens un tout petit peu en lui disant qu'elle vaut probablement autant que moi, dans son genre.

Sur un ton amical, je cherche à savoir comment Philippe et elle, si différents, ont pu envisager un beau jour de se marier. Elle me dit que Philippe est le meilleur ami de son cousin et que c'est comme ça qu'ils ont passé beaucoup de temps à faire la fête. Elle évoque en riant les endroits où les garçons l'ont fait entrer avant qu'elle n'y soit légalement autorisée.

Pendant longtemps, Philippe l'a considérée comme une bonne copine amusante et un peu remuante. Puis, un matin, ils se sont réveillés tous les deux dans le même lit sans se souvenir trop bien de ce qui s'était passé, une soirée terrible, un joint et la gueule de bois assurée. Ça a fait comme un électrochoc, Philippe s'est soudainement aperçu qu'elle était une fille pas trop mal et elle était soulagée qu'il la voie autrement qu'un pote. Dès lors, ils ont fait l'amour en toute conscience et puis voilà !

Nous arpentons les boutiques, Kaitline s'émerveille de tout, je dois souvent arbitrer entre plusieurs de ses coups de cœur. Je l'enveloppe de mille soins, je la fais parfumer, maquiller légèrement et elle retrouve ainsi un peu de sa féminité. Ça n'a pas l'air de lui déplaire.

Elle s'accroche facilement à mon bras et nous nous amusons comme des adolescentes. Entre deux éclats de rire et des achats, je la cuisine aux petits oignons sans qu'elle s'en aperçoive vraiment. Je lui livre en échange quelques confidences qu'elle apprécie.

Il est près de 17 heures déjà quand je décide de prendre la direction de la boutique. Il est temps de jouer le grand jeu.

Mélanie nous accueille, tout sourire. Elle nous accompagne au salon d'essayage et nous propose quelques robes d'été. J'accepte et la renvoie d'un geste discret qu'elle a parfaitement compris.

Kaitline et moi sommes seules avec un portant entier de tenues rien que pour nous. Le piège se referme sur l'infortunée canadienne qui n'en croit pas ses yeux.

Je prends l'initiative de me déshabiller la première en ouvrant une discussion très orientée. Je dis que je l'envie d'avoir un homme dans son lit pour la faire jouir à loisir. Elle grimace un peu et je réclame de savoir pourquoi. Elle se décide tout à coup comme on confesse une faute.

— Comment ça, tu ne sais pas ? je m'insurge, faussement incrédule et chagrinée. Mais Kaitline, tu sais quand même si tu jouis, non ?

Elle rougit sous ses cheveux trop blonds. Elle ressemble à une enfant prise en flagrant délit de quelque chose de honteux. Je m'approche d'elle, je caresse sa joue brûlante, elle me dévisage d'un air éperdu.

— Tu as l'air si malheureux, Kait, je lui susurre tendrement. Si tu me disais ce qui ne va pas ?

— C'est... Phil ! On s'est engueulés cette nuit.

Je la prends dans mes bras et elle se laisse étreindre en se réfugiant timidement sur ma gorge nue. Elle respire profondément comme pour trouver contre ma peau le réconfort dont elle a besoin. Je m'enhardis et je caresse ses cheveux si courts. Enfin, je l'écarte un peu et j'embrasse sa joue, plusieurs fois, de plus en plus près de ses lèvres. Elle se laisse griser.

Sous le tee-shirt vert ignoble qu'elle a ôté, elle porte un soutien-gorge en coton bleu extrait d'un rayon enfant. Sa poitrine est si petite que je ne saisis pas l'intérêt de cet accessoire. Je laisse traîner le bout de mes doigts sur ses épaules.

— Tu es pourtant si… désirable, je murmure tout doucement.

Elle m'adresse un regard affolé de pauvre chaton.

— Je te fais peur ? j'interroge gentiment.

— Oh… non, se défend-elle en plein désarroi.

Je la reprends contre moi, la cajole.

— Laisse-toi aller !

Elle ne rechigne pas quand je lui retire tout à fait son soutien-gorge inutile. Elle me dévisage, les yeux écarquillés, mais ne m'arrête pas pour autant.

Je lui souris et je l'admire d'un air gourmand. Ses seins disparaissent sous mes paumes. Je ne me souviens pas d'avoir été ainsi un jour. Mes seins se sont développés si vite que je doute d'avoir jamais eu le temps de porter un soutien-gorge comme le sien.

Je me penche lentement sur elle et je lèche délicatement ses tétons qui pointent aussitôt. Elle se cambre un peu, offrant ostensiblement son buste à mon appétit. Elle gémit quand je la tète plus vigoureusement. Elle est à ma merci, adorable victime !

Pour l'encourager à aller plus loin, je pose mes lèvres sur les siennes, elles sont tremblantes. Elle se colle à moi. Je profite donc de son abandon. Ma main droite descend jusqu'à son slip de coton tout humide. Je jubile. J'appuie légèrement sur son entrejambe, elle pousse un profond soupir.

Je quitte ses seins pour lui ôter sa petite culotte et je l'entraîne sur le canapé rouge au milieu du salon. Elle se laisse asseoir et n'offre pas plus de résistance quand j'écarte ses cuisses pour m'installer confortablement devant elle.

Je caresse doucement son pubis couvert d'une épaisse toison blonde et souple. Je promène innocemment mon doigt au bord de son vagin, elle mouille bien. Elle se raidit et gémit quand mon index la pénètre. Je lui intime alors le silence mais, au premier coup de langue sur son clitoris, elle décolle du canapé en braillant. Je la repousse dans le fauteuil en lui clouant le bec d'un baiser et je me glisse à son oreille pour lui murmurer plus crûment.

— Donne-moi ta jolie chatte, Kait, je vais te montrer ce qu'est le plaisir.

Elle devient pivoine et se récrie qu'elle ne peut pas faire ça. Je suis obligée de réagir. Je force sa bouche tandis que mes doigts s'immiscent dans son entrejambe humide. Elle pousse une plainte étouffée et écarte plus grand les cuisses, vaincue.

J'ai désormais carte blanche. Je m'agenouille donc devant son sexe offert et je lui donne un coup de langue appuyé, doux et chaud. Elle a un long gémissement qu'elle essaie pourtant de contenir. Je lui pose sa propre main sur la bouche.

— Tu aimes ? je lui demande, amusée.

Incapable de dire un mot, elle approuve de la tête et m'adresse un regard suppliant. Dès lors, je ne lui laisse plus aucun répit. Je me souviens trop bien de la manière dont Jill s'est emparée de moi et j'applique sa leçon avec le même succès.

Il me plaît d'aimer une femme. Ma langue torture sans relâche son clitoris pendant que mes doigts fouillent son vagin. Elle étouffe ses cris dans son poing serré. Je soude ma bouche à son sexe, je la suce fortement, son clitoris palpite sous ma langue quand l'orgasme l'emporte.

Kaitline se tord sur le canapé en couinant sans pouvoir s'en empêcher. Je m'arrête. Elle est à bout de souffle et me regarde avec des yeux perplexes de poupée. Des larmes brillent à ses paupières.

— Ce n'est rien, Kait, j'assure à voix basse. Tu as seulement joui !

Elle peine à reprendre ses esprits. Je la dorlote entre mes bras d'un geste rassurant.

— Je… n'ai jamais ressenti ça avant, avoue-t-elle dans un murmure.

— Mais Philippe ? j'insinue en feignant la plus grande surprise.

— Oh… *no*, réfute-t-elle aussi sec. Je ne suce pas, lui non plus ! Je trouvais ça… répugnant ! Mina, comment je vais faire maintenant ? implore-t-elle, effondrée.

— Tu sais où me trouver.

Mon insinuation fait l'effet d'une bombe dans son regard noyé.

Je gage qu'elle ne sera pas longue à revenir vers moi, l'œil pétillant et la chatte humide.

Elle s'enhardit et me donne ses lèvres à baiser.

C'est malin, je mouille maintenant !

*

* *

Deux jours après cette escapade sensuelle, Paul est aux anges. Les disputes entre les tourtereaux éclatent comme des orages dans un ciel d'été, sans prévenir et violentes.

Paul m'explique que le jeune homme paraît enfin s'intéresser de près aux éditions qui font la fierté de sa famille. Il passe plus de temps en compagnie de son père, qui en est ravi. Il n'a toujours pas annoncé ses éventuelles intentions de fiançailles, ni à l'un, ni à l'autre.

Paul estime néanmoins qu'il faut donner un petit coup de pouce supplémentaire au destin. Il me prévient qu'il va réquisitionner son petit-fils pour la journée, charge à moi d'occuper agréablement Kaitline.

Je m'inquiète de la réaction de Philippe, j'ai peur qu'il se méprenne. Paul me rassure en m'affirmant que ce sera la dernière fois que je dispenserai mes faveurs à la jeune fille. Bien que cela me laisse hautement dubitative, j'acquiesce et je le laisse tendre son piège machiavélique.

Le lendemain, je suis convoquée au bureau de Paul en tout début d'après-midi. Lorsque j'entre, je trouve les deux hommes assis près de la bibliothèque. Philippe se lève poliment pour me saluer. Ça fait trois jours que nous nous évitons soigneusement. Il est un peu plus détendu et me sourit. Je me montre aimable, ça semble le surprendre.

Paul m'annonce qu'il emmène Philippe aux éditions Peyriac. Il m'indique par la même occasion qu'il a laissé sur le bureau un dossier avec ses notes et ses corrections et que je n'ai pas vocation à m'ennuyer durant son absence.

Dans un style très professionnel et vaguement ironique, je l'en remercie. Je discerne l'éclat rieur qui anime le regard de Philippe braqué sur moi. Je récupère le dossier dont le contenu ne devrait pas m'occuper plus d'une heure. Paul fait tout à coup mine de se souvenir d'une dernière recommandation.

— Kaitline ne nous accompagne pas, m'explique-t-il. Philippe lui dira que tu es là si elle a besoin de quelque chose ou si elle s'ennuie. Tu n'y vois pas d'inconvénients ?

— Aucun ! Je serai chez moi, elle n'aura qu'à passer si elle le souhaite.

— Elle en sera sûrement contente, assure Philippe. Elle ne parle plus que de toi.

— C'est vrai qu'on s'est bien entendues en faisant les boutiques, je fais d'un air détaché.

Paul nous abandonne quelques minutes en prétextant chercher ses clés. Philippe profite de cette occasion trop belle pour la laisser passer.

— Tu réussis bien à te cacher, dit-il d'une voix plus basse.

— Me cacher ?

Il approche de moi lentement mais reste prudemment à quelques pas.

— Je n'ai pas eu l'occasion de... m'excuser depuis vendredi soir, hésite-t-il inhabituellement.

— Je n'attendais aucune excuse et je ne me cachais pas, je précise en mentant à peine.

— Alors, comment expliquer ta soudaine disparition de la table de mon grand-père ou tes horaires bizarrement aménagés pour que tu ne sois plus présente quand j'arrive ?

Je soutiens son regard dans lequel je distingue un éclat de colère. Je reste, pour ma part, la plus calme du monde.

— Je ne voudrais pas que tu imagines que tu y es pour quelque chose. C'est juste parce que ça m'arrange comme ça.

— Est-ce que tu m'en veux toujours ?

Je réprime un sourire moqueur. Le moment est venu de la mise au point.

— Je ne t'en veux pas. Je regrette simplement que tu le prennes si mal. Entre ton grand-père et moi, les choses sont claires, simples et bien définies. Nous nous entendons bien, nous prenons plaisir à travailler ensemble, à partager un quotidien qui, jusque-là, était triste et monotone. Je lui ai rendu une petite part de vie et de joie, il m'apporte tellement en retour. Avec lui, j'ai appris plus en quelques semaines qu'en deux ans d'études. Paul me comprend mieux que personne et oui, ça va jusqu'au plaisir qui me manquait et qu'il me donne par procuration. Je comprends que cela puisse te choquer, j'en suis désolée. Il cherche juste à te montrer qu'il a retrouvé la joie de vivre, mais je ne suis qu'un alibi, Philippe. La vérité, c'est que toi, tu lui manques terriblement.

Il se tient face à moi, raide, sonné. Son magnifique visage porte le masque de la consternation. Ses beaux yeux bleus me dévisagent comme si je venais de lui dire la plus atroce des vérités. Un bruit dans le couloir le tire de sa stupeur.

— Tu devrais aller prévenir ta fiancée et le rejoindre, je lui conseille.

Il fronce les sourcils d'un air mécontent.

— Est-ce que tu accepterais plus facilement mes remerciements que mes excuses ? me demande-t-il.

J'émets un petit rire.

— Non, je ne crois pas !

— Je m'en doutais, affirme-t-il en approchant un peu plus de moi. Mon grand-père a une chance extraordinaire de t'avoir trouvée. Et s'il fallait que je sois jaloux de quelque chose, ce ne serait pas de voir que tu occupes auprès de lui la place qui aurait dû être la mienne et que j'ai désertée, mais plutôt de voir à quel point tu l'aimes et combien tu lui es loyale.

Ses paroles éveillent une alarme en moi.

— Je n'ai jamais cherché à te remplacer ici, je plaide vivement. C'est impossible, Philippe. Paul t'aime par-dessus tout. Moi, il m'apprécie pour ce que je lui apporte.

— Tu te trompes, Mina. Paul t'aime énormément et je le comprends.

Je le dévisage, un peu troublée. Il lève la main vers moi et caresse ma joue du bout des doigts. Son contact m'électrise. J'arrête aussitôt son geste.

— Tu devrais aller voir Kaitline, lui dis-je avec prudence.

Il serre les mâchoires et se ferme. Je m'empare de mon dossier et je m'échappe hors de sa portée.

— Est-ce que tu vas continuer à m'éviter ? m'interpelle-t-il avant que je sois sortie.

Je m'arrête dans ma fuite et me retourne vers lui. Son air contrarié m'ennuie.

— Je crois que ça vaut mieux, je réponds très calmement.

— Je te fais peur ?

Je retrouve dans sa voix grave et sourde et dans ses insinuations le même comportement de fauve que chez son grand-père. Je sais alors que mon intérêt est de dire la vérité.

— Oui.

— Pourquoi ?

— Parce que tu prends des risques dont tu n'as pas pesé les conséquences, ni pour toi, ni pour Kaitline.

— Et toi dans tout ça ? remarque-t-il judicieusement.

Je baisse la tête mais ma voix ne tremble pas.

— Moi, je ne dois rien à personne. Je suis libre, Philippe, pas toi ! C'est un service que je te rends.

Il accuse le coup en secouant la tête.

— C'est encore des remerciements que tu attends ? fait-il entre ses dents.

— Non, je ne tiens pas à être un sujet de discorde.

Je fais taire ma conscience qui me rappelle que je suis en train de mentir de manière éhontée avant de m'éloigner.

— Mina ? me retient-il encore.

Je me retourne de nouveau et il me sourit un peu tristement.

— Merci !

Je hoche la tête et je m'enfuis, le cœur serré. Je n'ai plus envie de le torturer. J'aimerais que cette comédie prenne fin.

Je cherche Paul avant qu'il s'en aille pour lui faire part de mon refus de faire encore souffrir Philippe mais je ne le trouve pas. Au moment où je franchis la porte du garage, j'aperçois leur voiture qui s'engage déjà dans l'avenue. Tant pis, j'assumerai donc seule ma décision.

Je regagne ma maison et me mets au travail. Kaitline frappe à ma porte deux heures plus tard. Elle s'extasie de mon intérieur en faisant le tour des pièces comme une enfant dans un magasin de jouets. Je lui propose un café qu'elle accepte.

Elle porte une robe légère, pas de soutien-gorge de toute évidence. J'évite soigneusement de parler de Philippe. D'ailleurs, elle ne semble pas y tenir elle non plus. Elle s'intéresse à mon travail, me pose quelques questions sur ce que je fabrique à longueur de journée dans le bureau de Paul. J'essaie de lui expliquer de mon mieux.

Elle m'avoue que Paul lui fait peur et qu'elle a dit à Philippe qu'elle ne l'aimait pas du tout, ce qui leur a valu leur plus grande dispute. Elle se plaint du fait que Philippe ait changé en revenant à Paris.

Je tâche de minimiser l'importance de cet éclat mais je crois bien qu'elle s'en moque. Elle s'est assise tout près de moi et a posé sa tête sur mon épaule. Elle réclame d'un coup de voir ma chambre et je la précède sans enthousiasme dans l'escalier. Elle tourbillonne entre la salle de bains qu'elle juge fantastique et mon lit sur lequel elle se laisse tomber, les bras écartés. Elle me tend la main en boudant.

— Nous sommes que toutes les deux et bien tranquilles, insinue-t-elle.

Je reste debout, à l'écart d'elle.

— J'ai du travail, Kait !

Elle bondit du lit et vient se couler contre moi. Cette fois, c'est elle qui me caresse.

— Tu ne m'aimes plus ?

— Ça n'a rien à voir.

Elle minaude, me taquine les seins. L'image de Philippe me hante. Brusquement, c'est de lui dont j'ai envie, pas de sa petite amie. Je la repousse. Alors, elle soulève sa robe et la fait passer par-dessus sa tête puis elle se colle nue contre moi.

— Je pense à toi tout le temps, clame-t-elle. J'ai envie que tu me fasses l'amour, que tu me fasses encore jouir. Je t'aime, Mina, tu sais ! Je t'aime vraiment.

Sa bouche cherche la mienne, je détourne la tête. Sa déclaration me met mal à l'aise. Je voudrais me défaire de son étreinte mais elle se frotte à moi lascivement.

Sans trop savoir encore comment me sortir de ça, je la repousse sur mon lit et je lui dis d'attendre une seconde que je ferme le rideau, contrairement aux recommandations de Paul. Et c'est précisément en allant à la fenêtre que je constate que la Mercedes est garée devant l'entrée.

Instinctivement, mes yeux se portent vers la fenêtre du bureau. Paul a réussi son coup. Ils sont là, tous les deux, à n'avoir rien perdu du spectacle. Sans bouger du carreau, je me retourne vers Kaitline qui se caresse ostensiblement, les jambes grandes ouvertes devant moi.

— Philippe est rentré, je l'avertis sans ménagement.

— *OH NO !* beugle-t-elle en se redressant comme un ressort.

Elle se rhabille en hâte et dégringole l'escalier. Je reste à la fenêtre tandis que j'entends la porte d'en bas se refermer en claquant. De mon poste d'observation, je vois Kaitline traverser le chemin gravillonné et rentrer par l'arrière-cuisine.

Il ne reste qu'une seule silhouette à la fenêtre d'en face, celle de Paul, qui doit être ravi à cet instant.

Une boule douloureuse me noue la gorge. Je tire le rideau d'un geste rageur et je redescends noyer mes scrupules dans le travail.

*

* *

Le lendemain, j'apprends que Laurence a préparé la chambre d'ami pour Kaitline. Paul jubile et me félicite. Selon lui, tout a marché comme sur des roulettes. Je lui objecte que je n'ai rien fait d'extraordinaire. Il s'en moque, Philippe a vu sa fiancée se jeter nue à la tête d'une autre fille. Quoi de plus stupéfiant ?

— Philippe ne mérite pas ça, lui dis-je, mécontente.

Paul me dévisage d'un air que je connais bien. Je secoue la tête, déjà vaincue.

— Tu es tombée amoureuse de lui, n'est-ce pas ? soupçonne-t-il.

Je hausse les épaules, il vient y poser la main d'un geste paternel. Mon cœur me fait mal dans ma poitrine, je me sens… dégueulasse.

— Tu as tort de t'en vouloir, Mina. Tu rends un très grand service à Philippe, mais aussi à cette jeune fille. Tu lui as permis de s'apercevoir qu'elle allait commettre une erreur en épousant ce garçon. Par ailleurs, il ne m'a pas semblé que Philippe en soit particulièrement affecté, si tu veux savoir.

J'en suis complètement abasourdie. Il lève un sourcil évocateur avant de reprendre.

— Certes, il était en colère comme le serait tout un chacun en découvrant qu'il s'est trompé sur la personne qu'il croyait aimer, mais il a néanmoins remarqué à quel point tu étais digne de confiance.

— De confiance, moi ? Vous plaisantez ?

— En ai-je l'air ? réplique sèchement Paul, dont les accents menaçants me calment aussitôt.

— Comment peut-il estimer que je suis digne de confiance en voyant sa petite amie se vautrer à mon cou ? je rouspète quand même.

— Il a surtout vu la résistance que tu lui as opposée, affirme-t-il, très sérieux. Je n'en attendais pas moins de toi.

— Quoi ?

Son air calme et déterminé me laisse ahurie. Une fois de plus, je me sens un jouet entre ses mains machiavéliques.

— Je ne suis pas entièrement sénile, très chère ! Comment aurais-tu eu envie de baiser Kaitline après la petite entrevue que tu as eue avec Philippe ?

— Vous avez tout entendu ?

— Non, Philippe m'a raconté. Je savais que je pouvais compter sur ta loyauté. Je pense qu'il va bientôt être temps de conclure notre affaire. Kaitline a quitté la chambre de Philippe, je ne vois pas ce qui empêcherait ce dernier désormais de vouloir occuper la tienne.

— Mais…

Paul me lance un regard qui me cloue le bec.

— Ne joue pas les ingénues, je sais que tu en as envie autant que lui. Laissons donc faire ce jeune homme pour voir comment il se débrouille.

— Je suis dispensée de manœuvrer ?

— Tiens-toi encore à bonne distance de lui ! Évite aussi Kaitline, inutile de se compliquer la tâche. Reste chez toi tant que je te le dirai, je m'occupe de tout, ricane-t-il. J'ai bien envie de tester mon petit-fils. Je gage qu'il ne tiendra pas deux jours.

— Vous êtes vraiment surprenant, dis-je, admirative.

— Venant de toi, je prends ça comme un compliment, sourcille-t-il.

— S'il engage la partie ?

— Tiens-moi au courant discrètement !

— D'accord. Mais vous savez que je risque d'aimer ça ?

— J'y compte bien, répond-il, énigmatique à souhait.

Un bruit de pas dans le couloir nous ramène à un sujet plus professionnel, ma tante Laurence passe en coup de vent nous prévenir que la petite canadienne est sortie toute seule.

— Grand bien lui fasse, rétorque Paul. Paris n'est pas plus dangereux que Montréal !

— Je crois qu'elle était furieuse, ajoute ma tante un peu inquiète. Philippe m'a avertie qu'il dînait chez son père, vous le saviez ?

— Oui ! Moi aussi. Vous êtes libre pour la soirée, Laurence. D'ailleurs, si vous avez quelques loisirs, prenez donc des jours de congé. Vous me ramènerez deux cartons de votre si bon vin de Bourgogne en revenant, si vous voulez bien.

Je vois le sourire apparaître sur le visage de ma tante. Nul doute que ce diable d'homme connaît parfaitement bien son monde et sait comment manipuler chacun. Quand il constate le regard de Laurence sur moi, il s'empresse d'ajouter d'un air malicieux.

— Je garde votre nièce en otage au cas où vous songeriez à ne pas revenir.

— Oh, je ne m'inquiète pas, je sais qu'elle est si bien chouchoutée ici qu'elle ne songe même plus à visiter ses parents.

— Tu embrasseras Papa et Maman pour moi, je lui recommande en reconnaissant ma négligence.

— Ça ne remplace pas, Mina, réplique-t-elle.

— Ta tante a raison, se moque légèrement Paul. Il faudra que je songe à te renvoyer !

— Oh, je n'ai pas dit ça, se presse de se défendre Laurence.

Je ne peux m'empêcher de rire, tout comme Paul, que l'affolement de ma tante réjouit.

— N'ayez crainte, Laurence, Mina m'est trop précieuse.

— Oh… vous n'êtes pas gentil de me faire des tours ainsi, le morigène-t-elle, soulagée, avant de refermer la porte.

Nous entendons ses pas s'éloigner, je respire.

— Te voilà débarrassée d'une autre préoccupation, n'est-ce pas ? devine-t-il.

— Vous avez fait un stage chez Lucifer ?

— Je te donnerai quelques cours si tu veux, sourit-il.

*

* *

Durant une journée encore, je parviens à fausser compagnie à tout le monde. Depuis mon nid, j'entends çà et là quelques allées et venues qui doivent être celles de Bernard, mais je me garde de montrer le bout de mon nez sans le signal de Paul.

En fin de matinée, je reçois enfin le coup de fil qui me libère.

Au moment de traverser le chemin, le signal sonore de la grille d'entrée me fait tourner la tête. À ma plus grande consternation, Philippe et Kaitline partent ensemble, à pied. Ils se tiennent la main.

Mon cœur fait un bond dans ma poitrine. Je me sens brutalement triste.

Je gagne le bureau de Paul, dont l'humeur ne vaut guère mieux que la mienne.

— J'ai vu, je fais en entrant comme si je parlais d'une évidence.

— Cet imbécile prétend que tout est sa faute ! Kaitline et lui ont discuté longuement cette nuit et il assume de l'avoir négligée. Monsieur se sent obligé envers elle.

Paul est furieux et, pour une fois, ne cherche pas à contenir sa colère. Il arpente la pièce d'un pas nerveux.

— Elle a réintégré sa chambre ?

— Non, par chance !

— Vous savez ce qu'il envisage de faire ?

— Il m'a seulement dit qu'il voulait la distraire. Il regrette de ne pas lui avoir accordé assez d'attention depuis qu'il est là.

— Et... pour le reste ?

— Il n'a rien évoqué. Quel imbécile !

— Peut-être agit-il en ami ? je suggère en songeant à ce qu'Alain a fait pour moi.

Paul m'adresse un regard noir néanmoins rempli de l'espoir que j'aie raison. Il pousse un soupir et s'assoit enfin à son bureau.

— Je veux que tu le rendes complètement idiot, Mina ! Je veux que tu ne lui laisses pas la moindre chance de s'en sortir. Mets-le à tes pieds, qu'il ne s'en relève pas ! Pulvérise-moi cette sale gamine !

Son ordre menaçant me fait éclater de rire. Il lève un sourcil étonné par ma réaction mais finit par consentir un sourire. Nous pouvons dès lors passer à autre chose en attendant que je sorte l'artillerie lourde.

Je suis priée de mener la première charge au dîner, auquel Paul souhaite me voir. Tante Laurence doit pour l'occasion reporter son départ au lendemain. Elle n'en est pas fâchée pour autant. Elle a l'habitude des changements de dernière minute.

Quand j'arrive à la maison sur le coup de 20 heures, j'ai suivi le conseil de Paul, je porte une robe simple mais redoutablement efficace.

L'ambiance autour de la table est assez détendue, Kaitline a retrouvé le sourire. Elle raconte un peu naïvement sa visite au Louvre. Philippe a l'air d'assez bonne humeur, contrairement à son grand-père qui ne se force pas pour être seulement aimable.

Face à un Paul fermé, c'est moi qui mène la conversation. Petit à petit, Philippe ne s'adresse plus qu'à moi en me couvant d'un regard brûlant. Kaitline intervient de temps à autre en cherchant à me faire plaisir.

Voyant que la situation tourne largement à mon avantage, le maître de maison se déride enfin et le dîner se poursuit plus agréablement. Le regard de Philippe ne me lâche pas un instant mais il ne parvient pas à me faire douter. Je lui oppose une affabilité constante, sans faille. À la fin du repas, je décline le café et manifeste mon intention de rentrer chez moi sitôt après le dessert.

Philippe s'en montre contrarié mais il ne cherche pas à me retenir. Kaitline, elle, me rattrape dans la cuisine.

— Tout va bien ? je lui demande en résistant mal à ma curiosité. Vous vous êtes réconciliés ?

— On est redevenus amis, s'enthousiasme-t-elle en me laissant sur ma faim.

Je n'ai guère l'occasion d'en savoir plus, ma tante menace d'engager des volontaires pour la vaisselle. Je rentre donc, à moitié satisfaite. Une faible lumière s'allume quelques secondes plus tard dans le bureau de Paul. Je ne reconnais pas son habitude et pour cause, ce n'est pas sa silhouette que je devine postée à la fenêtre mais celle, plus svelte, de son petit-fils.

J'ignore si son grand-père le sait et peu m'importe à vrai dire. Les yeux bleus de ce garçon braqués sur moi, glissant dans mon décolleté durant toute la soirée, m'ont suffisamment échauffé les sangs pour que j'aie envie de le lui faire payer à ma manière.

Je ne tire donc pas mes rideaux et je gagne innocemment ma salle de bains. Je choisis dans ma penderie une nuisette blanche absolument scandaleuse de transparence et je regagne mon lit, équipée par ailleurs d'un des très amusants gadgets que m'a offerts Micky.

Je laisse ma lampe de chevet allumée, je me cale confortablement contre mes oreillers et je fais vagabonder mes mains sur ma poitrine. La dentelle de ma nuisette excite prodigieusement mes tétons sensibles. Je me cambre sous ma propre caresse. Mes mains pétrissent mes seins à m'en faire mal. Sous mes paupières closes, ce sont celles de Philippe que j'imagine s'emparant de moi.

Je dois presque lutter pour ne pas tourner la tête vers cette fenêtre de l'autre côté. De me croire observée me rend encore plus nerveuse. Le souffle court, j'écarte alors les jambes et mes doigts s'immiscent dans mon intimité déjà très mouillée. Cette fois non plus, je n'ai pas besoin de lubrifiant pour y engager le gode lisse et transparent.

J'ondule sous les impitoyables coups de boutoir que je m'inflige. Je halète en murmurant des « oui » d'encouragement qui m'échappent malgré moi. L'image de Philippe me hante, m'entraîne inexorablement vers un plaisir que j'appelle de tous mes vœux.

Je donnerai cher pour savoir ce qu'il pense du spectacle que je lui offre si généreusement, mais je n'ose pas regarder. Je m'abandonne à la griserie que me procure le jouet qui fouille mon ventre au rythme qui me convient.

Mes jambes s'écartent plus largement à mesure que le plaisir m'envahit. Je ne peux réprimer un râle sourd quand l'orgasme me saisit, brutal, et d'autant plus intense que c'est à Philippe que je songe en cette seconde. Puis je retombe sur mes oreillers, essoufflée.

J'attends encore quelques secondes, fébrile, avant de risquer un coup d'œil vers le bureau. La pièce est sombre, il n'y a plus de lumière. J'en éprouve comme une petite boule dans l'estomac. De la déception ? Je n'en sais rien.

J'ignore seulement si Philippe est resté jusqu'au bout. Je remise mon jouet et je ramène pudiquement le drap sur moi avant d'éteindre. Le sommeil me cueille sans que je m'en rende compte.

*

* *

Des coups frappés à ma porte me réveillent en sursaut le lendemain matin. Il est à peine 7 heures. Je me presse de me lever et j'enfile à la hâte un peignoir sur mon indécente nuisette avant de descendre, encore un peu endormie. Ma tante ronchonne, visiblement ennuyée, quand je lui ouvre.

— Excuse-moi, Mina, je ne voulais pas te réveiller mais j'ai besoin de ton aide !

— Qu'est-ce qui se passe ?

— Bernard n'est pas là ce matin, pourrais-tu venir m'aider avec cette maudite grille ? Le système est encore bloqué, il faut la refermer à la main.

Habituée à voir Bernard rafistoler le fameux système, je sais comment faire. Je réajuste mon peignoir avec prudence et j'accompagne ma tante au bout de l'allée. Sa petite voiture tourne au ralenti devant la grille.

Elle m'embrasse, me promet de saluer mes parents, s'installe au volant et démarre. Elle m'adresse un grand signe de la main avant de filer vers sa chère Bourgogne. Je referme rapidement la grille avant de remonter l'allée.

— Tu es bien matinale, me surprend soudain la voix grave de Philippe qui sort à ce moment-là de l'arrière-cuisine.

Je me ressaisis et lui fais remarquer que lui aussi. Machinalement, ma main resserre mon col sur ma poitrine. Il suit mon geste avec un sourire vaguement moqueur.

— J'ai entendu le départ de ta tante, je suis descendu voir.

Je frissonne sous le fin coton de mon peignoir et j'ouvre ma porte près de laquelle il se tient.

— Tu as déjà pris ton café ? je lui demande.

— Non !

— Je t'invite ?

— Volontiers, j'aurais enfin l'occasion de voir comment a été rénové cet endroit toujours aussi mystérieux pour moi.

Il entre sur mes talons et contemple la pièce tandis que je fais couler le café. Il s'attarde sur les livres qui débordent de mes étagères.

— Tu aimes presque autant les bouquins que mon grand-père, plaisante-t-il.

— Personne n'aime autant les livres que lui.

— Tu as appris des choses intéressantes sur lui en travaillant à ses mémoires ? interroge-t-il, curieux.

— Oui, des tas ! Tu veux du sucre ?

Il hoche la tête et je repars vers mon petit coin cuisine pour y verser le café lorsque j'aperçois Kaitline sortant de la maison d'en face et prenant la direction de la mienne.

— Kaitline sait que tu es ici ? je questionne, un peu inquiète.

— Non, pourquoi ?

— Parce qu'elle arrive !

Je me dirige vers l'entrée mais Philippe est plus rapide que moi. Il me plaque le dos contre la porte à laquelle il donne un tour de clé et sa main me ferme la bouche.

Dehors, nous entendons les pas de la jeune fille approcher puis elle frappe discrètement. Philippe me dévisage d'un air étrange. Mon cœur bat comme un fou dans ma poitrine, tant de surprise que d'émotion.

— Mina ? fait Kaitline à l'extérieur. Mina, tu es là ?

Philippe libère ma bouche, il n'y laisse que ses doigts qui se font caresse. Je le regarde, stupéfaite, sous le charme de ses prunelles qui sondent les miennes. Je n'ai aucune marge de manœuvre, et quand bien même en aurais-je une, je ne souhaiterais pas bouger pour tout l'or du monde.

Kaitline ne désarme pas, elle actionne la poignée derrière moi. Philippe secoue très légèrement la tête pour m'interdire de réagir et je lui obéis. Ses doigts relèvent mon menton, ses lèvres effleurent les miennes comme pour leur demander l'autorisation de les embrasser.

Mon cœur bat à tout rompre, je respire à petits coups tandis que Kaitline insiste. Lui s'en moque, on dirait que la présence de sa petite amie le stimule davantage. Je ferme les yeux, je me laisse emporter dans un tourbillon de sensations aussi douces que ses lèvres.

Kaitline s'attaque au carreau juste à côté de nous. Je sursaute quand elle y cogne en m'appelant. Philippe pose un doigt sur mes lèvres en m'enjoignant le silence. Ses paumes encadrent mon visage et nos bouches se soudent enfin l'une à l'autre. Je fonds d'un plaisir grisant quand sa langue cherche la mienne.

Les pas de Kaitline s'éloignent après une dernière tentative. Je le repousse à contrecœur. Il s'écarte à peine. Il a le sourire carnassier de son grand-père quand il sait qu'il a gagné une manche, et ce simple détail me ramène brusquement à ma mission.

— Pourquoi as-tu fait ça ? je gronde sans pour autant lever la voix, de crainte du retour de la jeune fille.

— Parce que j'en avais terriblement envie.

Sa franchise me déconcerte.

— Avec ta petite amie derrière la porte ? À quel jeu joues-tu, Philippe ? Kaitline doit te chercher partout.

— Ce n'est pas moi que Kait cherchait, me fait-il remarquer d'un ton provocateur. Elle se moque bien de savoir où je suis à cette heure-ci.

Je le regarde, sceptique. Il caresse ma joue tendrement.

— Tu as séduit tout le monde dans cette maison, m'accuse-t-il les sourcils froncés. Mon grand-père bande et Kaitline est amoureuse de toi.

— Qu'est-ce qui te permet d'affirmer une telle absurdité ?

Un éclair passe dans son regard et ses doigts soulignent lentement le contour de ma bouche.

— Kaitline m'a tout raconté. Je sais comment tu l'as fait jouir mieux que je n'ai jamais réussi à le faire. Kait ne veut même plus que je la touche, elle ne rêve plus que de toi.

L'habitude de jouer contre un adversaire coriace comme Paul me permet de reprendre vite mes esprits. Je devine que sa présence ici n'est pas fortuite, il a soigneusement attendu l'occasion idéale pour m'avoir seule face à lui et sans échappatoire possible. Je me suis jetée comme une idiote dans son piège. Philippe a de qui tenir, forcément ! Je dois donc faire face à un joueur plus adroit que je ne pensais.

— Qu'est-ce que tu es venu chercher ici ?

— Je cherche à comprendre.

— Il n'y a rien à comprendre, je réfute. Les choses sont arrivées comme ça. Kaitline a eu besoin de moi, elle m'a demandé un service et je le lui ai rendu, c'est tout, et ça n'est pas allé au-delà.

— J'ai pu m'en rendre compte par moi-même !

— Alors quoi ? je m'agace alors qu'il conserve tout son calme.

— Si je te demandais de me faire bander comme mon grand-père ou de me faire jouir comme ma petite amie, le ferais-tu pareillement ou continuerais-tu à jouer avec mes nerfs ?

Son attaque fuse, directe, déconcertante. J'ouvre des yeux dans lesquels il n'a pas de mal à lire l'inquiétude. Je sais d'un coup qu'il est resté derrière la vitre du bureau. L'éclat sauvage qui allume ses prunelles m'en donne l'assurance. Il est temps de passer aux choses sérieuses. Paul m'a demandé de le rendre idiot, eh bien soit !

— Inutile de réclamer un service que je rends déjà, je réplique, cinglante.

Il pose ses mains à plat contre la porte de chaque côté de ma tête, me rendant captive de ses bras. Il a un sourire aussi menaçant que séduisant.

— Tu es une créature dangereuse, Mina, déclare-t-il d'une voix sourde. Tu as foutu un beau bordel dans ma vie et quelque chose me dit que tu en es pleinement consciente.

Je ne me défends pas, c'est inutile. Ce serait lui faire insulte que de jouer les ingénues.

— Qu'est-ce que tu attends de moi ? je demande, faute de trouver un argument plus frappant. Que je parte de cette maison ?

— Ne sois pas idiote, tu sais pertinemment que mon grand-père s'y opposerait.

— Ce sont des excuses que tu espères ?

— Je pourrais en effet en exiger, car j'aurais toutes les raisons de t'en vouloir si je n'en avais pas davantage de te désirer.

Je le regarde avec prudence, son jeu ne m'apparaît pas encore assez clairement. Ses doigts reviennent souligner lentement l'ourlet de ma bouche.

— Je n'ai pas attendu que Kaitline m'en fasse l'éloge pour en avoir envie et tu le sais très bien, n'est-ce pas ?

— Dois-je te rappeler que tu es venu en France pour présenter ta fiancée à ta famille ?

Mes paroles lui arrachent un petit rire narquois.

— Ça ne t'a pas dérangée de le savoir et de la baiser, elle.

Sa réplique me laisse sans voix quelques secondes dont il jubile intérieurement.

— Si tu ne veux ni mon départ, ni mes excuses, qu'est-ce que tu veux au juste ? je me ressaisis très vite.

Sa main glisse le long de mon cou et, sans crier gare, Philippe ouvre brusquement mon peignoir. J'apparais alors dans toute ma splendeur.

Une chaleur presque insupportable m'envahit et je dois lutter contre moi-même pour rester impassible sous son regard incendiaire.

Je dois tenir !

Je me répète inlassablement ce conseil. Ce serait si facile et si tentant de succomber au désir qui me tord les entrailles en cet instant.

— C'est mon accord que tu attends ? j'interroge sans ciller.

— Ce serait une belle victoire pour toi, n'est-ce pas ? insinue-t-il, un sourire aux lèvres.

— Je crains de ne pas te suivre, je mens en cédant du terrain dans le duel qui nous oppose.

— Je crois au contraire que tu as parfaitement saisi. Mais puisque tu aimes me provoquer, Mina, continue donc ! souffle-t-il tout près de ma bouche qui s'entrouvre malgré moi. Je ne suis cependant pas certain de succomber le premier.

Son allusion très claire me pique au vif et me remet en mémoire tous les enseignements de Micky et de Paul. Je me redresse dignement devant celui que je pourrais en cet instant qualifier d'adversaire et je lui adresse un regard éloquent.

— La meilleure défense, c'est l'attaque. C'est ce que je dois déduire de ta présence ici ?

Mon ironie fait mouche. Philippe vient de comprendre que je ne serai sans doute pas aussi facile à convaincre que ça. Son orgueil s'en trouve fouetté. Il s'apprête à me répondre quand son téléphone portable se met à sonner dans sa poche.

Il s'écarte de moi en me clouant sur place de ses prunelles si semblables à celles de son aïeul et décroche, vaguement méfiant. Je devine à ses premières paroles que Kaitline le cherche.

Philippe désapprouve d'un soupir exaspéré. Il ne lui donne d'ailleurs aucune indication sur l'endroit où il se trouve et assure sèchement de son retour rapide.

Il raccroche en me surveillant tandis que j'attends patiemment, sans esquisser un geste. Puis il revient vers moi, tout près. Sa main se lève de nouveau vers ma joue. Je retiens mon souffle.

— Tu ne perds rien pour attendre et je te promets que nous reprendrons cette conversation un peu plus tard, avertit-il, presque menaçant.

— Je me tiens à ton entière disposition !

Ma réplique lui arrache un petit rire et il s'écarte vivement. Je reste plantée un moment à regarder la porte qui vient de se refermer sur lui. Mon cœur retrouve un rythme plus normal et je pousse un soupir de soulagement.

Fin de la partie !

Du moins, de cette manche-là !

*
* *

En ce vendredi, j'ai cours toute la journée à l'école. Ce petit interlude matinal m'a presque mise en retard mais je ne le regrette pas. Je ressasse les paroles de Philippe qui n'étaient autre chose que l'aveu de son désir.

J'en souris involontairement et mon attitude béate suscite la curiosité de Marion à mes côtés. J'invoque une rêverie qui ne me quitte pas et elle me croit. Ma chère copine a elle aussi des raisons de se réjouir, son Juju sera tout à elle ce week-end.

De fait, l'ambiance est légère et détendue. Même Alain, qui pourrait légitimement se plaindre d'être de nouveau célibataire, n'en éprouve aucun regret on dirait. Aussi, lorsque sonne l'heure de la sortie, personne n'a vraiment envie de rentrer. Une fois n'est pas coutume, j'accepte volontiers d'accompagner mes amis pour boire un verre dans le pub où nous avons nos habitudes.

Il est près de 19 heures quand je reçois un appel de Paul. Je suis contrainte de sortir du bar où règne un brouhaha sans nom pour pouvoir lui répondre. Il ne s'étonne pas de mon absence, elle était prévue de toute manière mais je le sens un peu inquiet. Je lui rapporte alors par le menu l'entrevue houleuse que j'ai eue avec son petit-fils.

— Très bien ! jubile-t-il. Je vais pouvoir préparer le terrain pour la suite. Il va être temps de porter l'estocade finale, Mina !

Je réprime un petit rire pour lui demander ce qu'il entend par là.

— Je te fais confiance, très chère, tu comprendras vite, affirme-t-il sur un ton énigmatique à souhait.

Je reconnais là son goût de la mise en scène et de la manipulation. Je n'insiste pas, je sais qu'il ne m'en dira pas davantage.

— J'aurais besoin que tu éloignes Kaitline pour la soirée, peux-tu me rendre ce service ? ajoute-t-il plus sérieusement.

— Que souhaitez-vous que j'en fasse ? j'interroge à toutes fins utiles.

— Ce que bon te semblera, l'essentiel étant que je dispose de Philippe, seul à seul.

— D'accord, je m'en occupe, je cède avec un peu de méfiance.

Paul m'en remercie et raccroche aussitôt. Je compose dans la foulée le numéro de la jeune fille qui s'étonne de mon appel avant de s'en réjouir.

— Je suis venue frapper chez toi ce matin, mais tu n'as pas répondu, m'accuse-t-elle sans paraître m'en vouloir pour autant.

— Je ne t'ai pas entendue, je devais être sous la douche, je prétexte innocemment.

Kait rit de bon cœur, encline visiblement à croire mes mensonges.

— Une petite soirée avec des amis, ça te tente ? je lui demande.

— Oh, le grand-père de Philippe veut qu'on aille dîner chez son fils.

Je comprends soudain la manœuvre orchestrée par mon cher employeur. Le pauvre Philippe risque d'être soumis à rude épreuve ce soir.

— Mais j'avoue que je n'ai pas du tout envie de ça, ajoute-t-elle avec un ton de dégoût.

— Eh bien, tu n'as qu'à me rejoindre, je me charge de prévenir Paul et Philippe si tu veux !

Kaitline tombe encore une fois toute crue dans mes filets et accepte avec enthousiasme. Je lui donne l'adresse du pub et le moyen le plus rapide d'y parvenir. Elle prend bonne note et promet de se presser en me remerciant vingt fois.

Je me hâte d'avertir Paul par SMS et je regagne l'assemblée bruyante de mes amis. Moins d'une demi-heure plus tard, la blonde canadienne se faufile à notre table. Elle a revêtu pour l'occasion une salopette d'un vert pomme stupéfiant sous laquelle elle porte un tee-shirt déformé qui ne cache pas grand-chose de sa poitrine d'adolescente.

Passé le cap de la surprise générale face à son allure incroyable, elle est rapidement adoptée par tout le monde. Elle devient même l'objet principal de toutes les curiosités et de toutes les attentions, ce qui la flatte et l'enchante.

J'observe la scène avec amusement. La pauvre Kaitline est peut-être d'une naïveté affolante, mais son charme étrange et sa bonne humeur font des ravages. Même Alain ne reste pas indifférent à ma jolie victime et la contemple parfois avec un drôle d'air gourmand. Je commence tout doucement à réaliser comment Philippe a pu se laisser séduire.

Les heures passent dans une franche gaieté. Nous dînons tous ensemble autour de quelques verres de bière que Kaitline apprécie plus que de raison. Mes mises en garde n'y font pas grand-chose et je la vois avec consternation s'enfoncer dans une euphorie alcoolisée. Connaissant par avance son redoutable penchant, je décide d'abréger la soirée avant qu'il ne soit définitivement trop tard.

Kaitline proteste bruyamment en se pendant au cou d'un Alain qui regarde ça d'un œil tout aussi sceptique que moi à présent. Compatissant devant ma moue ennuyée, il se propose très gentiment de nous ramener en voiture, ce que j'accepte avec soulagement. Me balader dans les rues de Paris avec une extraterrestre imbibée et titubante, non merci !

Je dois lourdement insister pour qu'elle consente à sortir du bar. Elle ne cède à ma supplique que parce que je lui promets de la câliner. Alain me lorgne avec un sourire moqueur mais se garde heureusement de commentaires déplacés.

Je réussis à enfermer « E.T. » à l'arrière de la voiture de mon ami et je m'installe à l'avant tandis qu'il démarre.

— D'où tu la sors, celle-là ? me demande-t-il, rieur.

— Trop long à t'expliquer ! j'élude, peu désireuse de m'épancher sur le sujet.

— Mina, je t'aime ! ulule Kaitline derrière en me tendant une main que je repousse gentiment. Je vais rester à Paris avec toi.

— Je ne crois pas que Philippe apprécierait, je réfute sous le regard inquisiteur de notre chauffeur.

— Philippe, il s'en fout, lance-t-elle en chantonnant. Il ne veut plus de moi… tu sais ce qu'il veut ? Hein ? insiste-t-elle en se redressant de la banquette où elle s'était affalée.

— Non, je n'en sais rien, je soupire sans me retourner.

Elle ricane bêtement et se penche sur ma nuque.

— C'est toi qu'il veut, me dit-elle avec l'assurance de l'ébriété.

Alain me jette un coup d'œil étonné.

— Tu as trop bu, Kait, je gronde sans afficher la moindre émotion.

— Je sais ce que je dis… je le connais, bredouille-t-elle. Dis, Mina, tu m'aimes hein ?

— Je crois que tu as sérieusement besoin de dormir.

— Je peux dormir chez toi ? réclame-t-elle sur un ton mielleux qui m'agace.

— Je te propose d'abord de rentrer, j'esquive, tandis qu'Alain, à côté, se marre de me voir me dépêtrer de cette collante affaire.

— Qu'est-ce que tu lui as fait pour la rendre dingue de toi à ce point ? chuchote-t-il, moqueur.

— La même chose qu'à toi ! je réponds aussi sec et sans humour.

Il marque une seconde de silence avant d'éclater d'un rire sonore qui entraîne celui de Kaitline à l'arrière, qui ne sait pourtant pas la cause de cette brusque hilarité.

Je hausse les épaules mais je ne peux contenir mon sourire. La présence d'Alain me soulage. Je me demande bien ce que j'aurais fait de cette jeune inconsciente.

Alain se gare juste devant la propriété des Peyriac en poussant un petit sifflement approbateur.

Les lumières de la maison sont allumées, ses habitants sont donc rentrés. Je consulte machinalement ma montre.

23 h 15 ! Ce n'est pas la mort !

Je m'apprête à remercier Alain avant de descendre quand Kaitline jaillit de la voiture en riant. J'aperçois alors Philippe qui sort de l'arrière-cuisine et qui vient à sa rencontre.

— Qui est-ce ? interroge mon chauffeur, intrigué.

— Son fiancé.

— Celui qui veut te baiser ?

Je le dévisage, interloquée, puis je souris en penchant la tête.

— Bien possible ! j'admets.

— Et toi ? Ça te dit ?

— C'est très tentant.

Un sourire un peu triste se dessine sur les lèvres d'Alain, il caresse ma joue du bout des doigts, tendrement.

— Il a bien de la chance, souffle-t-il.

— Je n'en suis pas aussi sûre que toi, je soupire.

— J'ai parfois du mal à te comprendre, Mina.

— Oui, moi aussi ! je concède en riant pour cacher les doutes qui m'assaillent tout à coup. Je te remercie en tout cas, pour ce soir. Je commence à t'être drôlement redevable.

— J'ai comme l'impression qu'il ne sera plus question de me remercier comme tu sais si bien le faire, devine-t-il.

Je ne réponds rien, je pose ma main sur la sienne qui me caresse. Je n'ai pas besoin d'ajouter quoi que ce soit, Alain a compris.

Je me hisse vers sa bouche et j'y dépose un baiser furtif. Il ne cherche pas à me retenir. Il acquiesce à mon « bonne nuit » et je descends rapidement.

Philippe m'attend, les mains dans les poches, près de ma maison. Il a l'air furieux.

— Où est Kait ? je m'inquiète en ne voyant plus trace de la jeune fille.

— Elle est montée se coucher, répond-il sèchement.

Je sourcille en songeant avec soulagement au fait que je n'aurais pas à défendre ma porte et mon lit.

— Je suis désolée, elle n'est pas... facile à raisonner, je risque un peu timidement face à son attitude presque hostile.

— Je le sais bien, aboie-t-il.

— Si ce sont mes excuses que tu attends, je suis prête à te les présenter cette fois. J'ai cru bien faire en proposant cette sortie à ta fiancée.

Mes paroles plutôt sincères ne le font pas rire. Ses prunelles claires me foudroient malgré la nuit.

— Qui était-ce ? me demande-t-il en désignant du regard la grille du parc devant laquelle Alain était garé. Ton petit ami ?

Son ton sec et désagréable me fait plus plaisir qu'autre chose. L'éclat de colère que je distingue sans mal dans son regard fixé sur moi ressemble à s'y méprendre à de la jalousie.

Philippe n'a pas encore acquis la maturité qui donne à son grand-père un avantage considérable sur ses pauvres victimes. À côtoyer Paul quotidiennement, j'ai appris tous les rouages de cette belle et redoutable mécanique. Il ne m'aura pas si facilement. Sans un mot, je contourne l'obstacle de son corps qu'il m'oppose encore une fois et j'ouvre ma porte avec la petite clé que j'extirpe de ma poche.

— Ça te dérange à ce point de me répondre ? insiste-t-il avec plus de douceur en comprenant qu'il n'obtiendra rien de moi de cette façon abrupte.

— Alain n'est pas mon petit ami, je soupire d'un air malicieux.

— Vous avez l'être de bien vous entendre, insinue-t-il.

— C'est normal, il est l'un de mes sex-toys.

J'observe en jubilant intérieurement la stupeur qui marque les traits magnifiques de son visage, et je lui souris aimablement avant de lui souhaiter une bonne nuit et de refermer ma porte sans autre forme de courtoisie.

*

* *

— Je t'attends pour le petit déjeuner !

L'invitation de Paul au téléphone ne souffre pas la contestation. Je raccroche en me demandant bien ce que me vaut ce réveil en fanfare. Il est juste un peu plus de 9 heures, pour un samedi, c'est plutôt acceptable.

Est-ce à cause de la soirée d'hier ?

Peu importe après tout, je finirai bien par le savoir. Je m'empresse de me préparer et, dix minutes plus tard, je franchis le seuil de la grande maison bourgeoise qui paraît endormie en l'absence de ma tante. Le sourire chaleureux de Laurence et son habitude de chantonner de vieilles ritournelles romantiques en œuvrant à sa tâche font qu'on se sent accueilli. Dans la cuisine déserte aujourd'hui, seul le chuintement de la cafetière amène une pauvre animation. Je me hâte de rejoindre le salon où je me sais attendue.

À ma plus grande surprise, Philippe est là. Instinctivement, je ressens comme une tension entre lui et son grand-père qui m'adresse son regard des grands jours, celui qui augure d'une détermination sans faille.

Ce dernier me verse sans attendre une tasse de café avec un sucre qu'il me regarde touiller en silence. Philippe n'est guère plus disert.

Afin de briser cette atmosphère un peu lourde à mon goût, je m'inquiète le plus gentiment possible de l'absence de Kaitline.

— Vu l'état dans lequel elle est allée se coucher, je doute qu'elle quitte son lit avant le début d'après-midi, marmonne son petit ami en se concentrant sur son café.

— Dans ce cas, je propose que nous nous rendions ce matin aux éditions Peyriac, lance tout à coup Paul avec fermeté.

J'ai un peu de mal à saisir ce qui se passe dans cette pièce, mais je vois Philippe secouer légèrement la tête d'un air las de désapprobation.

— Je n'ai pas changé d'avis depuis hier, soupire-t-il à l'adresse de son grand-père qui semble, lui, bien décidé à faire selon ses désirs.

— Je ne te demande pas ton avis cette fois mais j'aimerais beaucoup connaître celui de Mina, si tu n'y vois pas d'inconvénient !

La réplique de Paul fait mouche et Philippe me regarde avec prudence.

— Puis-je savoir de quoi il s'agit ? je me risque dans ce débat animé.

— Pierre et moi avons essayé de convaincre ce jeune entêté de revenir en France pour travailler au sein de notre maison d'édition. Mais au lieu de prendre enfin sa place légitime parmi nous, il préfère gaspiller son temps à Montréal.

— Je n'ai pas le sentiment de gaspiller mon temps, réagit son petit-fils, visiblement excédé par l'obstination que met son aïeul à le décider. J'ai encore un examen à passer, et en septembre, je commence à bosser dans un cabinet de juriste.

— De ce point de vue-là, Philippe, Paris vaut bien Montréal, réplique Paul. Ton père apprécierait nettement plus que tu mettes tes compétences juridiques au service de notre maison plutôt que d'aller t'enfermer dans un cabinet minable de la banlieue de Montréal pour gagner tout juste de quoi payer ton loyer.

— Qu'est-ce que tu en sais ? se défend le jeune homme, interloqué.

— J'en sais que j'ai mené ma petite enquête, mon garçon. Sois sérieux une minute ! Je n'ai pas d'autre héritier que toi et tu as atteint l'âge auquel j'ai commencé à assumer pleinement mes responsabilités de chef d'entreprise, il serait temps que tu y songes.

— Ce n'est pas aussi simple...

— C'est très simple, au contraire ! coupe sévèrement Paul. Mais laissons cela, puisque tu ne veux pas entendre, je dois donc me tourner vers d'autres projets. Ma chère Mina, je requiers tes compétences ce matin.

Je sourcille en passant de l'un à l'autre de ces messieurs. Philippe a l'air tout aussi décontenancé que moi par l'étonnante diversion de son grand-père. Je reprends cependant mes esprits plus vite que lui.

— À quel sujet ?

— Nous prévoyons d'effectuer certains travaux de modernisation dans l'immeuble qui abrite les éditions Peyriac, je voudrais avoir ton avis là-dessus.

— Si je peux vous être d'une quelconque utilité, j'en serai ravie.

— Bien que cela ne t'intéresse pas, Philippe, souhaites-tu nous accompagner ?

L'évidente et mordante ironie de ces paroles en aurait dissuadé plus d'un d'accepter cette invitation, mais Philippe n'est pas du genre à se laisser impressionner. Il m'adresse un coup d'œil méfiant et se décide brusquement.

— Je monte prévenir Kait de notre départ, dit-il en se levant de table.

Paul acquiesce sans afficher la moindre émotion. Il attend que Philippe soit suffisamment éloigné et me sourit enfin d'un air qui en dit long sur ses manigances.

— Qu'en penses-tu ? me demande-t-il.

— Que mijotez-vous au juste ?

— Je ne me contenterai pas d'une demi-victoire, très chère ! Je veux que Philippe nous rejoigne définitivement. Je n'ai pas bâti tout cela pour voir mon seul héritier s'en détourner avec désinvolture.

— Philippe n'est pas désinvolte, je plaide doucement. Il est encore jeune.

— Mina, sourit Paul avec indulgence. Tu as déjà accompli la moitié de ta mission, ne m'abandonne pas en si bon chemin ! Je suis certain que tu as tout à y gagner toi aussi.

— Que voulez-vous dire ? je réclame, soupçonneuse.

— Que de fiançailles excentriques, il n'en est plus question ! jubile-t-il.

Je le dévisage, aussi stupéfaite que réjouie.

— Philippe et Kait...

— Ils ont officiellement rompu, oui ! Philippe m'a annoncé ça hier déjà, rayonne mon machiavélique employeur. C'est la raison pour laquelle j'ai jugé le moment venu de l'aborder sur ce sujet des éditions. Il est cependant plus buté qu'un âne !

— Il a de qui tenir !

Mon interlocuteur m'adresse un regard malicieux avant de poursuivre.

— Je dispose cependant d'un atout supplémentaire, insinue-t-il.

— Que dois-je faire ? je demande en lui faisant ainsi part de mon accord.

— Je t'ai préparé le terrain. Maintenant, si vraiment tu aimes ce jeune imbécile et que tu veux qu'il reste ici, c'est le moment de commettre quelques indiscrétions et de mettre en œuvre ce que tu as appris à mes côtés.

— C'est-à-dire ?

— Tu comprendras très vite, répond-il, un sourire narquois aux lèvres.

Dans l'escalier, les pas rapides de Philippe mettent un terme à notre conciliabule. Comme prévu, Kaitline n'entend pas quitter son lit et se moque bien de notre absence. Son ex-petit ami n'en a pas l'air désolé pour autant. Il nous accompagne sans rechigner jusqu'au garage et accepte avec un vif plaisir de conduire la Mercedes dont son grand-père lui cède les clés.

*

* *

Pierre nous accueille avec un grand sourire. Le directeur des éditions Peyriac nous fait même l'honneur de la grande salle de réunion où s'étalent plusieurs plans d'architecte sur les tables. De toute évidence, ces travaux, c'est du sérieux.

Je constate que Philippe ne s'attendait pas à cela non plus. Un éclat de jubilation passe dans le regard de son grand-père quand il le voit se pencher sur ces documents avec un intérêt non feint.

— Pourquoi ces travaux ? interroge-t-il finalement en se redressant face à son père.

— Les locaux n'ont pas connu de rénovation sérieuse depuis des lustres, explique Pierre. Et puis, ton grand-père attendait que tu te sois décidé pour choisir entre ces différents projets.

Philippe se tourne vers Paul, qui lève un sourcil évocateur.

— J'ai parlé à ton fils ce matin, confirme ce dernier avec un ton maussade.

Pierre hausse alors les épaules d'un air impuissant en comprenant l'inutilité de cette démarche.

— Je vois que tu as eu autant de succès que moi ! C'est dommage et je le regrette, soupire-t-il. Dans ce cas, que faisons-nous ?

— Mina, viens, je t'en prie ! exige Paul en m'offrant son bras.

Paul m'entraîne tout droit vers son bureau. L'immense pièce où, jadis, le prestigieux directeur des éditions Peyriac prenait ses décisions n'est plus guère utilisée. Pierre a préféré conserver son propre bureau au bout du couloir. Tout est cependant resté en place, comme si Paul l'avait quitté la veille.

Celui-ci lance un regard nostalgique à sa table de travail et je sais à quoi il pense. Il recouvre ma main posée sur son bras de la sienne, puis il s'écarte pour aller s'asseoir quelques instants en fermant les yeux dans son ancien fauteuil de président.

Je reste silencieuse dans mon coin tandis que Philippe et Pierre, curieux, nous rejoignent. Paul s'adresse alors à son fils, qui attend toujours sa réponse au sujet des travaux.

— C'est dommage, en effet ! estime-t-il d'un air découragé. Ce bureau lui aurait bien convenu. Mais puisqu'il ne servira à rien, autant faire de la place, tu pourras convoquer l'architecte pour voir ce qu'il a à proposer pour le transformer.

— Si c'est vraiment ce que tu veux, je m'en occuperai lundi, approuve Pierre, résigné.

Philippe encaisse sans broncher. Paul pousse un soupir puis se lève d'un bond.

— Après tout, ça ne sert à rien de remuer le passé. La nostalgie ne me vaut rien, marmonne-t-il en venant vers moi à grandes enjambées. J'ai encore quelques détails à voir avec Pierre. Je ne serai pas très long, soyez gentils de m'attendre un moment, tous les deux.

Philippe acquiesce tandis que Paul se penche à mon oreille.

— Tu as un quart d'heure, chuchote-t-il à voix si basse que je suis seule à pouvoir entendre.

Un frisson parcourt ma colonne vertébrale et mon sang s'accélère brutalement dans mes veines au point de me faire rougir. Au coup d'œil que je lui lance, Paul devine que j'ai parfaitement saisi.

Il me sourit puis s'éloigne rapidement en fermant soigneusement la porte derrière lui, nous laissant, Philippe et moi, en tête à tête.

Celui-ci reste un peu stupéfait par cette sortie théâtrale. J'attends qu'il se ressaisisse sans bouger.

— Il est furieux, grommelle-t-il tout à coup en se dirigeant vers la table.

— Non, il est triste, je corrige avec assurance.

— À cause de moi ?

— En partie.

Philippe m'observe avec une lueur de soupçon dans le regard.

— Si tu me disais ce que tu sais ? réclame-t-il enfin.

— Assieds-toi ! je lui dis en désignant le fauteuil. Je vais te faire l'honneur d'un passage qui ne sera pas publié dans les mémoires de ton grand-père.

Il obtempère en affichant une mine intriguée.

— Oh… ça devient intéressant, ricane-t-il.

— Plus que tu ne le penses !

— Eh bien, je t'écoute.

Je prends une courte inspiration avant de me lancer dans le récit des confidences que Paul m'a autorisée à dévoiler.

— M. Peyriac était si épris de la très belle Béatrice de Domfort, je commence innocemment, que le jour de leur mariage, aux serments traditionnels, il a ajouté le plus sincèrement du monde qu'il ne laisserait jamais rien passer avant sa tendre épouse. Celle-ci s'est fait fort de lui rappeler son serment d'une manière tout à fait personnelle et très efficace.

— Comment ? s'impatiente mon auditeur.

Je m'approche très lentement de lui en ondulant légèrement sur mes talons hauts. Un vague sourire naît sur les lèvres de Philippe, qu'il essaie vainement de retenir.

— Ta grand-mère venait ici, sans prévenir, peu importait le jour, l'heure ou les rendez-vous de son mari. Elle entrait dans le bureau et fermait la porte. Ton grand-père était assis à cette même place que tu occupes en ce moment.

Je m'arrête en face de lui. Philippe recule un peu son siège et me contemple avec autant de méfiance que d'intérêt. Ses prunelles pétillent étrangement.

Je ménage mes effets et cela fonctionne au-delà de mes espérances, je suis convaincue qu'il bande. Je prends appui contre le bureau derrière moi avant de poursuivre comme si de rien n'était.

— Elle s'installait ici, sur ce bureau, belle et provocante. Béatrice était généralement nue sous sa robe.

Mes paroles font l'effet d'un détonateur. Philippe se lève d'un bond et, comme la veille avec mon peignoir, il ouvre ma robe sans manière aucune. Je retiens mon souffle une seconde tandis qu'il contemple en fronçant les sourcils le sublime ensemble de lingerie noire que je porte.

— Tu n'es pas nue, constate-t-il d'une voix grave et étrangement rauque.

— Je ne suis pas ta grand-mère !

Ma réplique cinglante lui tire un sourire.

— Sais-tu comment elle a séduit Paul avant cela ? j'interroge très sérieusement.

— Non, mais je sens que tu vas me le dire.

Privilégiant le geste à la parole, je me redresse face à lui et je m'empare de son sexe gonflé au travers de son pantalon avec aussi peu d'égards qu'il en a eu à me déshabiller. Philippe a un vif sursaut, mais il se reprend très vite et me poignarde d'un regard d'acier que j'apprécie énormément.

— Je comprends que ce ne soit pas dans les mémoires, en convient-il dans un souffle.

Je le relâche, juste le temps pour moi de défaire sa ceinture et de déboutonner son pantalon. Philippe se fige, mais ne m'arrête pas pour autant. De toute évidence, il n'y croit pas encore. Ses yeux bleus sont emplis d'un doute magnifique à voir. Ce n'est que lorsque j'extrais enfin son sexe de sa cachette qu'il réalise.

— Mina... quelqu'un pourrait...

Je lui adresse un regard de défi et je descends lentement à ses genoux. Je savoure de constater sa stupeur.

Philippe honore bien la réputation familiale des Peyriac, il possède un sexe superbe qui, en cet instant, se dresse fièrement devant ma bouche. Mon désir en est vigoureusement fouetté, mais ce n'est pas encore mon heure.

Au premier baiser que je pose sur son membre dur, Philippe émet un petit râle incrédule. Je lève les yeux vers lui. Il a largement perdu de son assurance et me contemple, tétanisé. Il est véritablement sublime.

Mon cœur cogne un coup sourd contre mes côtes et j'ai tout à coup envie de lui donner le meilleur de moi-même. Je veux qu'il comprenne surtout ce que je ressens véritablement pour lui.

Leçon numéro un ! Voyons si le petit-fils est à la hauteur du grand-père.

Ma langue humide et chaude le lèche délicatement puis, soutenant son regard inquiet, j'entrouvre mes lèvres sur son gland lisse et si tentant.

Je perçois son raidissement, mais il ne peut faire autrement que de s'abandonner à ma bouche qui se referme sur lui. Je l'enferme dans la plus délicieuse des prisons. Je m'empare de lui, lentement, inexorablement.

Il renverse sa tête en poussant un petit gémissement. Il frémit quand j'entame un savoureux va-et-vient. Il parvient ensuite à mieux maîtriser ses émotions et profite enfin pleinement de la douce torture que je lui inflige. Tandis que je le suce avec une rare application, il se retient de bouger. Sa main vient se poser sur ma tête dans un geste que je devine instinctif.

Les circonstances inconvenantes et terriblement troublantes ne jouent cependant pas en sa faveur. Je perçois déjà l'issue du soin que je prends à lui donner du plaisir. Je voudrais le retenir pour mieux le convaincre, mais un quart d'heure est vite passé et je n'ai pas pris la précaution de vérifier l'heure à ma montre.

Ma poigne se resserre autour de son sexe. Il va jouir, je le sens aux légères contractions sous mes doigts. Mes lèvres se font encore plus impitoyables et ma langue le caresse.

Philippe se cambre brutalement et son sperme jaillit dans ma bouche, épais et abondant. Il a un goût moins amer que je ne le craignais. L'air ébloui avec lequel il me regarde me plaît tout autant.

Quand je le relâche enfin, il m'attire contre lui. Son cœur bat une chamade infernale dans sa poitrine et sa respiration est chaotique. Il pose ses doigts sur mes lèvres en me dévisageant comme si j'étais la huitième merveille du monde.

J'éprouve en cette seconde une joie qui n'a d'égale que le désir qui me harcèle. Mon corps est en flammes et il suffirait d'un rien pour que je succombe, là, maintenant.

Hélas, ce très cher Paul se plaît à tirer encore les ficelles et les bruits en provenance du couloir me font brutalement revenir à la réalité.

Je repousse vivement Philippe qui s'empresse de se réajuster, tout comme moi. Quand la porte s'ouvre, nous sommes sagement assis l'un en face de l'autre. Rien ne pourrait laisser deviner ce qui vient de se passer entre nous, si ce n'est le regard flamboyant qu'il porte désormais sur moi.

Paul affiche une placidité à toute épreuve, comme s'il n'éprouvait aucun doute sur l'affaire. Seul un petit éclair joyeux allume ses prunelles inquisitrices quand je me contente d'un sourire évocateur.

*
* *

Paul n'entend pas rendre les choses trop faciles à son cher petit-fils. À croire qu'il a décidé de lui faire payer son obstination. Il me soustrait habilement à la moindre tentative d'approche du jeune homme.

Je me vois ainsi cantonnée pour le reste de la journée du samedi dans le bureau de la maison où il me fait la dictée de ses souvenirs.

Résigné, Philippe s'est finalement rabattu sur Kaitline, qui a enfin daigné quitter son lit, et tous les deux sont partis en balade.

— Que faisons-nous maintenant ? j'interroge Paul après lui avoir fait le récit plus ou moins exhaustif de mes exploits.

— J'ai pu constater que tes talents ont fait des merveilles, se réjouit-il en connaisseur. Philippe a bien du mal à s'en remettre. Je connais mieux que personne la saveur d'un souvenir tel que celui que tu lui as laissé en cadeau ce matin. Il en redemandera, il en voudra même davantage maintenant qu'il y a goûté. Ceci dit, j'ai encore besoin de quelques jours pour voir aboutir le projet auquel je pense. Il ne s'agirait pas de précipiter inutilement les choses.

— Comme vous voudrez, Paul ! je concède, un peu déçue.

Mon perspicace maître pose sa main sur la mienne en sondant mon âme de ses yeux perçants.

— N'aies crainte, Mina, assure-t-il. Tu disposeras de Philippe comme tu le souhaites. Je ne réclame que le droit d'user encore un peu du calendrier afin que tes réjouissances servent aussi mes intérêts.

— Je ne suis pas inquiète, j'affirme en m'amusant de ses propos. Je suis seulement… impatiente.

— Dois-je en conclure que mon petit-fils est à la hauteur de tes espérances ? me taquine-t-il.

— Vous aviez raison, il vous ressemble en tout point.

— Dans ce cas, tu ne perds rien à attendre encore un peu, insinue-t-il d'un air espiègle.

— J'ai appris aussi la patience auprès de vous, je saurai lutter contre mes élans.

— Je n'en attendais pas moins de toi !

— Concrètement, que dois-je faire ?

— Je me charge de tout. Tu n'auras qu'à te plier aux événements. Je veux que tu achèves ce jeune inconscient, qu'il n'ait plus que toi en tête au point d'en oublier tout le reste.

— Je tâcherai de faire de mon mieux.

Ma malicieuse repartie fait sourire Paul. Une lueur passe sur ses traits mais il ne dit rien. C'est inutile de toute façon. Je sais.

*

* *

Au dîner qui nous réunit le soir autour de la grande table de la salle à manger, Kaitline affiche un franc sourire. Cette fille ne se réveille décidément qu'à partir de 20 heures. Elle évoque avec enthousiasme la soirée de la veille et m'interroge sans vergogne sur mes amis, faute d'avoir pu le faire avant.

Philippe est assis en face de moi. Il reste étonnamment silencieux. Quelque chose me dit qu'il apprécie d'obtenir ainsi des informations que je ne lui aurais probablement pas données autrement.

Il me couve d'un regard qui n'échappe pas à son grand-père, qui se garde bien d'intervenir dans cet échange. Le marionnettiste s'efface sur la scène.

Je joue le jeu, bravant la contemplation insistante de Philippe avec la même provocation que j'ai acquise en défilant devant Paul en sous-vêtements. Ses leçons n'ont pas été vaines.

Sur le conseil discret du maître de maison, je décline aimablement le café d'après-dîner et je débarrasse rapidement la table. Paul retient judicieusement son petit-fils durant ce temps-là, laissant ainsi à la seule Kaitline l'occasion de m'approcher.

La jeune fille en profite pour s'excuser un peu timidement de son comportement de la veille. Je lui assure que je ne lui en tiens pas rigueur et elle s'en montre soulagée.

L'état de ses relations avec Philippe me taraude et j'apprécierais d'apprendre leur rupture de sa bouche. Hélas, je crains de ne pas me sentir suffisamment adroite ce soir pour lui soutirer cette confidence sans faire aveu de mes propres sentiments. Aussi je m'en abstiens et m'empresse de m'enfuir.

Je remarque la lumière qui s'allume dans le bureau de Paul quelques minutes après mon retour chez moi. Derrière la baie vitrée, je distingue sans mal les silhouettes des deux hommes. Ils ont l'air de discuter tranquillement.

Mon cerveau est en ébullition. Je me sens un peu perdue.

J'ignore où Paul nous mène les uns et les autres. Seules la confiance et la tendresse que je lui porte m'incitent à lui obéir aveuglément.

Au fond de moi, quelque chose me dit que je n'ai pas d'autre choix, de toute façon. J'ai vendu mon âme à un drôle de diable.

Je gagne ma salle de bains, je prends une douche bien chaude pour détendre mes muscles un peu tendus et je me glisse enfin sous ma couette. Alors que je m'apprête à éteindre ma lampe de chevet, j'entends tout à coup ma porte s'ouvrir au rez-de-chaussée. J'étais pourtant certaine de l'avoir verrouillée.

Je n'ai que le temps de me redresser dans mon lit que Philippe apparaît au seuil de ma chambre après avoir grimpé l'escalier en courant. Devant ma légitime indignation, il exhibe alors le double de ma clé.

— Ton cher Paul a eu la gentillesse de me donner ce précieux sésame, dit-il, plutôt fier de son effet de surprise.

Ben voyons !

Cela aurait été plus simple de me prévenir, encore que là, pour la peine, j'en tombe vraiment des nues. Chapeau, l'artiste !

— Et que me vaut cette visite nocturne ? je demande en relevant pudiquement le drap sur ma poitrine que dissimule à peine ma nuisette en dentelle.

— J'ai réclamé le droit de venir te remercier personnellement de m'avoir aussi bien éclairé sur le passé de M. Peyriac, déclare-t-il sans ciller.

— Et il a accepté aussi facilement que ça ?

— Si Paul avait pu te baiser lui-même, il l'aurait fait sans état d'âme et avec le plus grand plaisir, s'esclaffe Philippe. Comment pourrais-tu croire qu'il me reprocherait de le vouloir, moi aussi ?

J'opte pour une moue boudeuse.

Il gagne cette manche-là.

— Si tu cherches une porte de sortie, Mina, je t'annonce que tu devras emprunter la fenêtre. Tu n'as aucun argument à m'opposer, si ce n'est celui que tu ne me désires pas.

Ses yeux sondent encore les miens avec tant d'avidité que je peine à les affronter cette fois. Je n'ai plus la force ni la volonté de repousser une échéance que mon corps et mon cœur appellent de tous leurs vœux. Je suis cependant incapable de formuler ça de manière aussi ouverte que ce qu'il attend. Une petite boule entrave ma gorge. Pour seule réponse, je repousse mon drap et je m'offre entièrement à son regard.

Philippe ne sourit plus. Son magnifique visage est tout à coup empreint d'une gravité étonnante. Il contemple un instant mon corps à moitié nu et offert puis, sans un mot, il approche de moi.

Mon cœur bat plus fort à chacun de ses pas. Mon ventre se réveille douloureusement. Je le regarde se pencher sur moi comme dans un rêve. Sa bouche se pose délicatement sur la mienne, me goûte, m'apprivoise. Je n'ose même plus respirer.

Contre toute attente, il ne force pas mes lèvres, mais ses baisers vagabondent sur ma peau, descendent dans mon cou, sur ma gorge. Sa bouche délicate effleure l'un de mes seins au travers de la fine dentelle, embrasse mon téton qui réagit vivement à son contact et continue son enivrant chemin.

Je réprime des soupirs à chaque baiser qu'il dépose au fur et à mesure de sa délicieuse excursion. Je suis son voyage, alanguie, sans me préoccuper de son but. C'est un tort !

Les lèvres de Philippe atteignent le bas de mon ventre sans pour autant s'arrêter. Je ne peux retenir un petit gémissement quand elles se posent sur mon pubis glabre.

Mon cœur fait des bonds dans ma poitrine à m'en faire mal. Sans se préoccuper de ma réaction, il écarte mes jambes et sa langue se pose, brûlante et horriblement douce, sur mon clitoris qui se réveille brutalement.

Jamais je n'aurais pensé qu'il oserait spontanément faire ça. Je pousse un faible cri qui lui arrache un petit rire. Mon audacieux visiteur remonte alors à ma bouche.

— Du calme, Mina, recommande-t-il. Laisse-moi donc découvrir ce que tu me caches si bien.

— Pourquoi fais-tu ça ? j'interroge, haletante, en songeant au fait qu'il n'est pas coutumier de la chose selon les confidences de celle qui partageait son lit jusque-là.

— Parce que j'ai envie de te donner autant de plaisir que tu m'en as donné. Ne me refuse pas ça, s'il te plaît !

S'il te plaît ?

Comment voudrait-il que je refuse ?

Sa demande est si câline, ses yeux bleus si déterminés, et mon sexe déjà si mouillé, que je ne saurais repousser si cruellement une telle proposition. C'est moi qui vais devenir complètement idiote si ça continue !

Je repose ma tête sur mon oreiller et je cesse de lutter. Philippe me sourit alors de son air carnassier et redescend aussitôt à l'objet de toutes ses attentions. Il m'embrasse de nouveau avant d'user de sa langue avec une précision infernale.

J'ignore où il a appris à faire une chose pareille. À moins que ce ne soit dans les gènes des Peyriac !

Il fouille mon sexe de mon clitoris à mon anus avec la même délectation. J'empoigne un oreiller dans lequel j'étouffe mes gémissements. Je m'y cramponne de toutes mes forces.

Philippe me lèche d'une manière très différente de celle de Jill. Il est plus déterminé, plus avide, presque brutal. C'est horriblement délicieux, c'est une brûlure, un tourbillon de sensations vertigineuses.

Mon corps se contorsionne malgré moi et c'est un hurlement que mon oreiller retient quand je jouis, au bord de l'affolement.

Philippe ne me relâche pas. Au contraire, il me boit avant de se redresser. Il a les traits tendus et le regard dur. Il déboutonne son pantalon sans me quitter des yeux, puis il écarte une nouvelle fois mes cuisses, qu'instinctivement j'ai resserrées, et me pénètre lentement.

Je défaille, terrassée par le plaisir qui se renouvelle aussitôt. Un long gémissement s'échappe de ma gorge malgré moi. Ma réaction lui plaît et il s'enfonce alors fougueusement au plus profond de moi.

J'ai du mal à comprendre pourquoi Kaitline n'apprécie pas ça, Philippe est plus que doué. En quelques minutes, il me conduit à son gré au bord d'un second orgasme, mais il s'arrête tout à coup et se penche à mon oreille pour murmurer d'une voix où pointent des accents joyeux.

— On dirait que tu aimes, Mina... tu es trempée !

— Ne t'arrête pas ! je halète, hagarde.

Mon corps est tendu comme un arc, je voudrais m'ouvrir plus si je le pouvais.

— J'adore quand tu me supplies, continue-t-il, perfide.

Je refrène un sourire vainqueur, autant qu'il pense que c'est lui qui gagne.

— Viens, je réclame en nouant mes bras autour de son cou.

Ses coups de boutoir déclenchent très vite de nouvelles décharges d'électricité entre mes reins. Lui-même ne contrôle plus rien, nous sommes soudés l'un à l'autre, guettant fébrilement l'instant où tout bascule.

Le plaisir nous poignarde à quelques secondes d'intervalle, mon orgasme torrentiel déclenchant le sien. Philippe éjacule violemment au fond de mon ventre.

Un masque douloureux crispe ses traits magnifiques. Le plaisir le rend farouche, plus beau encore, ses yeux lancent des flammes auxquelles je me consume.

Puis il s'écroule sur moi et sa langue cherche la mienne. Son baiser essoufflé dure longtemps. Il reste en moi, sur moi, me garde prisonnière de ses bras. Je me sens si bien.

*
* *

Les rideaux tirés font encore régner une douce pénombre dans ma chambre alors qu'au-dehors, le soleil est déjà levé depuis un moment. C'est dimanche, tout est tranquille. Ma tante est en Bourgogne et Bernard en repos. Pas un bruit !

Dans mon lit aux draps froissés, Philippe respire calmement tandis que ses doigts jouent avec une mèche de mes cheveux et que je somnole, la joue sur sa poitrine. Ma main repose sur son ventre joliment sculpté par quelques heures de sport hebdomadaires.

Nu, il est encore plus sublime que je l'imaginais.

— Tu vas sans doute me trouver complètement niais, mais c'est la première fois que je rencontre une fille qui jouit de cette façon, me dit-il tout à coup comme s'il avait longtemps retenu cette remarque.

— Peut-être parce que c'est la première fois que tu en fais jouir une ? je lui rétorque, vaguement moqueuse.

— Qui sait ? reconnaît-il sans humour.

Je relève la tête et pose le menton sur son torse pour mieux le regarder.

— Tu ne regrettes pas ? je lui demande, soucieuse.

— Tu plaisantes, j'espère !

— Non, pourquoi ?

Il me soulève et, m'allongeant sur le dos, il fait vagabonder sa main sur mon corps alangui.

— Je n'ai jamais éprouvé autant de plaisir de ma vie. Comment voudrais-tu que je regrette ? Au contraire, j'aime autant te dire que tu vas avoir les pires difficultés à te débarrasser de moi car j'ai très envie de...

Philippe s'interrompt, l'oreille aux aguets. Je me redresse contre lui et il pose aussitôt ses doigts sur ma bouche.

— Mina ? entend-on alors au rez-de-chaussée. Tu es là ?

Alarmée, je regarde Philippe. Il fronce les sourcils d'un air contrarié, mais ne quitte pas mon lit pour autant.

Dehors, Kaitline insiste une dernière fois avant de s'éloigner. J'entends ses pas sur le gravier de l'allée.

— Tu as raté l'occasion de t'enfuir en toute discrétion, je taquine son petit ami.

— Je n'avais pas l'intention de m'enfuir, affirme-t-il en me repoussant sur le lit. Je n'ai pas fini l'étude d'un cas tout à fait passionnant.

— Un cas passionnant ?

— Mmm, ronronne-t-il en caressant mes seins.

— Je peux savoir ?

Philippe se coule alors sur moi et m'embrasse en même temps qu'il prend ardemment possession de mon corps.

Son emportement me grise, m'entraîne irrémédiablement aux confins d'un désir que je ne maîtrise plus. J'accompagne fougueusement chacun de ses coups de reins, je m'ouvre plus grand pour mieux l'accueillir en moi. Je veux lui appartenir encore, plus fort. Il agrippe mes hanches et me soude brutalement à lui. Son sexe en moi est une lame chauffée à blanc. Il me rend complètement folle.

Mes jambes se nouent autour de sa taille. Je tremble. C'est bientôt plus que je ne peux en supporter, je laisse éclater l'orage en serrant les dents.

— C'est pas vrai ? s'exclame-t-il d'un air admiratif en recevant d'un coup le flot de mon plaisir.

Mon orgasme humide l'excite prodigieusement et le fait redoubler d'ardeur entre mes cuisses. Très vite, le masque dur d'une jouissance fulgurante se pose sur son beau visage. Il rugit férocement avant de s'abattre sur moi, anéanti.

Je souris, les yeux fermés. On dirait bien que j'ai vaincu le garçon le plus extraordinaire que j'aie jamais rencontré.

*
* *

Le dimanche est le seul jour où je ne vais pas rendre visite à Paul. Celui-là ne fait pas exception à la règle. Par prudence, je m'en tiens strictement à nos habitudes. Je dois cependant avouer que j'apprécierais beaucoup de savoir à quoi m'en tenir.

Paul manœuvre seul sans plus jamais m'informer de ses intentions. Je navigue à vue, je marche sur un fil comme une funambule, au risque de perdre mon équilibre précaire et de me faire très mal en tombant du haut de mes illusions. Et il suffirait d'un rien à présent.

Plie-toi aux événements.

Facile à dire pour lui !

Philippe s'est éclipsé en milieu de matinée après avoir pris une douche et quelques minutes plus tard, je recevais un message de sa part m'informant que son grand-père le retenait en otage, y compris pour la soirée. Concert de musique classique à l'Opéra Bastille ! Même la pauvre Kaitline va devoir subir sans échappatoire possible.

Je ressasse la question sans y trouver de réponse, je ne sais définitivement pas ce que Paul mijote et il n'a visiblement pas l'intention de me le dire.

Je profite de ce moment de solitude pour remettre bon ordre dans mes notes pour son livre. Au travers de ses confidences, je reconnais son esprit aussi joueur qu'incroyablement calculateur. Une vie entière à jouer aux échecs et à remporter systématiquement la victoire !

Je souris en secouant la tête. Cet homme est Lucifer en personne, mais je l'aime autant que s'il était mon propre grand-père désormais, si bizarre que cela puisse paraître.

Ne comptant pas sur une visite de Philippe, je me couche tôt en prévision de mes cours le lendemain. Je m'endors la tête pleine de rêves que je voudrais tellement voir se réaliser.

Mon réveil est impitoyable. Il est à peine 7 heures qu'une chanteuse hurleuse me fait bondir. D'un geste rageur, j'interromps ses vocalises infernales et je sors du lit à regret.

Machinalement, mes pas me portent à ma fenêtre, peut-être guidés par un maigre espoir de voir encore surgir celui qui a si bien habité mon sommeil.

Dans la maison d'en face, tout a l'air encore endormi. Je crois avoir entendu le bruit d'une voiture très tard dans la nuit, mais je n'ai pas eu la force de vérifier l'heure. Je m'arrache en soupirant à ma bête contemplation et je me hâte de me préparer.

À l'école, une petite effervescence autour des prochains examens de fin d'année m'empêche utilement de songer à autre chose. Même cette chère Marion n'a guère l'occasion de m'assommer avec son Juju qui, finalement, ne part plus à Marseille, mais compte s'installer chez elle.

Entre une répétition d'interview radio et la rédaction d'un article sur un fait de politique-fiction, la journée défile à toute vitesse.

Pas de nouvelles de Paul ! C'était prévisible.

En sortant de l'école sur le coup de 18 heures, j'accepte d'accompagner un moment Marion, Alain et les autres au pub irlandais de la rue voisine. Je n'ai cependant pas fait deux pas sur le trottoir que je m'arrête net.

Philippe patiente, les mains dans les poches, tranquillement adossé à la portière de l'Aston Martin de son grand-père.

Marion, à mes côtés, manque s'en étrangler. Sa stupeur augmente encore quand elle voit ce sublime garçon m'adresser un sourire renversant depuis le trottoir d'en face.

— Tu connais ? chuchote-t-elle inutilement puisque Philippe serait bien incapable de l'entendre de toute façon.

— Je connais, oui ! je réponds en hésitant encore sur la conduite à tenir.

— Qui est-ce ?

— Son nouveau sandwich, saveur caribou et sirop d'érable, intervient Alain en affichant un air goguenard qui me rassure un peu sur son état d'esprit. Tu devrais y aller, Mina, j'ai comme l'impression qu'il t'attend.

La gorge un peu nouée par la surprise, je délaisse mes amis après les avoir salués et je traverse en cherchant déjà mes mots. Je dois faire un effort pour n'en rien montrer en m'arrêtant face à un Philippe plutôt satisfait.

— Que fais-tu là ? je demande en évitant d'afficher mon ahurissement, mais aussi le plaisir indiscutable que je ressens à le voir ici.

— Je t'enlève, monte ! répond-il sans me laisser véritablement le choix.

Il m'ouvre la portière de la voiture et attend que j'obéisse à ce qui ressemble bien à une injonction. Je sourcille et m'exécute avec une pointe de jubilation.

Je retrouve chez Philippe les mêmes traits de caractère que chez son aïeul. Et ce n'est pas pour me déplaire.

Philippe me regarde monter en esquissant un vague sourire et referme la portière comme la porte d'une geôle. Il reprend place derrière le volant sans même m'accorder un regard et démarre.

Il ne paraît pas enclin à m'accorder d'indice sur notre destination, pas plus que sur les raisons de mon enlèvement. Je réprime ma furieuse envie de lui faire subir un interrogatoire en règle. Les heures passées auprès de Paul m'ont appris qu'il ne sert à rien de vouloir affronter un Peyriac sur un terrain où il excelle.

Je me concentre donc sur le décor qu'offrent les rues de Paris en essayant vainement de deviner dans quelle direction il roule. Ma tactique s'avère payante puisque Philippe rompt le silence le premier.

— Tu n'es pas curieuse pour une journaliste ! constate-t-il avec amusement.

— Future journaliste, je corrige sans rien réclamer de plus.

— J'en avais assez de te voir m'échapper en permanence, explique-t-il spontanément.

Je me tourne alors vers lui, ses prunelles claires m'éblouissent.

— Entre mon grand-père et Kaitline, je tourne dingue. C'est comme s'ils s'ingéniaient tous les deux à vouloir me tenir éloigné de toi.

Je distingue comme des accents de colère dans sa voix grave.

— Où m'emmènes-tu ? je finis par demander.

— Dans un endroit où personne ne viendra nous déranger jusqu'à demain.

Il m'adresse un regard empli d'une troublante détermination. Je n'ose même pas protester, d'ailleurs, je n'en ai pas envie.

— Qu'as-tu trouvé comme excuse pour échapper à Paul et à Kaitline ?

— Pour Kait, ça n'a pas été bien difficile, j'ai prétexté vouloir passer la soirée avec un ami d'enfance, elle l'a cru.

— Et Paul ? j'insiste en voyant qu'il évite la question.

— Je ne lui ai rien dit. Il a été absent presque toute la journée. Quand il est rentré, j'ai seulement réclamé de lui emprunter une voiture pour faire un tour.

— Il ne t'a rien demandé ? je tique, aussi surprise que méfiante.

— Non !

Philippe jette un coup d'œil furtif dans le rétroviseur et ralentit aux abords d'un bel immeuble haussmannien. Sur la façade en pierre blanche, j'ai juste le temps d'apercevoir la plaque très discrète d'un hôtel. L'Aston Martin s'engouffre dans le parking souterrain voisin.

Absorbée par notre conversation, je n'ai pas pris garde au quartier où nous sommes. Peu importe, ce soir, ce n'est pas le plus important.

Mon ravisseur gare la voiture sur un emplacement réservé et descend vite pour venir ouvrir la porte de ma cage. Ma liberté est cependant de courte durée puisqu'il s'empare aussitôt de ma main, comme s'il craignait que je m'échappe.

Il m'escorte ainsi jusqu'à un ascenseur qui nous emmène vers un cinquième étage tout aussi mystérieux. Dans la cabine, luxueuse bien qu'un peu vieillotte, je ne trouve aucune indication de l'endroit où je me trouve.

Lorsque les portes s'ouvrent, nous déboulons dans un couloir dont l'épaisse moquette rouge sombre étouffe le bruit de nos pas.

Personne à l'horizon. Étrange !

Philippe s'arrête devant le numéro 505 et tire une clé de sa poche. Ça sent à peine la préméditation, cette affaire ! Je réprime un sourire et j'entre la première comme il m'y invite.

S'il voulait m'impressionner, c'est réussi.

Passé un petit salon meublé d'un magnifique canapé, de confortables fauteuils clubs en cuir et d'une table basse en laque, je découvre, admirative, une chambre digne d'une princesse des mille et une nuits.

Un lit gigantesque occupe à lui seul l'essentiel de la pièce et les lourdes tentures qui l'entourent lui confèrent l'allure d'un navire dédié au plaisir.

Tandis que j'explore ma nouvelle geôle, Philippe est resté prudemment dans l'encadrement de la porte. Je me retourne vers lui pour lui faire part de ma satisfaction, mais les mots restent tout à coup coincés dans ma gorge.

Il me dévore d'un regard qui me tire un frisson. Ce que je lis dans ses yeux fixés sur moi est d'une grande évidence. Son plan a fonctionné comme il le souhaitait, je suis désormais sa captive et il entend bien en profiter selon ses désirs.

Philippe cacherait-il une autre personnalité sous son irréprochable éducation et sa séduisante allure ?

À le voir ainsi, je n'en serais pas surprise, ni déçue d'ailleurs. Le gentil garçon à la politesse exquise s'efface devant l'homme, le vrai, celui que je pressens depuis le début, le digne héritier de son grand-père.

— Tu es enfin toute à moi, déclare-t-il d'un air triomphant sans pour autant bouger de sa position stratégique entre la porte d'entrée et moi.

— Et je dois m'en réjouir ou le craindre ? je demande à toutes fins utiles.

Un sourire narquois étire ses lèvres. Son regard malicieux me poignarde.

— Te voilà rendue à de meilleures dispositions à mon égard, je constate, s'enorgueillit-il. J'aurais dû songer à t'affronter en terrain neutre dès la première fois.

— Suis-je en situation de pouvoir négocier ?

— Non !

Mon dos est parcouru d'une petite onde électrique.

— Très bien, et que puis-je faire pour vous, monsieur Peyriac ? je le provoque comme me l'a enseigné Paul.

Philippe quitte alors le chambranle de la porte et s'approche de moi, tel un fauve prêt à bondir sur sa proie.

Je savoure chaque seconde, chaque mot, chaque geste comme s'ils étaient ma victoire dans ce défi insensé auquel j'ai souscrit. Une victoire au goût si savoureux que je crains de l'apprécier beaucoup trop.

— Ne me tente pas autant, Mina, dit-il d'une voix sourde, terriblement sensuelle. Je pourrais fort bien exiger que tu me supplies une nouvelle fois.

— Te supplier ? je relève, vaguement moqueuse.

Il se contente de hausser un sourcil évocateur. Il n'a pas l'air de plaisanter entièrement.

— N'y compte pas ! je déclare en soutenant son regard de braise.

— C'est ce que nous verrons, rugit-il en fondant sur ma bouche si vite que je n'ai pas le temps de réagir.

Sa langue s'empare de la mienne, m'étourdit sans que je puisse émettre la moindre protestation. Philippe m'enlève dans ses bras et m'emporte jusque sur le lit voisin.

Sans cesser de m'embrasser, il commence à me déshabiller. Je dois le repousser un peu pour déboutonner sa chemise. Impatient, il s'en débarrasse lui-même d'un geste rageur tout comme son pantalon qu'il envoie promener sur le sol.

Son empressement m'enivre, mais puisqu'il veut jouer, je suis prête. J'ai les armes qu'il faut et je compte bien les utiliser à mon profit.

Alors qu'il pèse sur moi de tout son poids, je me soustrais à sa tentative d'effraction. Je lui échappe pour le forcer à s'allonger sur le dos. Il obtempère en affichant néanmoins son incompréhension.

Qu'à cela ne tienne, il devrait vite deviner. Il commence d'ailleurs à comprendre quand il me voit descendre lentement sur son ventre musclé. Je marque un temps d'arrêt pour le regarder avant d'atteindre mon but. Il me dévisage avec une sorte d'émerveillement incrédule qui me ravit.

Son sexe se dresse, fier et atrocement tendu, devant ma bouche. Le contact de ma langue pourtant douce et chaude le fait violemment réagir. Je contiens un petit rire et, sans pitié, je l'engloutis tout entier.

Philippe se renverse sur mon oreiller en poussant un râle rauque. Mon audacieuse et ardente façon d'aller et venir sur sa queue superbe ne lui laisse aucun répit durant quelques minutes. Il en devient fou, du moins, c'est ce qu'il murmure entre deux soupirs.

Nul doute que l'emprise que j'exerce sur ce garçon me plaît redoutablement et que j'aurais aimé le conduire ainsi jusqu'à la jouissance, mais l'envie que j'ai de lui surpasse tout ce que j'ai pu connaître un jour. Mon ventre me gouverne sans que ma raison s'y oppose.

Je cesse donc de le sucer avant qu'il soit trop tard et je me redresse au-dessus de lui. Il me dévore d'un regard empli d'une insupportable impatience.

Je suis si excitée que je manque jouir rien qu'en m'asseyant sur son membre tendu. Il me faut prendre une profonde inspiration avant de commencer ma savoureuse chevauchée. Les mains de Philippe s'emparent de mes hanches et ses coups de reins accompagnent mes lentes ondulations.

Je me sens pleine de lui, il habite mon corps d'une manière inédite, presque idéale. Jamais je n'ai ressenti une telle chose, c'est un peu comme s'il me complétait parfaitement.

Au fur et à mesure que le désir d'une jouissance brutale augmente, mes hanches dansent plus rapidement. Philippe, qui se contentait de me laisser faire jusque-là, imprime désormais une cadence plus ferme et sa poigne se crispe davantage sur mes fesses qu'il invite ainsi à prendre plus violemment possession de lui.

Je respire vite, je gémis malgré moi parfois. Ma chevauchée devient plus ample et plus chaotique. Le plaisir monte, inexorablement, il tétanise mes reins, me rend subitement incapable du moindre geste.

— Oui, Mina, m'encourage la voix sourde de Philippe. Jouis, ma belle !

Je chavire, j'exulte, je jouis comme jamais auparavant.

Je ne m'appartiens plus, je m'entends crier mon plaisir sans pouvoir faire autre chose que de subir la tempête qui éclate en moi.

Philippe m'attire à lui et brusquement, me fait basculer sur le lit. Il reprend les commandes en vainqueur et me poignarde de coups de boutoir qui m'arrachent des cris. Ses traits durcissent en même temps qu'il devient plus brutal. Ses mains sont des étaux sur mes hanches qu'il soulève pour mieux me posséder.

Il ne contient pas plus l'expression de sa jouissance que moi. Il s'abat sur moi en rugissant tandis qu'il reste enfoui au plus profond de mon ventre.

Cela peut paraître incroyable, sans doute complètement idiot, mais je n'aurais pas voulu qu'il en soit autrement.

Je referme mes bras sur lui, je le garde, essoufflé sur mon corps qui lui appartient encore. Je le berce presque tandis qu'il respire fort dans mon cou. Je voudrais le garder ainsi une éternité.

*
* *

Ce sont les échos d'une conversation qui me tirent de la somnolence dans laquelle je me plaisais beaucoup. J'ouvre les yeux sur l'obscurité, seulement troublée de la douce lumière d'une lampe de chevet.

Je me redresse d'un coup dans le vaste lit vide. Je n'ai cependant pas le temps de me poser des questions, Philippe revient dans la chambre, muni d'un véritable plateau-repas.

— Je sais pas toi, mais j'ai faim ! rit-il en constatant ma mine éberluée. J'ai fait monter deux trois bricoles à grignoter.

Un grondement de mon estomac m'incite à le remercier de cette heureuse initiative.

— Quelle heure est-il ? je marmonne, un peu hagarde.

— Quelle importance ?

Philippe est d'humeur joueuse visiblement, il me nourrit d'office d'une bouchée de quiche, sans doute pour faire taire mes inévitables questions. Je ne m'en laisse pas conter pour autant, je m'empresse d'avaler pour récidiver aussitôt.

— Où sommes-nous au juste ?

— Dans un hôtel, on dirait bien ! ironise-t-il en se goinfrant comme il n'oserait probablement pas le faire à la table familiale.

— D'où le connais-tu ?

— Finalement, je retire ce que j'ai dit, tu es trop curieuse, la journaliste ! ricane-t-il.

— Philippe, s'il te plaît !

— Je l'ai pioché dans les bonnes adresses de mon grand-père, cède-t-il sans vouloir y accorder plus d'importance.

Le coup d'œil soupçonneux que je lui adresse le fait rire et je me retrouve avec un autre morceau de quiche dans la bouche. Il me regarde manger d'une bien étrange manière et son attitude de fauve aux aguets ranime très vite le petit frisson le long de ma colonne vertébrale.

— Quoi ? je le nargue en me léchant ostensiblement les doigts.

— Tu es une vraie provocatrice ! m'accuse-t-il en se penchant pour m'embrasser.

Sa bouche m'enivre, ses mains me caressent, m'attirent tout contre lui, contre sa peau nue dont je ne me lasse pas. Son parfum boisé me pénètre les narines, endort mon cerveau qui renonce à réfléchir une seconde aux conséquences de mes actes. Un claquement de doigt de cet envoûtant garçon et je succombe. Quelle prouesse !

Pour l'heure, je m'en moque. Je ne veux qu'une chose, une seule, et Philippe semble bien déterminé à me l'offrir.

Je lui concède l'initiative cette fois, le tempérament de Philippe s'accorde plus à dominer qu'à subir et il le fait d'ailleurs magnifiquement.

Ce second round est plus audacieux et plus troublant, il réclame de tout découvrir. Sa fougue me surprend et me ravit. La levrette à laquelle il me soumet véritablement m'arrache des plaintes d'un plaisir encore plus intense.

Philippe est un amant passionné, il ne se lasse de rien et aime à pousser les choses à leur paroxysme. Il se régale de me voir jouir comme si son objectif était désormais de me donner le plus d'orgasmes possibles avant de rendre les armes à son tour. Aussi veille-t-il avec maîtrise à ne pas dépasser le stade critique où il ne se contrôlerait plus.

Je l'invite, je réclame, je l'attire. J'adore jouer les sirènes et le capitaine cède à mon chant trop séduisant. Je ne suis guère surprise quand il annonce que c'est dans ma bouche qu'il entend mourir et qu'il s'offre en sacrifice.

Son sexe dur a mon goût. Je le déguste avec d'autant plus de ferveur. Philippe me dévore des yeux en savourant de perdre si bien le contrôle. Il éjacule violemment sur ma langue qui le caresse.

Quand je le libère de mon emprise, il m'attire contre lui et m'enlace. Son cœur bat comme un fou dans sa poitrine qui se soulève à un rythme saccadé, puis il ferme les yeux, épuisé.

Je ne vaux pas mieux que lui. Mon corps tout entier n'aspire qu'au repos. Je m'assoupis entre ses bras, dans sa chaleur, heureuse et comblée.

*

* *

La sonnerie de mon portable me réveille en sursaut. Je me redresse d'un bond malgré les protestations grommelées par un Philippe encore endormi contre moi. Sur l'écran, je constate avec effroi qu'il est déjà plus de 10 h 30.

— Mina, reste là, rouspète le beau dormeur dérangé par mes gesticulations.

— C'est ton grand-père, je plaide pour ma défense. Je suis obligée.

Il se résigne à me lâcher et je réponds avec un inhabituel retard. La voix de Paul n'en est pourtant pas courroucée comme elle aurait dû l'être.

— Mina, voilà plus d'une heure que tu aurais dû être ici !

— Je sais, j'admets sur un ton joyeux qui devrait lui mettre la puce à l'oreille, et c'est aussitôt le cas.

— Pour n'avoir pas eu le plaisir de croiser mon petit-fils au petit déjeuner, il me vient tout à coup comme une intuition. Ce garnement serait-il près de toi ?

— Oui, je réponds, amusée.

— Parfait, jubile-t-il. Eh bien, qu'il y reste ! J'ai un rendez-vous très important aux éditions Peyriac, je te donne congé aujourd'hui. Tu lui diras aussi que son ex-petite amie avec laquelle j'ai eu une conversation édifiante ce matin a décidé de faire les boutiques seule. Je doute cependant que cela l'occupe toute la journée.

— D'accord ! Je le lui dirai.

— Je compte tout de même vous avoir au dîner. Quelque chose me dit que nous allons déboucher le champagne.

— À quel titre ? j'espère savoir.

— J'en vois au moins deux dont un tout à fait inavouable, convenons-en !

— J'en conviens, je reconnais en souriant. Et le deuxième ?

— Je t'en parlerai ce soir ! Je veux le voir sombrer de fatigue à table, Mina !

— Je vais essayer, monsieur Peyriac, je réponds avec taquinerie. À ce soir !

— Que voulait-il ? s'inquiète Philippe quand je repose le portable sur le chevet.

— Me dire qu'il a rendez-vous aux éditions Peyriac pour la journée et qu'il me donne congé.

Philippe m'attire tout contre lui en ronronnant.

— Je peux donc encore disposer entièrement de toi, souffle-t-il en bécotant mon cou d'une manière extrêmement persuasive.

— Oui ! D'autant que Kaitline est sortie faire les boutiques. Elle ne devrait pas rentrer avant un bon moment.

Les caresses de Philippe se font de plus en plus audacieuses et je dois résister un peu, le temps de délivrer la fin du message.

— Paul souhaite que nous soyons tous présents au dîner, on dirait qu'il a quelque chose à annoncer.

— Quoi ? marmonne son petit-fils en vagabondant dans mon cou.

— Je n'en sais rien, il a dit qu'il allait déboucher le champagne.

Philippe marque un temps d'hésitation, visiblement intrigué.

— Il s'est étonné de ne pas te voir. Tu devrais peut-être l'appeler pour le rassurer, je propose, faussement innocente.

— Et lui dire quoi ? s'esclaffe-t-il. Que j'ai fait l'amour à sa chère secrétaire durant une bonne partie de la nuit et que je compte recommencer ?

— Ah ? Parce que tu comptes recommencer ?

— Dis-moi que tu n'en as pas envie, me nargue-t-il.

— Je déteste mentir, mais si tu m'y obliges...

Mon air malicieux le fait rugir. Il me repousse contre les oreillers et me dispense de lui mentir.

*

* *

Nous sommes assis encore une fois l'un en face de l'autre dans le petit salon où Paul nous a invités à prendre place avant de passer à table. Kaitline est heureuse de retrouver Philippe.

Celui-ci a prétendu être allé rendre une visite prolongée à un copain. Quant à moi, j'ai évoqué une journée à l'école.

Un éclair dans le regard de Philippe me dit qu'il apprécie cette drôle de situation. La petite canadienne ne saura jamais ce qu'a été notre véritable journée.

Son ex-fiancé n'a accepté de quitter l'hôtel qu'à 17 heures passées après m'avoir fait jouir un nombre de fois que j'ai fini par ne plus compter. J'en éprouve d'ailleurs déjà quelques désagréables courbatures.

Le bouchon de champagne explose entre les mains du maître de maison. Il a son air satisfait des jours de gloire. Même Philippe s'en étonne.

— Que fêtons-nous ? l'interroge-t-il.

— Une grande décision que j'ai pu finaliser aujourd'hui, annonce Paul. Et qui pourrait bien te concerner aussi, Mina, ajoute-t-il d'un ton énigmatique en me lorgnant.

— Moi ? je relève, surprise.

— Ta scolarité à l'école de journalisme s'achève dans peu de temps. J'ai rencontré Deshamel en début de semaine dernière, ton diplôme est déjà imprimé.

— Ah ? je sourcille, dubitative. Vous a-t-il aussi donné les résultats des évaluations que je n'ai pas encore passées ?

— Si tu les veux, elles sont à ta disposition sur mon bureau, affirme-t-il très sérieusement.

Je souris d'un air désapprobateur tandis que Philippe nous regarde, incrédule. Paul ne s'en soucie guère et reprend à ma seule intention.

— As-tu songé à ce que tu aimerais faire ?

— J'avoue que je prends beaucoup de plaisir et d'intérêt à écrire pour vous, mais je sais que la carrière d'écrivain ne me nourrira pas forcément.

— Si tu pouvais rester dans ce domaine, ça te dirait ?

— Oui bien sûr, je réponds, très intriguée.

— Et que dirais-tu de devenir le deuxième membre d'un comité de lecture restreint ?

— Que voulez-vous dire ?

— Que j'en ai assez d'être en retraite, tu m'as donné envie de reprendre les rênes.

— Tu réintègres les éditions Peyriac ? s'enthousiasme Philippe.

— Non, au contraire, je les quitte définitivement. Je cède ma place de président.

— Mais que vas-tu faire ?

— Ton père a reçu il y a quelques mois le manuscrit d'une jeune femme qui aurait dû être renvoyé comme étant non conforme à nos publications. Il a cependant eu l'excellente idée de me le faire lire. Cette fille est bourrée de talent, mais je doute qu'elle trouve un éditeur comme elle le souhaiterait. J'aimerais que tu lises ce manuscrit, Mina et que tu me donnes ton avis.

— Si vous voulez mais... quel rapport avec vous ?

— Cette jeune audacieuse m'a donné envie de l'aider. J'ai donc décidé de créer une nouvelle maison d'édition, nettement moins prétentieuse que les éditions Peyriac, et destinée à un public plus confidentiel. Et pour le créneau que j'envisage, j'ai besoin d'un associé qui soit à la hauteur.

Nous le regardons tous, il aime à ménager ses effets et marque un temps d'arrêt en dégustant son champagne. Puis ses yeux se posent sur moi, ils s'insinuent jusqu'à mon cerveau et je devine tout à coup ses pensées.

— Qu'en dis-tu ? me demande-t-il en sachant très bien que j'ai compris.

Paul sait que je n'irai pas par quatre chemins et que, présenté ainsi, toute négociation est inutile. Un sourire étire ses lèvres quand ma réponse fuse.

— Je commence quand ?

— Dès que les travaux d'aménagement seront terminés. Tu disposeras d'un bureau au même étage que la direction des éditions Peyriac. J'ai déjà réglé toutes les démarches administratives, il ne te reste plus qu'à signer les documents qui feront de toi la coéditrice des éditions de la Nuit Bleue.

Mon seul commentaire est que c'est un joli nom.

— Attendez une minute, intervient Philippe en se levant. Tu veux dire que… Mina et toi allez devenir éditeurs ?

— Bravo, mon enfant, tu comprends vite, se moque ironiquement son grand-père.

Philippe fait une moue désapprobatrice et insiste.

— Mais éditeurs de quoi ?

— Littérature érotique exclusivement, lance Paul d'un ton détaché.

— Quoi ? s'étrangle son petit-fils. C'est une plaisanterie ?

— En ai-je l'air ? réplique Paul en fronçant les sourcils.

— Et tu comptes entraîner Mina dans une aventure comme celle-là ? s'insurge Philippe en se rapprochant de moi d'un air protecteur.

Kaitline, silencieuse sur son canapé, semble soudainement se réveiller. La manière dont son ex-fiancé se préoccupe de mes intérêts l'intrigue visiblement. Lui n'en a cure, il fait face à son grand-père avec la même détermination.

— Je crois que c'est une excellente opportunité pour elle de faire ce qu'elle aime, répond Paul très calmement.

— Pourquoi ne travaillerait-elle pas avec mon père dans ce cas ? Elle y aurait tout aussi bien sa place !

— Non, Philippe ! C'est toi qui aurais ta place auprès de Pierre. Mon fauteuil sera bientôt vacant, je suis certain qu'il apprécierait beaucoup de te voir t'installer à ses côtés.

— Mina pourrait intégrer la société.

— Tu oublies un détail, affirme Paul sans se laisser intimider par le plaidoyer du jeune homme près de moi.

— Lequel ?

— Son avis !

Mon avocat zélé s'arrête net dans son élan, foudroyé en plein vol par une évidence à laquelle il n'a pas pensé. Il tourne la tête vers moi, qui m'amusais bien à les voir se chamailler à mon sujet.

Je dois admettre que de ces deux hommes magnifiques, c'est Paul qui a raison.

J'avale une gorgée de champagne et me lève à mon tour pour me ranger près de lui sans rien dire.

Satisfait de ma réaction silencieuse, Paul enlace ma taille et fournit lui-même les explications qu'attend Philippe.

— Mina et moi partageons tous deux la grande majorité de nos journées à travailler, à discuter et à apprendre. Elle m'a fait un jour le cadeau immense de sa confiance parce que je lui ai donné la mienne, sans réserve. Elle me connaît aujourd'hui bien mieux que quiconque. Nous ne nous cachons rien l'un à l'autre et nous avons si bien appris à nous comprendre que nous nous passons de mots inutiles. Certains comportements ne trompent pas et tu sais que, sur ce point-là, je suis d'une exceptionnelle clairvoyance, conclut-il.

Philippe le dévisage d'un air soucieux. La main de Paul autour de ma taille pianote joyeusement, il jubile.

— Je connaissais d'avance la réponse de Mina. Comment pourrait-elle refuser de travailler avec un associé aussi agréable que moi ? plaisante-t-il.

D'un coup, l'ambiance s'allège et Philippe secoue la tête. Son regard bleu me sourit enfin.

— Tu comptes vraiment accepter la proposition de ce vieux voyou ?

— Plutôt deux fois qu'une, je réponds en me pressant contre l'épaule de mon futur associé. J'adore travailler avec lui.

— Et c'est quoi, la deuxième chose qui te décide ?

Paul le sait aussi et se charge encore une fois de la réponse.

— Le sexe ! Mina va raffoler de lire tous ces manuscrits, je me trompe ?

— J'ai hâte de découvrir celui dont vous m'avez parlé.

Philippe me couve d'un regard de miel.

— On dirait que ça t'étonne, le taquine son grand-père.

— Non, dit-il sur un ton si tendre qu'il fait réagir Kaitline.

La jeune fille quitte la pièce sans un mot. Philippe abandonne son verre sur la table et s'empresse de la rejoindre. Paul me relâche et me prend aux épaules.

— Nous avons du travail en perspective. Je dois te faire prendre connaissance de tous les détails de notre nouvelle association. Est-ce que tu te sens prête à assumer ta vocation ?

— Je le suis, oui, et je suis impatiente de commencer.

— J'ai déjà réuni un petit catalogue d'auteurs qui pourraient nous intéresser et qu'il faudra convaincre, je compte bien évidemment sur ton charme, ma jolie !

— Et cette jeune femme dont vous m'avez parlé ?

— Elle écrit sous le pseudonyme d'Émeraude, je suis sûr que tu vas aimer sa manière très féminine et sensuelle de parler de sexe. À ce propos, il me semble que Philippe a farouchement pris ta défense.

— Croyez-vous ?

— Que dirais-tu de lui donner le coup de grâce ?

— Que dois-je faire ?

— Continue simplement d'être toi-même, sourit-il. Et si nous passions à table ? Tu dois probablement avoir une petite faim.

— Qu'en savez-vous ?

— Outre le fait que j'entends ton estomac, j'ai surpris Philippe en train de se jeter sur les toasts. Au diable la bonne éducation, n'est-ce pas ?

— Quand la faim commande...

— Tout comme lorsque le plaisir commande, il ne faut pas résister, jubile ce cher Paul, éminemment perspicace.

*

* *

Philippe caresse mon épaule d'un geste inconscient. Je repose, la tête sur sa poitrine, épuisée par sa gourmandise à mon égard.

Nous nous sommes séparés après le dîner auquel Kaitline n'a pas voulu prendre part. Paul a évoqué son intention de nous faire visiter les locaux déjà en cours de travaux et nous avons encore beaucoup discuté de ce projet un peu fou.

Philippe s'est inquiété de la réaction de mes parents. Sur ce point, même s'il n'a pas entièrement tort, je sais qu'ils finiront par s'y faire et que la notoriété de Paul Peyriac jouera en ma faveur.

J'ai décliné le café en bâillant. Je n'ai pas été la seule. Paul a apprécié de voir son petit-fils accuser le coup à table. S'il s'est gardé de tout commentaire, son coup d'œil amusé m'a suffi.

J'ai donc regagné ma maison vers 22 heures. J'étais déjà au lit quand Philippe a de nouveau forcé ma porte et mes draps. Nous avons repris là où nous nous étions interrompus un peu plus tôt.

— Comment va Kaitline ? je lui demande à voix basse tandis qu'il joue avec une mèche de mes cheveux.

— Elle est vexée mais ça lui passera, affirme-t-il sereinement.

— Elle nous en veut ?

— À moi, surtout. Elle m'accuse d'avoir cherché à te séduire dès le jour de notre arrivée.

— Et c'est vrai ?

— Tout plaide contre moi.

— Pourquoi ?

— Parce que je ne peux pas nier que tu m'intriguais avant même que je parte de Montréal. Ton refus sur Facebook, le mystère dont mon grand-père t'entourait, je rendais déjà Kait dingue avec mes questions à ton sujet. Et puis quand je t'ai vue, je n'en suis pas revenu que tu sois si belle. Intelligente, je n'en doutais pas, sinon mon grand-père ne t'aurait jamais engagée, mais j'étais loin d'imaginer ça. Il a réussi son coup, celui-là, sourit-il avec indulgence. J'ai l'impression de m'être fait manipuler en beauté.

— Tu le regrettes ?

— Non, de quoi voudrais-tu que je me plaigne ?

— Je ne sais pas… pour Kait ?

Il soupire et renverse la tête sur l'oreiller.

— Je me suis comporté comme un crétin avec Kait. Je ne sais pas ce qui m'a pris… j'en avais ras le bol des études, ras le bol d'être sérieux, de ne jamais sortir, jamais baiser. Je me suis laissé convaincre par un ami. Dans la petite bande avec laquelle j'ai commencé à sortir, elle était toujours là, elle me faisait rire avec son allure improbable. Même si je trouvais qu'elle picolait un peu trop et que la fumette n'a jamais été mon truc, j'ai voulu voir et puis voilà ! Je me suis réveillé un matin avec une sacrée gueule de bois et Kait dans mon lit, pas mieux que moi. Elle s'est marrée et a proposé qu'on recommence pour voir si on se rappelait. Et comme un con, j'ai bandé !

— Pourquoi « comme un con » ? je m'étonne de son ton mécontent.

— Parce que je n'aurais pas dû, ce n'était pas volontaire.

— Pourquoi t'es-tu laissé entraîné si loin alors ?

— Kait a prétendu qu'elle était raide dingue de moi. À partir de ce moment-là, nous sommes devenus inséparables. J'ai fini par trouver ça normal et divertissant d'avoir une nana toujours prête à me satisfaire et à m'amuser. J'ai cru que c'était une perspective pas trop mal et je me suis dit que c'était une manière élégante d'assumer mes conneries, elle était encore mineure à l'époque.

— Oh… je vois, je soupire en reposant le menton sur ma main.

— Et voilà que grand-papa s'en est mêlé en me narguant avec sa si parfaite secrétaire, souffle-t-il. Déjà que je trouvais étrange qu'il se mette à Internet, si en plus il se payait le luxe d'avoir une secrétaire particulière pour écrire ses mémoires, il n'en fallait pas plus pour éveiller mes soupçons. J'irai même jusqu'à croire qu'il a fait exprès de te choisir si jolie.

— Pour son plaisir personnel, il me l'a dit.

Philippe rit et me caresse.

— Sacré Paul ! Lui et moi partageons les mêmes goûts et il en joue, poursuit-il d'un air attendri. Il a pris un malin plaisir à m'attirer près de la fenêtre pour que je te voie te donner du plaisir.

— Qu'est-ce que ça t'a fait ? j'interroge puisqu'il semble enclin aux confidences.

— Sur le moment, j'ai été choqué, de son attitude surtout. Je n'ai pas été habitué à le voir ainsi. Je me suis sérieusement demandé si tu ne l'avais pas ensorcelé. Il s'est moqué de ma réaction et a prétendu que c'était tout à fait le contraire, que c'était lui qui exigeait ça de toi. Je suis parti furieux du bureau, mais ton image me revenait sans arrêt. J'ai eu subitement envie de te revoir, c'était plus fort que moi. Et là, je me suis senti complètement idiot. J'étais venu avec Kaitline, que je voulais présenter comme ma fiancée le lendemain de manière officielle, et voilà que j'étais troublé au point de l'oublier. J'ai essayé de ne plus songer à toi.

— Et ? je réclame, avide.

— Mission impossible, Mina ! Il y a eu ensuite le déjeuner au resto… tu m'as achevé ! J'ai franchement cru que Paul te baisait en plus ! Et le pire, c'est que j'ai été jaloux de lui. Un truc de dingue !

— À aucun moment, je ne t'ai choqué, moi ?

— Toi ? Tout le temps !

— À ce point ?

— Attends, je me retrouve nez à nez avec une fille aussi sublime et brillante qu'inaccessible et, d'un coup, je la découvre docile au point d'accepter les jeux érotiques de mon grand-père, je la vois en train de se masturber, de jouir en public en toute discrétion, et par ma faute en plus, et enfin, j'apprends par la bouche même de ma petite amie qu'elle l'a si bien baisée dans une cabine d'essayage qu'elle en est tombée amoureuse. Et tu voudrais que je ne sois pas choqué ?

Je réprime un sourire et je lève un sourcil conciliant. Philippe, lui, explose de rire.

— Tu es probablement la fille la plus perverse que j'ai rencontrée, m'accuse-t-il.

— Tu as eu envie de tester ?

— Tu t'attendais à autre chose ?

— Et ta conscience ? Ton sens moral ?

— Je savais parfaitement que ma relation avec Kaitline était foutue quand j'ai réalisé que je n'avais plus qu'une envie, celle de te prendre, toi. Je n'ai pas été élevé comme ça, Mina, j'ai préféré mettre les choses au clair avant, tu ne peux pas me le reprocher.

— Je ne te le reproche pas non plus !

— Le seul problème, c'est que Kait est vraiment accro à toi. J'ai eu peur de la blesser.

— Et maintenant ?

— Elle veut repartir dès que possible au Canada. Je la comprends.

— Quand ?

— Après-demain matin, annonce-t-il d'une voix sourde.

— Tu pars aussi ?

— J'ai promis de la raccompagner, je lui dois bien ça !

— Oui, j'admets sans laisser paraître ma déception. Ton grand-père est au courant ?

— Oui, je le lui ai dit tout à l'heure. Il est plutôt mécontent. Il insiste pour que je voie les travaux avant, je lui ai dit que nous pourrions y aller demain, je dirai au revoir à mon père par la même occasion.

— Est-ce que... tu sais quand tu vas revenir ?

— Non. Il y a ce job qui m'attend en septembre. Je ne pense pas pouvoir me libérer facilement après ça.

Je ne dis rien, une boule entrave douloureusement ma gorge. Il devine ma tristesse et me renverse sur les oreillers en souriant.

— Il ne nous reste pas beaucoup de temps, Mina, et j'ai tellement envie de toi !

Pour toute réponse, je soude ma bouche à la sienne et je noue mes jambes autour de ses hanches. Philippe s'enfonce doucement en moi et je m'abandonne à ses bras, à son sexe qui m'envahit.

Est-ce que Paul savait que cela finirait comme ça ?

Peu importe !

Philippe veut accélérer, mais je l'en empêche. Cette fois a une saveur particulière, comme un goût d'adieu auquel je ne veux pas me résoudre. Si elle est la dernière, je veux me donner plus entièrement. Je veux qu'il prenne tout ce qu'il reste de moi et qu'il en emporte un souvenir cuisant de l'autre côté de l'Atlantique.

Je m'écarte de lui avec une farouche détermination et c'est ailleurs que je l'invite, à un autre endroit de mon corps qu'il convoite déjà sans oser me l'avouer. Je le sais. Ses caresses répétées et troublantes, ses égarements audacieux m'en ont donné l'assurance. Philippe hésite et me regarde avec appréhension.

— Tu... es sûre ? demande-t-il doucement.

— Oui, je suis sûre !

Il me dévisage d'un air sauvage qui me plaît terriblement. Il se redresse et reprend enfin l'initiative qui le tenaille depuis notre nuit à l'hôtel. La douleur me surprend un peu et je me contracte malgré moi en poussant un petit cri. Il s'arrête et s'inquiète.

— Continue, je lui ordonne dans un souffle. Prends-moi !

Mes paroles le fouettent et il obéit. Je subis le lent et pénible parcours de son sexe gonflé dans mon corps. J'enfouis mon visage dans l'oreiller pour ne pas lui montrer que je serre les dents. Je l'entends grogner faiblement.

— C'est tellement bon, tu es brûlante.

— Ne bouge plus ! je réclame, haletante, quand il est entré complètement.

Philippe obéit encore et c'est moi qui le prends, à un rythme très lent qui m'ouvre à son sexe dur. La douleur s'efface et j'éprouve un goût féroce à le sentir en moi. Quand mes ondulations et mes soupirs l'avertissent que je suis acquise au plaisir, il se permet de donner quelques coups de reins. Mon « oui » lâche la bride.

Je savoure d'être ainsi possédée. Je suis grisée au point d'en réclamer plus. Alors il dirige ma main vers mon clitoris et exige que je me caresse. L'effet est hallucinant. J'ai l'impression d'être écartelée quand l'orgasme me transperce. Mon partenaire s'en réjouit au point d'avoir très vite envie de me rejoindre dans cette intense exaltation.

— Je vais jouir, Mina, annonce-t-il d'une voix enrouée.

Il gronde comme un fauve en se raidissant contre moi. Ses traits si fins et si sereins d'ordinaire portent le masque d'une jouissance douloureuse et fulgurante. Il me foudroie d'un regard dur, puis il m'attire à sa bouche et son baiser achève de me bouleverser. Je réalise soudain à quel point j'en suis amoureuse et à quel point je souffre déjà de devoir le laisser partir si loin. Je n'ai hélas aucun argument à lui opposer. Je n'ai que moi à lui offrir, et il a déjà tout pris.

*

* *

Kaitline n'est pas à la table du petit déjeuner le lendemain. Son absence obstinée m'ennuie, ce n'est pas de cette manière que je voulais qu'elle parte. Je me sens coupable envers elle.

— Où est-elle ? je demande à Philippe qui redescend de sa chambre après s'être rapidement changé.

— Là-haut !

— Tu crois qu'elle accepterait de me voir ?

— Kait n'est pas quelqu'un de rancunier, je pense que oui.

Paul nous observe en silence en buvant son café. Je cherche son avis dans ses prunelles qui sondent mon esprit et j'y lis son approbation. Je me lève de table et m'éloigne vers l'escalier.

La voix grave de Philippe me rattrape. Je me retourne, il a son air tendre qui me surprend toujours autant et qui torture un peu plus mon cœur.

— Ne sois pas trop longue.

Je devine que ce n'est pas exactement ce qu'il avait envie de me dire. Philippe a du mal à cacher son appréhension un peu jalouse. Je lui souris le plus gaiement possible.

— Je ferai de mon mieux !

— Nous partons à 10 heures, j'ai beaucoup de choses à voir, avertit Paul plus sèchement.

Au moins, là, le message est clair. Je suis priée de ne pas m'appesantir sur un sujet qu'il considère comme clos. La bataille aura fait une victime, mais c'est la dure loi de la guerre selon M. Peyriac.

Pour ma part, je suis peut-être un peu plus sensible à la peine que j'ai causée. J'acquiesce à son avertissement et je l'assassine des yeux avant de sortir rapidement.

— Philippe, assieds-toi, j'ai à te parler, j'entends en gagnant l'escalier.

Ça sent bon le règlement de comptes. Je m'enfuis vers l'étage et je vais frapper deux petits coups à la porte de la chambre de Kaitline. Sa voix fragile me répond d'entrer. Elle est en train de faire sa valise. Elle a entre les mains l'une des petites robes d'été que nous avons achetées ensemble. Je la lui confisque et je la présente sur elle. Elle est visiblement triste et émue.

— Celle-ci te va super bien, je dis en l'admirant.

Elle se pince les lèvres et hoche la tête. Elle reprend sa robe et la fourre sans la plier dans son sac. Pas gagné ! Je crois qu'il est inutile de tenter de l'amadouer, autant user d'une stratégie plus physique. Je la saisis aux épaules et je la force à m'affronter en face.

— Je suis vraiment désolée, Kait, je ne voulais pas que ça se passe comme ça !

— Tu as eu ce que tu voulais, non ? m'accuse-t-elle.

Un point pour elle, en effet ! Entre mentir ou être sincère, mon cœur balance, je me décide sur un coup de tête.

— Je ne te ferai pas l'insulte de prétendre le contraire, mais je ne voulais pas te faire souffrir. Je ne pensais pas que tu éprouverais des sentiments pour moi.

— Je suis perdue, Mina, s'effondre-t-elle dans mes bras. Je ne sais plus quoi penser de moi.

Je caresse son crâne tout doux de son duvet blond.

— Ce que je voulais, moi, c'était seulement te donner du plaisir. J'ai l'impression que j'ai un peu trop bien réussi. Ça ne veut pas dire pour autant que tout a changé pour toi.

Elle émet un petit rire contre ma poitrine.

— Regarde-moi, j'exige en relevant son menton. Et sèche ces larmes !

Elle obéit courageusement. Je caresse sa joue du bout des doigts, elle sombre irrémédiablement.

— Tu es une fille terriblement attachante, Kait ! Je suis sûre que celui qui t'aura à ses côtés sera un sacré veinard.

— Tu crois ?

— Et comment !

— Je t'aime, Mina, me déclare-t-elle en laissant couler une autre larme.

— Alors fais-moi plaisir et trace ta voie comme tu le souhaites. Tu as toute la vie devant toi avant de t'engager, amuse-toi encore un peu !

— D'accord, cède-t-elle en reniflant.

— Est-ce que je peux te demander une dernière faveur ? je réclame très doucement.

Elle me l'accorde aussitôt et attend que je me décide à lui en faire part.

— Prends soin de Philippe pour moi quand vous serez là-bas.

Ma voix s'éraille sur ces derniers mots. Kait a l'air aussi malheureux que moi.

— Tu l'aimes, hein ?

— Je suis désolée de t'imposer ça, j'élude en me ressaisissant.

Elle me retient alors que je veux m'éloigner.

— Je le ferai, je veillerai sur lui ! Mina, pourquoi est-ce que tu lui dis pas ?

— Philippe a d'autres projets. Il a l'intention de repartir avec toi demain et ce n'est pas à moi de l'en empêcher. Tu vois, toutes les deux nous nous sommes mises dans de beaux draps.

— J'ai envie que tu m'embrasses une dernière fois, supplie-t-elle tout à coup.

Sans réfléchir, je l'attire à moi et je la baise à pleine bouche avec un emportement qui révèle plus ma détresse de voir partir l'homme que j'aime que mon désir de la satisfaire. Je l'entends soupirer et je me réveille brusquement. Je la relâche avec douceur. Elle tente de me sourire.

— Tu devrais lui dire, il est pas trop tard. Je peux repartir seule, j'ai l'habitude. Philippe ne me doit plus rien après tout. Peut-être que si je lui disais…

— Non, Kait. Il a déjà bien réfléchi et je n'ai pas à influencer sa décision.

— Moi, je dis que tu as tort !

— Qui sait ? conclus-je en haussant les épaules. Je te laisse finir ton sac. Ça va aller ?

— Oui, merci, Mina, murmure-t-elle, un peu rassérénée.

Je redescends l'esprit libre, mais le cœur lourd. Dans le salon, la conversation continue. Je m'arrête au bord de la salle pour écouter de manière tout à fait indiscrète.

— Je te demande de bien peser ta décision, Philippe, dit Paul, très sérieusement. Je n'ai pas envie de voir les éditions Peyriac passer à des mains étrangères et ton père en serait tout aussi malheureux.

— Je sais, mais toi, tu as ton nouveau jouet, lui objecte un peu vivement Philippe. Et tu as… Mina.

— Puisque tu évoques ce sujet, as-tu songé à elle ?

— Je ne fais que ça depuis deux jours.

— Et puis-je savoir ce que tu en as conclu ?

Mon estomac se noue un peu dans l'attente d'une réponse que j'espère et que je redoute. Je retiens mon souffle dans le couloir.

— Je ne sais pas, je suis… oh et puis MERDE !

J'entends Philippe se lever de sa chaise bruyamment. Je recule d'un pas derrière la porte.

— Tu es amoureux d'elle, affirme tranquillement la voix de Paul. Ce n'est pas bien dur à comprendre.

— Je ne sais pas ce que je dois faire, admet enfin son interlocuteur résigné. Je me dis que si elle travaille avec toi, elle sera là, et peut-être que si je reviens plus souvent…

— Mina a besoin de chaleur, de présence, coupe Paul d'un ton sans appel. Elle aime se sentir protégée, elle aime la force, l'assurance. Elle aime pouvoir se reposer sur un homme solide et maître de lui. Si tu espères la garder en t'exilant à des milliers de kilomètres et en l'embrassant par e-mail, tu te trompes lourdement. Et ne compte pas sur moi pour entretenir la flamme. Je serai le premier à l'encourager à prendre son pied ailleurs !

Les propos crus de Paul arrachent une vive protestation à son petit-fils. Et bizarrement, Paul s'emporte. Sa voix s'élève plus fort que d'habitude.

— Mais tu l'aimes ou pas, bon sang ?

— Tu n'imagines pas à quel point ! Je suis complètement dingue de cette fille. Mais à quoi ça sert que tu me le demandes ? Tu le sais pertinemment.

— C'était juste une précaution. Je pouvais avoir mal interprété ton envie de repartir au Canada.

La joie que j'ai eue à entendre l'aveu de Philippe est aussitôt refroidie par cette remarque qui me tétanise dans mon coin. Je ne suis pas la seule apparemment, car la voix de Philippe est teintée de doute quand elle prend le relais.

— Qu'est-ce que tu veux dire par là ?

— Vois-tu, Philippe, je suis un homme de l'ancienne génération. J'ai été élevé avec quelques principes qui peuvent paraître ringards aujourd'hui. Et j'aurais très mal pris le fait que tu aies couché avec ma jolie secrétaire juste pour passer un bon moment à Paris avant de repartir faire tes fredaines de l'autre côté de l'Atlantique. J'ai beaucoup d'affection et de tendresse pour Mina et je t'en voudrais de la faire souffrir.

— Est-ce qu'elle t'a dit quelque chose ?

— Mina n'a pas besoin de faire de grands discours, au cas où tu ne l'aurais pas remarqué. Il me semble qu'elle t'a accordé largement plus que sa confiance, à toi aussi. Je me trompe ?

— Non, tu ne te trompes pas. Mais elle est si secrète, je ne sais même pas ce qu'elle pense de moi. C'est facile pour toi, elle te confie tout, à moi, elle se refuse au moindre aveu de faiblesse, à la plus petite confidence.

— Elle n'est pas femme à se répandre en déclarations enflammées, en effet. Et si tu estimes à juste titre que c'est facile pour moi, je ne le dois qu'à mon expérience. Depuis ta grand-mère, je n'ai jamais rencontré une femme aussi expressive. Mina est un livre ouvert.

— Grand-mère était comme ça ? s'étonne Philippe.

— Il lui suffisait d'un regard, d'un croisement de jambes impatient pour que je comprenne ce qu'elle avait en tête. Mina est pareille, et je n'ai besoin d'aucune parole pour deviner ses pensées ou ses intentions.

— Je doute de savoir en faire autant.

— Regarde-la et apprends à lire, mon grand ! Mais bien sûr, au travers d'un téléphone ou d'un écran d'ordinateur, ce ne sera pas simple.

Paul a parlé suffisamment fort pour que je n'en perde pas une miette. Je suis convaincue qu'il sait que je suis là. Je ne gaspille pas d'énergie à faire semblant, je rentre dans la pièce sans m'annoncer. Philippe m'adresse un regard aussi surpris qu'attendrissant.

— Je suis prête, je lance gaiement. Si vous voulez y aller !

Paul consulte l'horloge et approuve.

*

* *

Le dernier étage des éditions Peyriac ressemble à une ruche. Le couloir principal est envahi d'échelles, de pots de peinture, d'outils, et grouille d'ouvriers. Tout juste si on n'est pas sommés de porter un casque, ce qui ferait mauvais effet avec ma robe noire.

Pierre nous précède dans ce dédale. Il nous fait en même temps le commentaire des travaux entamés depuis peu. Ce remue-ménage l'amuse. Il me donne galamment le bras pour enjamber un rouleau de revêtement de sol qui entrave le passage et me fait entrer dans une pièce en plein chantier.

— Ton futur bureau, Mina, annonce-t-il gaiement.

— C'est vrai ? je me réjouis déjà à cette perspective.

— Tiens, regarde le plan de l'architecte, dit-il en me tendant un dossier.

Je découvre alors l'agencement tel qu'il a été conçu et ça me plaît. Paul sourit dans son coin tandis que Philippe vient regarder par-dessus mon épaule.

— Tu seras bien ici, dit-il à mon oreille.

— Sans doute, j'élude en m'écartant de lui volontairement. Et vous, Paul, où serez-vous ? Dans votre ancien bureau ?

Celui-ci lève un sourcil, ma réaction vis-à-vis de son petit-fils l'amuse tandis que ce dernier s'interroge.

— Non, je serai ici, répond-il en posant son bras sur mon épaule. Ça ne t'ennuie pas de partager ton bureau ?

— Vous m'avez bien prêté le vôtre, je lui rétorque d'un air malicieux.

— M'autoriseras-tu à te contempler à loisir ?

— On n'empêche pas la Terre de tourner ! Je ferai de mon mieux pour vous plaire.

Notre échange, s'il fait sourire Paul, n'est pas du goût de Philippe.

— Si nous poursuivions la visite ? propose Pierre.

Nous le suivons dans le couloir où il nous explique la nouvelle répartition des locaux. Paul se dirige alors vers son ancien bureau où nous le suivons en redoutant un peu la décision qu'il a prise à ce sujet. C'est son fils qui prend le risque de s'en assurer tandis que l'ancien président des éditions Peyriac s'est arrêté au beau milieu de l'immense pièce où rien n'a encore été touché.

— Nous pouvons encore changer d'avis, tu sais ? insiste Pierre en revenant sur une conversation qu'ils ont eue tous deux.

Le regard de Paul, aussi dur que le métal, se pose un instant sur Philippe, près de moi.

— Je n'en vois plus l'intérêt à présent ! réplique-t-il sèchement.

Philippe encaisse sans bouger. Paul tire alors de sa poche les clés de la Mercedes avec laquelle nous sommes venus et les tend à son petit-fils.

— J'ai encore plusieurs choses à voir ici, déclare-t-il sur le même ton. Ramène Mina quand vous en aurez envie. Je suppose que tu as tes valises à préparer.

Philippe s'empare des clés sans un mot, l'air buté. Paul entraîne son fils vers le couloir et referme la porte derrière lui. Impressionnée par la scène à laquelle je viens d'assister et tout à ma déception de voir les espoirs de Paul et les miens s'effondrer, je n'ose rien dire. Je regarde Philippe, qui reste un moment figé dans une attitude songeuse avant de relever la tête vers moi.

— Cette fois, il est furieux, dit-il avec quelques notes de tristesse dans son timbre grave.

— C'est bien possible, j'admets honnêtement.

Philippe pousse un soupir et se dirige à pas mesurés vers le vaste bureau directorial.

— Viens ! réclame-t-il d'une voix sourde.

Les traits de son magnifique visage sont tendus d'une expression qui me déroute. Ses sourcils sont froncés et sa bouche ne me sourit pas. J'approche de lui, le cœur un peu serré.

Je suis à peine arrivée à sa hauteur qu'il s'empare fermement de mon bras et me repousse tout aussi brusquement sur le bureau derrière moi. J'en suis prise d'un léger vertige. L'adrénaline me monte d'un coup à la tête et mon cœur s'emballe.

Sans me laisser le loisir de protester, Philippe arrache presque les boutons de ma robe et en écarte les pans sans le moindre ménagement. Mon pouls atteint subitement un record de pulsations.

Un éclat sauvage s'allume dans ses yeux clairs tandis qu'il ouvre la braguette de son pantalon. Je suis incapable d'articuler une parole, pas plus que de me soustraire à ses troublantes et indécentes intentions.

Je sais désormais que sous sa calme et impeccable apparence se cache un homme fort différent. Les quelques heures que j'ai passées à subir sa fougue ont marqué ma chair au fer rouge.

Jamais je n'ai pris tant de plaisir à me soumettre, à me donner tout entière, sans retenue, sans pudeur. Jamais je n'aurais cru qu'il était possible d'atteindre de tels sommets dans la jouissance. Philippe a su si bien m'aimer que je n'imagine plus qu'un autre puisse le faire désormais.

Il écarte sans manière la ficelle de mon string et me poignarde de ses prunelles étincelantes en même temps qu'il me pénètre d'un coup. J'en pousse un faible gémissement de surprise et de plaisir.

— Tu mouilles, constate-t-il aisément.

— Ça t'étonne ? j'expire en soutenant son regard de lave comme un défi que je lui lance.

— Dis-moi à quoi tu penses, ordonne-t-il en me clouant sur la table d'un coup de reins vengeur.

Je réprime un petit cri et je m'allonge sur le bureau, offerte à ses mains autoritaires qui me soudent à son sexe terriblement convaincant.

— Je pense... que je vais avoir du mal à oublier en passant chaque jour devant ce bureau pour rejoindre le mien. Paul a raison de vouloir le faire disparaître.

Philippe se fige au fond de moi. Ses traits ont pris une curieuse expression.

— En admettant que ce bureau reste comme il est, serais-tu prête à traverser le couloir pour venir t'asseoir ici si je te le demandais ?

— Tu ne peux pas réclamer à ton père qu'il conserve une pièce vide pour ton seul plaisir occasionnel, je réfute, un peu offensée par une telle supposition.

— Ce n'est pas ce que je veux dire, Mina ! Je ne te parle pas d'un « plaisir occasionnel », j'évoque la possibilité de m'installer définitivement dans ce bureau.

— Tu accepterais la proposition de ton grand-père ?

— À une seule condition !

Son sexe en moi recommence son impitoyable travail de persuasion. Il va et vient si lentement que j'en perds patience et raison. Ce diable de garçon apprend vite.

— Laquelle ? je finis par demander.

— J'accepterai en effet, mais seulement si toi, tu consens à traverser ce couloir pour venir jouir sur mon bureau quand je le voudrai.

— Et pourquoi je ferais ça ?

— Parce que tu t'y seras engagée très officiellement, tiens donc !

Je me redresse vivement pour le repousser, mais il me transperce d'un nouveau coup de reins brutal qui me soumet encore à sa volonté.

— Je n'ai pas fini, mademoiselle Dalambray !

— Je t'écoute, je cède, haletante sous les lancinantes allées et venues qu'il m'inflige.

— Je t'autorise à me dire que tu m'aimes.

Je me tétanise sous cette attaque à laquelle je ne m'attendais pas. Voilà bien des mots que je me suis toujours refusé à prononcer jusque-là, les considérant comme trop graves pour être galvaudés.

Mon sang accélère d'un coup dans mes veines. Je me cambre dans ses bras qui m'emprisonnent en me mordant la lèvre inférieure. Philippe jubile et se penche sournoisement sur moi.

— Je veux que tu me dises que tu m'aimes et que tu t'engages sur toute la ligne, sinon je reprends l'avion demain matin pour ne pas revenir, insiste-t-il, sans pitié aucune.

Ma silencieuse désapprobation n'y fait rien, il continue d'aller et venir à son gré dans mon ventre, jouant avec une précision infernale sur mon orgasme qu'il devine à sa proche portée. Je le fusille du regard. Il se moque.

— J'ai droit à cette compensation, après tout. Je me suis suffisamment bien laissé manipuler jusque-là, tu ne trouves pas ? Ai-je été une victime à la hauteur de vos espérances ?

L'éclat de malice qui anime ses prunelles fixées sur moi éveille aussitôt mes soupçons.

— Tu savais ? je m'enquiers timidement.

— Bien sûr que je savais. Je connais toutes vos manigances depuis le début. Quant à ton cher Paul, il est sans doute le maître absolu de la mise en scène. Je lui dois d'ailleurs quelques remerciements.

Je me débats contre lui, mais il ceinture mes bras et me plaque durement contre le bureau.

— Vous vous êtes servis de moi, j'accuse, vexée.

— Ça te surprend tant que ça ? Le contrat est pourtant très clair, j'ai prévenu mon grand-père que je resterais à Paris et que je travaillerais aux éditions Peyriac, mais uniquement s'il me cédait sa secrétaire. Je ne t'étonnerai pas en te disant qu'il m'a non seulement donné son accord mais qu'il y a ajouté ce bureau en prime.

— Vous, les Peyriac, vous n'êtes que des…

— Des quoi ? s'esclaffe-t-il en s'enfonçant profondément en moi.

— Manipulateurs, j'expire dans un murmure presque résigné.

— Et toi ? Est-ce que tu n'aurais pas pris quelques leçons en privé ?

— Oh… bon sang ! je gémis.

— Tu seras une Peyriac parfaite, Mina et je n'ai pas l'intention de te laisser à un autre. Alors maintenant, je t'écoute !

— Espèce de traître !

— Je suis certain que tu peux faire mieux que ça, s'amuse-t-il en emprisonnant mes poignets au-dessus de ma tête. J'ai hâte de t'entendre enfin me supplier.

— Quelqu'un pourrait entrer, je lui rappelle.

— Oh non, me rassure-t-il d'un air innocent. Paul a verrouillé en partant et j'ai le double de la clé qu'il m'a donné tout à l'heure en même temps que celle de la voiture.

Je m'agace, vaincue par ce machiavélisme auquel je me suis encore brûlée. Il jubile.

— Tu vois, j'ai tout mon temps pour te faire passer aux aveux complets.

— Depuis quand projettes-tu ma capture ? j'exige de savoir.

— Mmm... quasiment depuis que Paul m'a envoyé ton dossier par Internet.

— Quel dossier ?

— L'enquête de la Société à ton sujet.

— QUOI ? je sursaute. Tu es au courant aussi ?

— Mina, ma jolie et naïve Mina, tu crois donc être la seule à si bien connaître Paul ? Dois-je te rappeler que j'ai vécu de nombreuses années près de lui et de ma grand-mère ? Dois-je te rappeler que le même sang coule dans mes veines ? Si tu veux tout savoir, je suis moi-même membre de la Société depuis un petit moment. Tu aurais pu t'en douter d'ailleurs, le jour où je t'ai emmenée au Boudoir. Mais apparemment, j'ai su être suffisamment convaincant pour que tu n'y songes pas, se gausse-t-il avec un aplomb effarant.

J'ouvre des yeux ronds, stupéfaite par le culot conjugué de ces deux hommes que je pensais pourtant cerner parfaitement.

— Pourquoi a-t-il fait ça ? je me révolte contre le principal organisateur de cette duperie.

— Mais parce qu'il voulait à tout prix que je revienne en France. Il connaît mes goûts et ma fâcheuse tendance à préférer ce qui me résiste. Il a parfaitement bien manœuvré. Après, ça n'a été qu'une question de négociation. Les Peyriac sont des gens peu recommandables, comme tu peux le constater. Dis-moi seulement si tu le regrettes à ton tour !

Sa bouche caresse délicieusement la mienne. Ses superbes yeux bleus me pénètrent tout autant que son sexe. Comment pourrais-je regretter ?

Le « non » que je concède d'une voix étranglée ne lui suffit pas. Il entend obtenir ma reddition pleine et entière, sans aucune concession. Sa bouche se fait sa meilleure alliée pour m'étourdir.

— Je t'aime, Mina, souffle-t-il sur mes lèvres plus que consentantes. Et j'ai besoin que tu me donnes la meilleure des raisons de rester ici... maintenant !

Ses paroles me font irrémédiablement chavirer. Je suis bouleversée de le trouver si beau et si incroyablement sûr de lui. Je me suis fait berner en beauté par ce démon de garçon qui ne doit rien à son aïeul, et pourtant, j'en suis heureuse.

Paul a raison, j'aime sa force, j'aime me sentir à l'abri dans ses bras. L'autorité qu'il sait si bien dissimuler sous sa très séduisante apparence me plaît, me rassure et fait de lui le pendant idéal à un caractère comme le mien.

La seule idée de le voir partir m'est insupportable tout à coup. Je le veux à moi, rien qu'à moi, tout le temps. C'est donc avec nettement plus de conviction que je l'invite à rester.

— Je serai à toi comme tu le souhaites, j'affirme en soutenant son regard.

— Encore un tout petit effort, exige-t-il. Tu y es presque.

D'effort, il n'en est pas besoin. Les mots jaillissent tout seuls de mes lèvres.

— Reste, je t'en supplie, je lance avec espoir.

Ma déclaration doit être celle qu'il attendait. Les traits de son visage se tendent et son étreinte se fait plus pressante.

Il réprime un grondement sourd et son plaisir m'envahit, me submerge au point de m'emporter avec lui dans une jouissance presque douloureuse.

Philippe ne me relâche pas. Il m'attire à lui d'une manière un peu désespérée qui m'effraie. Mon cœur bat trop fort et mon esprit a encore besoin de certitudes.

— Dis-moi que tu restes, je soupire entre ses bras. Je t'en prie !

Il m'écarte alors de lui et sur son beau visage, je lis autant de doute que de tendresse.

— Tu repars à Montréal, n'est-ce pas ? je devine aussitôt.

— Seulement le temps de raccompagner Kait comme je l'ai promis, de mettre mes affaires en ordre et d'avertir ma mère de mes projets, confirme-t-il calmement. Mais je t'assure que lorsque je reviendrai, j'envahirai ton territoire de manière définitive. Il me tarde déjà de te voir franchir le couloir, passer cette porte et venir me rappeler que tu es désormais ce qu'il y a de plus important dans ma vie.

— Tu peux compter sur moi, je souris, rassurée. Je t'aime, Philippe !

— Ça, je n'en doute pas et j'en connais un que ça ne surprendra pas non plus !

— Tu te charges de le lui dire ?

— Non, nous nous en chargerons ensemble. Il est temps de cesser nos cachotteries, non ?

— Avec Paul, on ne sait jamais ce qu'il mijote.

— En tout cas, il a parfaitement réussi son coup, à tout point de vue.

— Tu lui ressembles !

— Je prends ça comme un compliment, rit-il.

*
* *

Six mois plus tard, j'ai sur mon bureau les premiers tirages de deux ouvrages. Paul est assis en face de moi, les doigts croisés sous son menton dans une attitude que je lui connais bien.

Mon sublime mari a posé la main sur mon épaule. Je suis émue à en avoir les larmes aux yeux.

Le premier de ces livres est celui d'une belle jeune femme que Paul et moi avons reçue. Sous le pseudonyme d'Émeraude se cache une tendre Emmanuelle à la personnalité attachante, et je gage qu'elle fera un jour parler d'elle. Elle me donne l'occasion de fêter mon tout premier bouquin en tant qu'éditrice.

Le second livre affiche une photo d'un Paul Peyriac superbe. Quelque cinq cents pages d'une vie trépidante et bien remplie. On aurait pu y mettre bien plus, des confidences inavouables, mais on s'est contenté de l'essentiel. Ce qui m'émeut le plus sur cette couverture brillante s'étale en belles lettres noires.

Hermine Dalambray.

Paul n'a pas démordu malgré mes récriminations. Il a exigé que mon nom soit associé au sien. Il prétend qu'il me doit ce livre, qu'il est autant le fruit de mon travail que celui de sa mémoire. Je sais que c'est sa façon à lui de me remercier et de me faire sentir à quel point il m'aime.

— Qu'en penses-tu ? me demande-t-il, les yeux plissés.

— Je ne sais pas lequel me fait le plus plaisir.

— Les deux me plaisent également, mais j'ai un faible pour le nôtre, confesse-t-il.

— J'ai beaucoup aimé travailler avec toi, dis-je en utilisant un tutoiement qu'il a exigé au lendemain de mon mariage avec son petit-fils.

— J'ai apprécié tes talents de secrétaire, se moque-t-il.

— Je crois que je préfère aussi celui-là, je confie en désignant notre livre.

— D'autant qu'il sera le seul du genre alors que je suis certain que vous en publierez bien d'autres, conclut Philippe.

— Que diriez-vous d'une coupe de champagne ? propose Paul.

La porte de mon bureau s'ouvre sur Pierre, tout sourire, et muni d'une providentielle bouteille. Trois générations de Peyriac d'humeur joyeuse, inutile de chercher à résister !

— Au succès de votre livre ! lance l'éditeur content.

— Au succès de notre livre, approuve Paul. Et à ma chère collaboratrice et petite-fille !

Philippe n'a encore rien dit, voilà qui m'étonne. Son grand-père se tourne vers lui.

— Et au plaisir de te voir enfin chez toi, à ta place, mon grand !

Philippe lève son verre et enlace ma taille.

— Merci, Grand-père, répond-il simplement.

— Tu n'as pas un toast à porter ? fait Pierre, intrigué par l'air énigmatique de son fils.

— Je n'en ai qu'un seul en vérité.

— Lequel ?

— À ces dames Peyriac sans qui nous ne serions pas ce que nous sommes et à qui nous devons tout.

J'aperçois l'étincelle qui illumine le regard de Paul en cette seconde. Béatrice Peyriac n'a pas quitté ces lieux, elle reste dans l'ombre de ces murs et c'est sur ses traces que je marche désormais.

Philippe caresse ma joue tendrement.

— À toi, Mina. Ne me laisse jamais oublier !

Paul fronce les sourcils en me regardant d'un air sévère. J'ai compris le conseil.

— Je crois qu'un dossier très important t'attend sur ton bureau, je murmure à l'oreille de mon mari.

— Très important ? demande-t-il, tout aussi malicieux.

— Du genre qu'on ne fait pas attendre.

— Je te donne trente secondes pour venir me donner ton avis, dit-il en reposant sa flûte de champagne.

— Je suis assez surpris de l'enthousiasme de Philippe depuis qu'il est revenu, se réjouit Pierre en regardant son fils sortir de la pièce.

— Oui, c'est assez admirable, commente Paul d'un ton légèrement ironique. Philippe a un sens aigu des responsabilités. Tu devrais y aller,

Mina, me conseille-t-il d'un air sérieux. Trente secondes, c'est très vite passé !

J'acquiesce et, en passant, je pose un baiser sur sa joue à peine ridée.

— Rappelle-toi de jouir en silence, chuchote-t-il tout bas.

— Bien, monsieur Peyriac, j'essayerai !

Son regard me suit jusqu'à la porte de son ancien bureau, un vague sourire étire ses lèvres quand je hoche la tête avant d'entrer.

10578

Composition
NORD COMPO

Achevé d'imprimer en Slovaquie
par Novoprint SLK
le 22 décembre 2013.

Dépôt légal décembre 2013.
EAN 9782290077047
OTP L21EPLN001489N001

ÉDITIONS J'AI LU
87, quai Panhard-et-Levassor, 75013 Paris

Diffusion France et étranger : Flammarion